Meryem Alaoui

Pferdemund tut Wahrheit kund

Roman

Aus dem Französischen
von Barbara Sauser

Lenos Verlag

Die Übersetzerin
Barbara Sauser, geboren 1974 in Bern, studierte Slawistik und Musikwissenschaft. Nach mehreren Jahren im Zürcher Rotpunktverlag arbeitet sie seit 2009 als freiberufliche Übersetzerin aus dem Italienischen, Französischen, Russischen und Polnischen. 2023 erhielt sie den Viceversa-Preis für literarische Übersetzung der Schweizerischen Schillerstiftung. Sie lebt in Bellinzona. barbarasauser.ch.

Die Übersetzerin und der Verlag danken der Schweizer Kulturstiftung Pro Helvetia für die freundliche Unterstützung.

prohelvetia

MIX
Papier | Fördert gute Waldnutzung
FSC® C083411
www.fsc.org

Titel der französischen Originalausgabe:
La vérité sort de la bouche du cheval

Erste Auflage 2023

Satz und Gestaltung: Lenos Verlag, Basel
Umschlagfoto: Mikadun/Shutterstock
Printed in Germany
ISBN 978 3 03925 030 1

www.lenos.ch

2010

JUNI

Casablanca, Freitag, den 11.

Nach getaner Arbeit verschwende ich keine Zeit. Ich ziehe die Dschellaba hinunter, streiche die Falten glatt und warte. Darauf, dass der Typ den Reissverschluss wieder hochzieht oder eine Zigarette raucht. Und dann abschiebt, damit ich an meinen Platz zurückkehren und mir den Nächsten angeln kann. Das war das Erste, was ich zu Halima gesagt habe, als sie vor einer Woche hier aufgetaucht ist.

Als er sie herbrachte, bat Hussin mich, ihr zwei, drei Dinge über das Gewerbe beizubringen, sie komme frisch aus dem Gefängnis. Mehr weiss ich nicht über sie.

Hussin war an diesem Tag ehrlich gesagt ein bisschen missgelaunt. Da habe ich lieber nicht zu viel gefragt. Der Typ steht nämlich unter Hochspannung. Auch seine Muskeln: dünn, aber deutlich sichtbar, wie mit dem Stift gezogen. Sein jüngster Ausraster ist erst zwei Tage her. Ich weiss nicht mehr genau, worum es ging, aber vermutlich hat irgendein Kerl, der ihm nicht gefällt, es einem seiner Mädchen gegenüber an Respekt mangeln lassen.

Das ärgert ihn aus irgendeinem Grund mehr als alles andere auf der Welt. Wenn es passiert, kann ihn nichts und niemand halten. Sein Schnurrbart beginnt dann leise zu beben, er pflanzt sich breitbeinig auf, wirkt noch grösser, als er ohnehin schon ist. Seine olivfarbene Haut wird noch dunkler, als sie ohnehin ist, und man sieht nur noch die Narben, die seinen Körper übersäen wie Risse die Trottoirs von Casa. Oder eher wie Streifen das Fell eines Tigers. Das macht Eindruck, und genau darum arbeiten wir für ihn. Wir brauchen uns keine Sorgen zu machen.

Jetzt gerade sitzen Halima und ich im Halbdunkel auf meinem Bett, und ich beschränke mich ehrlich gesagt auf das Nötigste. Ich habe Jahre gebraucht, um mir mein Wissen anzueignen, da werfe ich einer Anfängernutte nicht einfach alles hinterher. Ausserdem lasse ich mir von Hussin – egal wie verärgert er ist – nicht vorschreiben, womit ich meine Freizeit verbringe.

Als sie hierherkam, brauchte ich sie nicht lange durch mein Zuhause zu führen. Man hat es schnell gesehen. Mein Zimmer ist rechteckig, und darin gibt es, gegenüber der Tür, zwei quer zueinander liegende Matratzen. Tagsüber bilden sie das Wohnzimmer, und nachts schlafen wir darauf. Eine ist für meine Tochter und eine für mich.

Ich habe auch einen kleinen, runden Esstisch aus Holz. Und einen Schrank für unsere Klamotten. Halima verstaut ihre Sachen in einer schäbigen blauen Tasche und schläft auf einer Schaumstoffmatratze, die sie selber mitgebracht hat. Wenn sie morgens aufsteht, rollt sie sie zusammen und schiebt sie zwischen den Schrank und die Matratze rechts.

Über einer der Matratzen gibt es ein Fenster mit Blick auf die Strasse. Dort verbringe ich ziemlich viel Zeit. Weil ich, wenn ich nicht vor dem Fernseher sitze, das Kommen und Gehen der Menschen beobachte und dazu *pépites**[1] knabbere.

Wenn man reinkommt, ist links die Küche. Keine echte natürlich. Einfach ein Raum, der als Küche dient. Darin stehen ein kleiner Kühlschrank, ein Gaskocher, ein Kochtopf, ein paar Schüsseln und mein Lieblingsobjekt nach dem Fernseher: eine beige Teekanne, dekoriert mit einer rosa Blüte, zu der durchsichtige Gläser mit Blumengravur gehören, alles zusammen auf einem runden Tablett. Ich habe es ganz oben auf das Holzregal gestellt, damit alles heil bleibt. Gegenüber dem Regal gibt es eine Luke, die auf den Flur geht, von dem die Mietzimmer der anderen Mädchen und der Waschraum mit den Klos und einem Wasserhahn als Waschgelegenheit abgehen.

Das ist mein Zuhause.

Da ich kein Badezimmer habe, gehe ich jede Woche – jeweils montags – in den Hammam. Davor erledige ich

1 Mit einem Sternchen gekennzeichnete Wörter und Ausdrücke erläutert die Autorin im Glossar am Ende des Buches, punktuell ergänzt durch die Übersetzerin.

die Wäsche und hänge sie auf der Dachterrasse auf, an den Drähten, die wir uns mit den anderen Hausbewohnern teilen. Von den Drähten ganz rechts müsse man sich fernhalten, habe ich Halima erklärt. Die gehören der Nachbarin aus dem zweiten Stock. Sie ist keine von unserem Schlag, aber glaub mir, sie weiss sich Respekt zu verschaffen.

Vor einiger Zeit beschlossen wir, die Müllsammlung aus dem Hauseingang wegzuverlegen, weil uns aufgefallen war, dass die Freier beim Anblick der schwarzen Säcke unter der Treppe manchmal das Gesicht verziehen. Sonderlich hygienisch ist es wirklich nicht. Und wenn zudem die Müllsäcke schlecht verschnürt sind, ziehen sie streunende Katzen an, die sie aufreissen und darin herumwühlen, und am Schluss ist überall Dreck. Auf der Treppe, am Boden, sogar an den Wänden.

Weil wir das satthatten, schickten wir Rabia aus dem ersten Stock von Tür zu Tür, um allen Bescheid zu geben, dass der Müll ab sofort in die grosse grüne Tonne auf dem gegenüberliegenden Trottoir gehört. Nicht mehr in den Hauseingang. Die Nachbarin aus dem zweiten Stock hätte ihr beinahe die Augen ausgekratzt, als sie das hörte. Selbst Rabia bekam Schiss.

Was auch verständlich ist. Um zu verstehen, was ich meine, muss man sie gesehen haben, unsere Nachbarin. Sie ist gross und breit wie ein Schrank. Ihr schwarzes Haar unter dem Kopftuch ist stramm nach hinten festgesteckt. Die riesigen Brüste sind eine Art Fortsetzung des Bauchs oder umgekehrt. Und beim Sprechen zieht sie immer eine Augenbraue hoch und stemmt die Fäuste in die Hüften. Schon ihr blosser Anblick führt dazu, dass man sich fragt, was zum Teufel man in ihrer Reichweite sucht.

Jedenfalls ging Rabia also wegen der Sache mit dem Abfall zu ihr und war ganz höflich. Sagte: »*Salam.*«

Die Nachbarin erwiderte: »*Salam*«, das s gezischt wie von einer Schlange, die Augenbraue kampfbereit.

»Schwesterherz, der Müll bereitet uns Probleme, und deshalb haben wir beschlossen, ihn künftig auf dem Trottoir gegenüber zu entsorgen, in der grünen Tonne. Könntest du deinen bitte auch rübertragen?«

»Meinen Müll?« Und dann gleich weiter: »Wie, meinen Müll? Was fällt dir ein, mir vorschreiben zu wollen, dass ich den Müll draussen wegwerfen soll?«

»…«

»Du wagst es, zu mir nach Hause zu kommen, um mir das zu sagen?«

»…«

»Kümmere dich lieber um den Dreck, den ihr alle hier produziert, bevor du zu mir kommst.«

Während ihrer Tirade stemmte sie die rechte Hand in die Hüfte und reckte Rabia die Stirn entgegen wie ein Opferhammel, der sich nicht einfangen lassen will. Wenn sie von sich sprach, tippte sie sich mit dem linken Zeigefinger auf die Brust. Wenn es um uns ging, hielt sie ihn Rabia direkt vor die Augen.

Rabia drängte nicht weiter, obwohl sie sonst keine Gelegenheit auslässt, sich Gehör zu verschaffen. Sie murmelte nur: »Schon gut, schon gut, reg dich nicht auf.«

Und zog wieder ab, während die Nachbarin hinter ihr weiterschimpfte: »Das wird ja immer schöner …« Von der Treppe aus konnte ich sehen, wie sie Rabia hinterherfunkelte und gleichzeitig ihr Haar neu zusammenband, die Haarnadel im Mund und den Kopf leicht vorgeneigt, um den Knoten bequemer in Ordnung bringen zu können. Wie sie mit ihrem grimmigen Blick zischte: »Wegen dergleichen wagt sie mich zu behelligen …«

Als Rabia nachher sagte, sie habe sich nicht mit ihr anlegen wollen, begriffen wir, dass es nicht möglich gewesen war, und liessen die Sache auf sich beruhen. Weil Rabia einen ausgezeichneten Instinkt hat. Das hat sie in ihrem Leben schon ziemlich oft gerettet. Wobei wir alle einen guten Instinkt haben. Deshalb sind wir ja hier, mit Hussin mitten im Zentrum von Casablanca und nicht im Gefängnis oder irgendwo auf den Strassen.

Seither richten wir keine Bitten mehr an die Fette. So nennen wir die Nachbarin. Die Fette oder Okraïscha*, je nachdem. Sie stellt die Müllsäcke immer noch in den Hauseingang, und wir tragen sie selber rüber.

Als ich das Halima erzählt habe, vergass ich natürlich, zu erwähnen, dass wir, wenn wir abends ein bisschen was getrunken haben, manchmal auf die Dachterrasse gehen, Okraïschas Laken auf den Boden werfen, sie mit du weisst schon was begiessen und dazu lachen wie die Verrückten.

In solchen Momenten stosse ich einen Jubeltriller aus, wie ihn mir keine nachmacht. In Jubeltrillern bin ich gut. Wenn ich meine Zunge loslasse, schiesst sie los wie ein Schnellzug.

Bei dem Krach, den wir veranstalten, ist es unmöglich, dass die Fette uns nicht hört. Es ist auch wegen ihr, dass wir so laut herumjubeln.

Sie kommt nie herauf und äussert sich nie.

»Solange du bei mir wohnst, hältst du dich also von der Fetten fern, verstanden?«, habe ich zu Halima gesagt.

Sie hat mich mit ihrem farblosen Gesicht angeblickt wie ein geprügelter Hund und ja gesagt.

Ich ziehe den Aschenbecher heran, zünde mir eine Zigarette an, nehme einen hastigen Zug und erzähle weiter von meinem Tagesablauf, wobei ich immer wieder betone, was das Wichtigste ist: Quantität. Man muss schon eine ordentliche Menge Männer treffen, damit man davon leben kann. Mindestens sechs am Tag. Noch besser sieben oder acht, aber sechs ist schon gut.

Wenn ich mit einem Kunden fertig bin, renne ich an meinen Platz zurück. Also eigentlich gehe ich, aber es sieht so aus, als würde ich rennen. Das hat mir Hamid gesagt, die Schnarchnase, die am Ende der Strasse die Garage Majestic bewacht. Der Mann mit den kantigen

Zügen, der den lieben langen Tag Fliegen wegwedelt. Er arbeitet sicher schon ein Jahrzehnt dort. Seit er sein Bac versiebt hat nämlich. Und so wedelt er seit zehn Jahren Fliegen weg. Abends pflegt er mit zwei, drei Freunden abzuhängen, mit einer Truppe Unterbeschäftigter, denen er erzählt, was er tagsüber erlebt hat.

Ich war mit keinem von ihnen je im Bett. Im Viertel mache ich das ausschliesslich mit Passanten, die hier weder wohnen noch arbeiten. Dann respektiert man dich mehr.

Nun gut, so lautet die offizielle Version, notfalls erledige ich es irgendwo in einem Winkel und erzähle keinem davon. Doch mit Hamid war ich wirklich noch nie im Bett. Ich hänge nur manchmal mit ihm rum, damit er mir das Neueste aus dem Viertel erzählt.

Da die Garage gleich neben unserem Haus ist, komme ich oft daran vorbei. Und es stimmt, dass ich immer schnell unterwegs bin, ausser wenn ich nach einem Mann Ausschau halte – dann muss ich natürlich attraktiv aussehen. In diesem Fall laufe ich langsamer und mache so: schwinge langsam die Hüften hin und her, schaue nach rechts und nach links, verlagere mein Gewicht von einem Bein aufs andere wie ein Dromedar. Von hinten gesehen ergibt das eine langsame, aber markante Bewegung: Die Pobacken schnellen mit einem Ruck hoch. Und gehen auf dieselbe Weise wieder runter. Das sieht appetitlich aus, wie der Danette-Karamellpudding, den ich meiner Tochter immer kaufe.

Mein Stammplatz befindet sich auf der Treppe neben der Ampel, wo sich die beiden Hauptstrassen kreuzen, an der Ecke zum Markt. Das ist der beste Ort. Klar bin ich nicht allein dort, aber es ist der beste Ort.

Dorthin schickt Hussin die Erfahrenen. Einerseits weil man es nach jahrelangem Einsatz verdient, sich etwas weniger abzurackern, vor allem aber weil man einen guten Riecher für Bullen haben muss. Normalerweise haben wir keine Probleme mit ihnen. Hussin kennt sie gut. Wir ebenfalls …

Aber manchmal tauchen welche auf. Etwa wenn Anissa, die Irre, die oft hier im Viertel rumzieht, wieder mal völlig zugedröhnt ist, lauthals schreit und Gott, ihre Möse und den elenden Schuft, der schuld ist, im gleichen Atemzug nennt. Man sieht es von weitem, wenn sie kommen. Und sonst weisst du es, weil immer eines der Mädchen oder Hussin selbst Alarm schlägt. Man bringt sich nie rennend in Sicherheit. Zuerst versteckt man sich hinter einem Auto oder einer Mülltonne. Für einen Aussenstehenden sieht das bestimmt lustig aus. Wir kauern uns hin, die Ärsche in unsere klebenden Dschellabas gezwängt. Nur unsere Köpfe ragen noch hervor. Da wir eine ganze Schar sind, ragen überall Köpfe auf, wie die Blumen in den Sträussen des alten Hadsch, des Blumenverkäufers auf dem Markt.

Erst einmal warten wir und gucken, was passiert. Weil sie ja nicht immer uns im Visier haben. Aber wenn sie auf uns zukommen, sind wir bereit, alle in dieselbe Richtung abzuhauen: zu unserem Haus. Unter dem grossen Baum an der Strassenecke, bevor es nach links geht, legen wir einen Halt ein. In den meisten Fällen endet das Ganze mit einem Sprint, dann erinnern unsere Köpfe nicht mehr an Blumen in einem Strauss, sondern eher an die Köpfe der Wackeldackel, die man sich hinten ins Auto stellt, damit es schön aussieht. Unsere Köpfe pendeln hin und her wie auf einem Drehlager. Weil wir beim Laufen ständig kontrollieren, ob die Bullen uns folgen. Selbst in diesem Stadium erweist sich die Angelegenheit manchmal noch als Fehlalarm. Dann kehrt jede an ihren Platz zurück, und wir zünden uns wieder Kippen an.

Normalerweise gehe ich mit Samira, Rabia und Fusia auf die Treppe. Wir sind immer zusammen. Dieses Weibsstück Hadschar und ihre nicht minder dämliche Freundin stellen sich auf die andere Strassenseite, gegenüber dem Markt. In Friedenszeiten dürfen sie sich neben uns hinsetzen. Aber meistens sind sie gegenüber.

Und dann heisst es warten. Darauf, dass Männer vorbeikommen, die wir auf Ideen bringen können. Sobald sie auf unserer Höhe sind, stossen wir einen Seufzer aus. Bei Interesse halten sie an, steigen aus und sagen so was in der Art wie: »Wollen wir Bekanntschaft schliessen, meine Schöne?« Na ja, um ehrlich zu sein, steigen sie selten aus einem Auto aus. Aber wenn sie an uns vorbeilaufen, gibt es kein Entkommen. Sie tun so, als kämen sie rein zufällig hier vorbei, aber das ist Quatsch. Sie kommen wegen uns, und wir wissen das.

Sonntag ist der beste Tag der Woche, besser als Samstagabend, besser als Freitagabend, besser als alles. Wer eine schwierige Woche hinter sich hat, kommt zu uns. Die Männer verbringen den Nachmittag in einer der Bars des Viertels, und wenn sie um vier oder fünf, nach mehreren Storks* oder Spéciales*, wieder rauskommen, finden sie das Leben schön. Und haben nur auf eines Lust: das Vergnügen und das Vergessen andauern zu lassen. Wozu sie unsere Bäuche brauchen. Es währt nicht lange, aber immerhin.

Wenn sie auf der Strasse an dir vorbeikommen, sagen sie also: »Wollen wir Bekanntschaft schliessen, meine Schöne?« Dann verhandelst du. Nur kurz, man kennt unsere Tarife. Ich nehme pro Nummer tausend bis tausendsechshundert Rial*. Kredit gewähre ich nie, im Gegensatz zu Hadschar, dieser Schlampe, die den Markt kaputtmacht. Nach dem Verhandeln läufst du einige Meter vor dem Kerl her, und er folgt dir. Du gehst und blickst alle zwei oder drei Meter zurück, um dich zu vergewissern, dass er immer noch da ist, und damit er fickrig bleibt.

Wenn mir ein Mann folgt und ich mich voll auf meine Bewegungen konzentriere, spüre ich förmlich den Druck seines Knüppels zwischen meinen Arschbacken. Ich gebe den Typen meist zu verstehen, dass ich fickrig bin, weil sie das mögen. Und wir mögen es, wenn sie zufrieden sind, weil sie dann ohne Aufheben zahlen.

Ich weiss, wovon ich spreche. Ich übe dieses Gewerbe seit fast fünfzehn Jahren aus.

Heute bin ich in Plauderlaune. Aber normalerweise gehe ich nicht in die Details. Ich sage nur, dass ich Dschmiaa heisse, vierunddreissig Jahre alt bin und eine Tochter habe und dass ich mir den Lebensunterhalt mit dem verdiene, was mir gegeben ist.

Freitag, den 18.

Heute wimmelt es auf der Strasse von Menschen. Wie immer freitags. Es ist Juni und heiss in Casablanca, und die Tage sind lang. Anfang letzten Monats wurde in den Nachrichten der Wechsel von Winterzeit auf Sommerzeit verkündet, und wir haben unsere Uhren um eine Stunde vorgestellt. Der Grund dafür sei, hiess es, dass man auf diese Weise sparen könne. Das finde ich gut. Und so steht die Sonne nun immer noch am Himmel, obwohl schon halb neun vorbei ist.

Ich habe meine rote Dschellaba und das rote, grün geblümte Kopftuch angezogen, einen Strich Kajal und eine Schicht roten Lippenstift aufgetragen. Mein Haar ist festgesteckt. Gottlob habe ich es mir neulich nicht abgeschnitten. Ich hatte mich so aufgeregt – keine Ahnung mehr, worüber –, dass ich beinahe ein Jahrzehnt Arbeit an taillenlangen Haaren zunichtegemacht hätte.

Jetzt bin ich auf dem Weg zu den Mädchen auf der

Treppe, wo ich mich mit ein paar Gläsern Wein in Schwung bringen will. Ich laufe schnell, weil ich spät dran bin. In der schwarzen Tüte, die ich trage, sind Rotwein und mein Plastikbecher. Heute bin ich an der Reihe mit dem Wein. Gestern Samira, und vorgestern weiss ich nicht mehr.

Ein Glück, dass ich diese Flasche habe. Ich hatte vor dem Fernseher ein wenig die Zeit vergessen, und als ich auf die Uhr sah, war es schon zehn vor acht. Zehn Minuten bis Ladenschluss in der Verkaufsstelle für Alkohol. Mit dieser Scheisssommerzeit merkt man gar nicht, dass es schon so spät ist.

Na gut, sonst wäre es auch kein Weltuntergang gewesen. Ich hätte einfach bei Baschir, diesem Dieb, das Anderthalbfache hingeblättert. Man will lieber nicht wissen, wie viel Kohle der Lebensmittelhändler mit dem Schwarzverkauf von Alkohol macht. Er knöpft uns derart hohe Beträge ab, dass er davon mühelos alle Bullen des Viertels bestechen kann, damit die sich blind stellen. Glaub mir, bei den Mengen, die wir trinken, gewinnen sie ihre Sehkraft mit Sicherheit nie wieder zurück. Ein elender Schuft!

Kurz und gut, ich sah auf die Uhr und sprang sofort auf. Zog meine Dschellaba für die raschen Besorgungen an, also jene, die hinter der Tür hängt, und hetzte die drei Stockwerke runter auf die Strasse.

Meinen Schatten nahm ich nicht mit zur Verkaufsstelle, der ist mir zu langsam. Mein Schatten ist Halima.

Sie folgt mir auf Schritt und Tritt. Ich sage: Komm!, und sie kommt. Wenn ich sage, dass wir abzischen, geht auch sie los. Sogar jetzt gerade läuft sie hinter mir her.

Manchmal ärgert es mich, dass sie so eine Klette ist. Aber wenn ich mich zu ihr umdrehe, um sie anzuschnauzen, weil ich wegen ihr so viel Zeit verliere, erwischt es mich jedes Mal kalt. Die Miene, die sie zieht! Als laste das Gewicht der ganzen Welt auf ihren Schultern. Dann stosse ich ein lautes Schnauben aus, damit ihr trotzdem klar wird, dass sie mir auf den Sack geht, und laufe schneller. Und die Schwachsinnige? Sie beschleunigt einfach ihre Schritte und bleibt mir dicht auf den Fersen.

Sie wohnt immer noch bei mir, und ehrlich gesagt geht sie mir langsam auf die Nerven. Ausser zum Arbeiten ist sie nicht aus dem Zimmer zu kriegen. Zudem verbringt sie ihre Freizeit damit, Koran zu lesen oder zu hören, auf dem Kopf ein Kopftuch, das so abgetragen ist, dass das Haar durchschimmert. Im Stil von »Schaut alle her, was für ein braves, seriöses Mädchen ich bin«. Aber wenn du das bist, was willst du dann hier?

Diese Frage hat sie übrigens immer noch nicht beantwortet, aber ich dränge sie auch nicht. Weil ich aus Erfahrung weiss, dass die Zeit in solchen Situationen Wunder wirkt.

Ich drehe mich zu Halima um und sage: »Geht's ein bisschen schneller?«

»...«

Wir sind noch nicht beim Markt, aber ich sehe die Mädchen schon auf der Treppe sitzen. Alle sind da. Samira, Fusia, Rabia. Sogar Hadschar und ihre Freundin. Sie haben sich bereits was zu trinken organisiert. Hadschar setzt einen weissen Plastikbecher an die Lippen. Um das Einschenken kümmert sich Samira, die Schlaumeierin – so kann sie besser kontrollieren, wer wie viel kriegt.

Samira hat gerade was mit einem Typen am Laufen, der ihr ziemlich viele Scherereien macht, und sie redet von nichts anderem. Mal pfeffert er ihr eine, mal kommt er flennend wie ein Baby wieder angetanzt. Er ist Bulle. Zugeben würde sie es nie, aber ich glaube, sie empfindet was für diesen Idioten. Wenn er spricht, sieht sie ihn mit offenem Mund an, und sie klammert sich an ihn, als wäre er der einzige Mann auf Erden.

Äusserlich ist an ihm nichts Besonderes. Er ist wohlbeleibt, hat einen Schnurrbart, trägt immer ein weisses Hemd und eine leichte graue Leinenhose. Er ist weder grösser noch kleiner als der Durchschnitt. Wenn man ihn nicht kennt, wirkt er weder sympathischer noch abstossender als andere. Aber ich mag ihn nicht. Ich weiss, dass er innerlich verkorkst ist. Er blickt so hinterhältig wie der Teufel.

Wenn man die beiden zusammen sieht, merkt man sofort, dass sie tausendmal besser ist als er. Auch sie ist nicht schlank. Aber ihre Rundungen sind dort, wo sie hingehören. Die Farbe ihrer Haare ist makellos. An der

Wurzel sind sie dunkel, und dann werden sie immer heller, je weiter du gehst. An den Spitzen sind sie fast blond. Und sie sieht nicht einfach nur gut aus. Samira ist eine richtige Frau. Fähig und zuverlässig. Ich habe echt keine Ahnung, was sie mit dieser verkorksten Niete will.

Neulich sassen wir beide in der Bar dort drüben, im Pommercy, zusammen mit Asis und zwei seiner Bullenkollegen. Er hatte eine Flasche Rotwein bestellt. Wir haben viel gelacht. Die Jungs waren in Feierlaune und erzählten eine Menge Anekdoten aus dem Revier.

Irgendwann verschwand Samira kurz Richtung Toilette. Kaum war sie weg, legte er mir die Hand auf den Po. Gewöhnlich lässt er die Finger von mir, weil Samira es nicht mag, wenn er andere Mädchen anfasst. Das kann ich verstehen. Aber ich nahm es hin. So bescheuert bin ich nicht, dass ich es mir mit einem Bullen verderbe.

Er war gut drauf, weil er am Nachmittag einen Dieb geschnappt hatte, irgendeinen Vorstadtlauch, und weil er sich auf dessen Kosten prächtig amüsiert hatte. In der Grube, wie sie auf dem Posten den Zellentrakt nennen. Während Samira auf der Toilette war und er pausenlos an meinem Hintern rummachte, erzählte er, wie erschrocken der Bengel gewesen war, als er mit seinen Fragen anfing.

»Na, kleiner Gauner, was haben du und dein Kumpel heute Nachmittag mitten in Maârif* gesucht?«, fragte er.

»Nichts. Wir sind ein bisschen rumspaziert«, antwortete der Junge.

»Rumspaziert? Was spaziert denn ein Landei wie du in Maârif rum?« Dazu machte er ein angeekeltes Gesicht, um zu verdeutlichen, wie übel es gerochen hatte, als er sich zu dem Jungen vorbeugte. »Sag schon, was habt ihr dort gesucht?«

»Nichts, wir sind rumspaziert«, wiederholte der Junge.

Mehr brauchte es nicht, um Asis zu entfesseln. Der Jugendliche, den er in flagranti erwischt hatte, spielte das Unschuldslamm und hoffte, die Sache wäre bald ausgestanden. Sein Kumpel und er waren mit einem Motorrad nach Maârif gekommen, um sich rasch ein paar Handtaschen zu schnappen. Er fuhr das Motorrad, und als sie vor sich auf dem Trottoir eine Frau in den Fünfzigern sahen, sprang sein Kumpel ab, lief zu ihr, entriss ihr die Tasche und hüpfte wieder aufs Motorrad. So weit alles normal. Nur dass sie Pech hatten. Gleich an der Strassenecke stand ein Polizeiwagen. Bei seinem Anblick warfen sie rasch die Beute weg. Aber sie wurden hopsgenommen wie Idioten. Und leugneten ihre Tat wie Idioten.

Und da es ein Pechtag war, gerieten sie obendrein noch an Samiras Bullen Asis. Der nur darauf gewartet hatte, jemanden in die Hände zu kriegen, der eine noch grössere Niete als er selber ist. Asis freute sich mächtig beim Erzählen. Je verzweifelter der Junge sein Gesicht zu schützen versuchte, umso mehr Ohrfeigen verpasste Asis ihm. Wie ein Besessener! Beim Erzählen musste er laut lachen.

Als Samira zurückkam, sah sie, dass Asis an mir rummachte. Sie setzte sich kommentarlos neben ihn. Natürlich ärgerte sie sich, aber Samira ist nicht doof. Sie tat, was jede mit etwas Grips im Kopf an ihrer Stelle getan hätte: Sie nahm eine Zigarette, drehte sich zu ihm um, damit er ihr Feuer geben konnte, und drückte ihren Busen dabei fest an seine Brust.

Er vergass meinen Hintern. Bestimmt weil er weiss, was sich unter Samiras Dschellaba verbirgt.

Jedenfalls sagte er zu ihr: »Und jetzt klingt der Tag noch mit einer Bombe im Arm aus, was, meine Schöne?« Und an seine beiden Freunde gewandt: »Schaut mal her, wie schön sie ist! Kriegt ihr so was oft zu sehen?«

Samira lachte aus vollem Hals, die Freunde kicherten und ich auch. Und wir bestellten die nächste Runde.

All dies nur, um zu sagen, dass Samira gerade vor Hadschar über Asis herzieht, als Halima und ich bei der Treppe ankommen.

»Der Kerl glaubt, ich hätte nichts Besseres zu tun, als auf ihn zu warten. Dabei wimmelt es von Typen wie ihm. Dieses Schwein wird noch auf den Arsch fallen.«

Ich setze mich hin, zünde mir eine Marvel an und warte, nur mit halbem Ohr zuhörend, auf einen Themenwechsel. Mir reicht's langsam mit diesem Asis. Anfangs gab ich Samira noch Ratschläge, sagte ihr, wie sie sich am besten verhielt, um sich wegen ihm nicht verrückt zu machen, aber inzwischen lasse ich es sein, weil sie ohnehin nicht auf mich hört. Es läuft immer gleich: Sie beschliesst, dass sie ihn nicht mehr treffen, ihn fallenlassen wird. Aber jedes Mal, wenn wir in der Bar sitzen und er auftaucht, rennt sie doch wieder zu ihm. Möse ist für ihn Möse, und ihre steht dermassen weit offen, dass er keinen Grund hat, sich anzustrengen und sich nach einer anderen umzusehen, das habe ich ihr tausendmal gesagt. Aber mit Samira reden ist wie Wasser in den Sand schütten.

»Dschmiaa, worauf wartest du?«

Rabia starrt mich an. In der Hand eine Kippe, das Gesicht zu einer Grimasse verzogen.

»Worauf wartest du denn?«, fragt sie nochmals.

Ich sehe sie an, blicke mich um.

Zu meiner Linken, auf dem Trottoir, steht Robio*. Ich sehe ihn erst jetzt. Robio, das ist dieser Typ, der Kleiderbügel, Duftbäume fürs Auto und ähnlichen Schnickschnack verkauft. Ich kenne ihn gut. Er kommt oft her, um seinen Ramsch beim Baum neben der Ampel zu verticken. Sein Angebot ändert sich ständig, je nachdem, was geliefert wird und was er sich mit seinen paar Dirham Grundstock leisten kann. Manchmal hat er auch Socken oder Kinderspielzeug. Dann kaufe ich Sachen für meine Tochter.

Er sieht mich wohl schon eine Weile an und wartet darauf, dass ich aufstehe. Das tue ich auch, aber meine

Begeisterung hält sich ehrlich gesagt in Grenzen. Seine Brillengläser sind dick wie Flaschenböden, ein Auge driftet immer nach links ab, die Haarfarbe ist undefinierbar, irgendwo zwischen Braun und Rot, und aus seinem Mund stinkt es nach Verwesung.

Ich stehe auf, die rechte Hand in die Hüfte gestemmt, um leichter hochzukommen. Es ist offensichtlich, dass ich nicht gerade fickrig bin, aber ich werde mir Mühe geben. Er ist ein Stammkunde. Zuerst hält er immer Ausschau nach mir, bevor er sich an Fusia oder Hadschar wendet.

Ich sehe ihn an und lächle. Bevor ich loslaufe und vor ihm hergehe, sehe ich zu Fusia rüber, strecke ihr die Zunge raus und mache Schielaugen, um den Rothaarigen zu mimen. Nur so zum Spass. Er kann es nicht sehen, weil er auf der anderen Seite steht. Sie muss lachen, und ich schmunzle und passe auf, nicht loszuprusten. Dann gehe ich vor ihm her zum Haus.

Wir stehen bei mir in der Tür. Meine Tochter ist da. Ausgerechnet heute musste die alte Mina nach Hause ins Landesinnere reisen. Bezahle ich das Aas dafür, dass sie auf meine Tochter aufpasst oder dass sie sich Busfahrscheine kauft?

Samia sieht uns eintreten, steht von ihrer Matratze auf.

»Hast du gegessen?«, frage ich.

»Nein, noch nicht«, antwortet sie.

»Wann hat Mina dich nach Hause gebracht?«

»Weiss ich nicht. Gerade erst.«

Robio hinter mir wird unruhig. Ich muss schneller machen.

»Geh mal kurz raus. Robio muss was reparieren«, sage ich zu Samia.

Es kommt nur sehr selten vor, dass sie zu Hause ist, wenn ich Männer empfange, aber wenn es passiert, rede ich von Reparaturen. Ein Möbelstück, der Fernseher, der Kühlschrank, ein Fenster … irgendwas halt.

Keine Ahnung, was sie denkt, sicher ist nur, dass sie älter wird und dass es, wenn es so weitergeht, noch Probleme geben wird.

»Nur einen kurzen Moment, es dauert nicht lange«, sage ich noch, halte ihr den Hocker hin, damit sie sich im Flur hinsetzen kann, und bedeute dem Schielauge mit der anderen Hand, sich bereitzumachen.

Ich schliesse die Tür. Jetzt schnell auf die Matratze. Slip runter, rücklings hinlegen, Dschellaba hoch. Er gehört zu den Schnellen. Es wird nicht lange dauern. Mit Samia im Flur bin ich froh, dass es Robio ist und nicht ein anderer. Das Problem bei dieser Arbeit ist, dass man nie weiss, an wen man geraten wird. Sparen wir uns Einzelheiten und Ausführungen darüber, was ich alles zu sehen bekomme. Ich erlebe hier, was du dir vorstellen kannst, aber lieber gar nicht wissen willst.

Da ist zum Beispiel jener, der sich von dir verschlingen lassen möchte, der sich an deinen Nacken klammert, als wäre der das Letzte, was von der Erde übrig ist. Er ringt im stürmischen Ozean, erstickt dich mit seinem schlaffen Fleisch und möchte, dass du an seiner Stelle Wasser schluckst. Du bist bei seinem Schiffbruch das Floss. Nicht Fleisch noch Blut, noch Leber. Sobald er Festland erreicht, lässt er dich am brackigen Ufer liegen, schaumig und schmutzig. Dann trägt die Flut dich wieder weg.

Ein anderer.

Der Rasende. Er muss unbedingt jede Frau, die ihm unterkommt, in ausgiebigem, kräftigem Strahl mit seiner Manneskraft beglücken. Dein Arsch ist sein Recht. Während er dahergaloppiert wie ein eifriger Polizist, tritt er um sich, drischt auf dich ein, reisst dir die Schulter ab. Er sieht ihm zujubelnde Menschenmengen, du wirst gepeitscht von seinen Händen und der Luft, die er mit seinem Ritt aufwirbelt. Sobald er fertig ist, blickt er herausfordernd und drohend auf sein Reich. Doch dann begegnet ihm sein klebriger Ruhm in deinen Augen, und aus Illusion wird Hass. Er schlägt zu, weil er doch nur er selbst ist. Ein gequälter, trunkener, einsamer Mann.

Noch einer.

Der seinen Schmutz von Mädchen zu Mädchen, von Zimmer zu Zimmer trägt. Einem Gummi zieht er die gelblichen Schlieren vor, die er hinterlässt, um sie – noch warm – bei einer anderen wiederzufinden. Du hast dir im Alkoholnebel keine Gedanken gemacht, als du sie sahst. Aber später in der Nacht, die es nicht kümmert, ob du dich blutig kratzt, bekommst du Schiss. Der Morgen wäscht dann alles weg, und du wendest dich anderem zu.

Ein paar Geldscheine, von unsicherer Hand glattgestrichen.

Der Junge, der sie dir hinstreckt, will seine Unschuld und seine sich rötenden Wangen hinter der Tür zurücklassen. Was er seinen Freunden an Geschichten aufgetischt hat, reicht nicht mehr aus, um aus ihm einen Mann zu machen. Eine angestrengt geschwellte Brust, zitternde Lippen unter einem Ansatz von Flaum, die Zunge vor Angst trocken. Du schaust ihm zu, wie er versucht, sich einen Ruck zu geben. Möchtest ihm sagen, dass es eine Reise ohne Wiederkehr ist. Aber du schweigst. Hilfst ihm sogar ein bisschen, einzudringen und den auf ihm lastenden Frieden einzubüssen.

Du nimmst sie alle mit rauf. Die Niete, den Enttäuschten, den Einsamen, den Schuft und den zufälligen Passanten.

Jenen, den es in die Wärme deiner Hand zieht für eine klägliche, sterile Wonne.

Und jenen, dessen Hass kein Loch zu stillen vermag, den nur das Geräusch braun-blutigen Reissens besänftigt.

Und schliesslich jenen, der sich in deinem Unterleib für seinen vergeblichen Schweiss schadlos hält. Das ist der Fluch, der auf ihm lastet, und da er sich nie satt essen wird, beisst er dir ins Fleisch. Damit seine Zähne –

wenigstens an diesem einen Tag – einmal zu was gut sind. Er röchelt dich schweflig an und speit dir seine Verbitterung auf die Wangen und ins verhedderte Haar.

Hier triffst du auch jenen an, der seine Scham tagtäglich im Alkohol ertränkt und dich abends deine rauskotzen lässt, irgendwo in einer schmutzigen Toilette und mit der Ausrede, der Wein sei gepanscht gewesen.

Aber letztlich sind sie dir schnuppe, sind dir ihr Elend und ihr Dreck schnuppe. Weil du weisst, dass es einfach so ist. Dass auf der Erde ein jeder sein Päckchen zu tragen hat.

Und so schätze ich mich glücklich, wenn ich aus der Wühltasche des Schicksals einen Schnellen ziehe.

Wie diesen Robio, der mich anblickt, während er seine kaum heruntergelassene Hose wieder hochzieht, und fragt: »Was hatte deine Freundin vorhin zu lachen, die dämliche Kuh?«

»Du kennst sie doch und weisst, dass diese Idiotin ohne Grund loslacht«, antworte ich gleichgültig.

Er lässt es gut sein, aber ich weiss, dass er sich darüber geärgert hat. Falls er später betrunken nochmals vorbeikommt, werden sie sich in die Wolle kriegen.

Er macht den Reissverschluss zu und nimmt einen Geldschein aus der Tasche. Ich stehe auf, Slip hoch, Dschellaba runter, und folge ihm.

Meine Tochter lehnt mit dem Rücken an der Wand. Sie hat gewartet, dass wir rauskommen, damit sie zurück zu ihren Trickfilmen kann.

»Danke für die Hilfe«, sage ich.

Robio starrt mich an, sagt schliesslich mit schiefem Lächeln: »Jederzeit.«

Ich winke Samia herein. Meine Tochter sieht aus wie ich, als ich in ihrem Alter war. Zierlich wie eine Gazelle, mit glattem schwarzem Haar. Sie wirkt so klein und schmal in diesem Flur. Ich möchte sie am liebsten in die Arme nehmen und aufessen. Aber der Geruch des anderen hängt mir noch im Gesicht.

*

Es ist dunkel geworden. Ich habe Samia ein Abendessen zubereitet – zwei Eier mit Olivenöl und Kreuzkümmel – und gehe wieder. Als ich bei der Markttreppe ankomme, sind die Mädchen nicht mehr da.

Also ab ins Pommercy. Ich stehe im Eingang, der grün-gelbe Fliegenvorhang ist abstossend schmutzig. Die Schmuddelwirtin pflegt den Boden ohne Sanicroix* zu wischen und spült die Gläser kaum aus, bevor sie sie wieder auf den Tresen stellt. Da kann man sich ja vorstellen, in welchem Zustand der Vorhang ist.

O nein, verdammt! Schaïba! Schaïba ist da! Er kugelt sich gerade vor Lachen, vor sich ein gutes Dutzend leerer Spéciales und seine Riesenwampe. Keine Ahnung, warum ich Lust hätte, ihm meine Zunge in den gigantischen Mund zu schieben. Er ist nicht schön oder so was. Buschaïb übt einfach diese Wirkung auf mich aus. Und zwar als Einziger von all den Typen, mit denen ich verkehre, und er ist auch der Einzige, dessen Spitzname – Schaïba – in meinem Mund einen Geschmack hat.

Aber heute ist mir überhaupt nicht danach, mit ihm zu reden. Wir haben uns schon vor einer knappen Woche gesehen, und ich will auf keinen Fall erneut in eine Geschichte verwickelt werden, in der sich Gefühle zu Wort melden.

Ich wende mich langsam wieder der Tür zu, um rauszugehen, ohne dass meine Dschellaba flattert, ohne Lärm, den Kopf gesenkt. Hoffentlich bemerkt mich niemand, hoffentlich bemerkt mich niemand, hoffentlich bemerkt mich niemand …

»Dschmiaa! Meine Schöne! Wir haben dich noch gar nicht richtig gesehen, und du verlässt uns bereits?«, schreit er mir hinter seinem Tisch hervor zu.

Seine Stimme ist so laut, dass ich von der Tür aus die Bierflaschen vor ihm zittern sehen kann, obwohl ich ihm den Rücken zuwende.

Ich bleibe stehen. Drehe mich um. Setze ein Lächeln bis zu den Ohren auf und sage, als hätte ich ihn vorher nicht gesehen: »Schaïba! Du bist hier?«

»Komm her, meine Schöne! Ich warte schon seit Mittag auf dich. Wo warst du?«

»Ein bisschen da und dort in der Welt. Wo soll ich schon gewesen sein?«, sage ich. »Und du, wo bist du gewesen?«

»Ich? Nirgends. Komm, setz dich zu uns!«

Er sitzt am Tisch mit den beiden Kumpanen, die für ihn arbeiten – Belaïd und Saïd. Ich schlendere zu ihnen, umgehe Tische und schiebe unbesetzte Stühle zur Seite. Als ich bei ihnen ankomme, steht er auf, beugt sich tief hinunter und küsst meine Hand, als wären wir in einem Film. Er drückt mich so fest an sich, dass meine Füsse abheben, und bestellt eine Runde.

Ich nehme einen Schluck Bier aus der Flasche, die vor ihm steht, während ich auf mein eigenes Spéciale warte. Bier mag ich. Rotwein ist auch gut, aber Bier ist besser. Es prickelt im Mund wie Limonade und riecht angenehm. Im Hintergrund läuft Abdelhalim*.

Wir trinken Flasche um Flasche. Die Bar füllt sich langsam. Ich sehe die anderen Mädchen, jede mit Begleitung, nur Halima sitzt mit leerem Blick vor einer Cola, an der Ecke eines Tischs, an dem alle lachen. So eine trübe Tasse!

Schaïba bestellt Bier nach, sobald die Flaschen leer werden. Er beugt sich zu mir und sagt: »Was sagst du zu einer Fahrt nach Jdida*?«

*

Ich habe offen gestanden nur zögernd zugesagt. Aber schliesslich lebt man nur einmal. Wozu das Leben mit Nichts füllen?

Ich sitze vorn, neben Buschaïb und seiner Riesenwampe. Belaïd und Saïd sind im Fond. Schaïba plant wohl einen wichtigen Deal, wenn er die beiden mitnimmt. Das Geräusch der laut zugezogenen Autotüren hallt noch in meinem Kopf nach. Kein Mensch ist zu sehen, ausser zwei Clochards, die sich unter einem Baum hingelegt haben. Es ist merkwürdig. Ich kenne diese Strasse gut, aber es kommt mir so vor, als sähe ich sie zum ersten Mal.

Die Häuser, tagsüber grau und schmutzig, schimmern fast orange im Licht der Strassenlaternen. Auf dem Parkplatz stehen still aufgereiht die Autos. Keine Aufregung, kein Geschrei, kein Streit um die Vorfahrt, keine Drahtesel, die dich beinahe über den Haufen fahren. Keine halb im Müllkübel steckenden Clochards, keine Mütter, die bei Strassenverkäufern um Fisch feilschen, niemand verkauft Obst, keine Kinder, die auf dem Nachhauseweg von der Schule einen Halt für einen Danone-Joghurt einlegen. Es gibt auch keine Verkäufer von *pépites,* Matratzen oder Fingerhüten. Es gibt nichts. Nur eine Katze, die gemächlich die Strasse überquert, ohne zu fürchten, dass ihr jemand den Schwanz vom Leib fährt.

Ich lege den Sicherheitsgurt an. Buschaïb vergewissert sich, dass er eingerastet ist, und fasst mir beiläufig an die Brust. Dazu schaut er mich mit dem Lächeln eines Menschen an, der einen Bärenhunger hat und vor sich einen gebratenen, mit Butter bestrichenen und mit Kreuzkümmel bestreuten Hammel sieht. Er zieht seine linke Augenbraue hoch und deutet mit einer leichten Kopfbewegung auf sein knüppeldickes Dings.

Ich muss lachen, lege die Hand auf seine Rückenlehne und schmiege mich fest in meinen Sitz. Die Strasse vor uns ist leer.

Die goldenen Armreife an meinem Handgelenk stossen gegeneinander. Liebkosen meine Hand und kitzeln mich zwischen den Oberschenkeln.

»Los geht's, *anafa**!«, ruft Buschaïb und schaltet in den ersten.

Ich lasse meine Armreife klimpern und rufe – den Mund aufgerissen wie ein Geldbeutel, wie Samira sagen würde – ebenfalls: *»Anafa!«*

Seine Spiessgesellen, die auf dem Rücksitz zusammengesunken sind, lachen, und wir starten mit Vollgas.

Keine Ahnung, warum wir lachen, aber ich kann nicht aufhören damit. Es ist ein heisses, fettes Lachen, das tief aus dem Bauch kommt und immer mehr Raum einnimmt – wie meine Arme, mein Bauch, meine Brüste, wie ich auf meinem Sitz. Ich habe das Gefühl, anzuschwellen, das Auto langsam vollständig auszufüllen.

»Freust du dich, meine Schöne?« Buschaïb lächelt mir wieder mit seinem endlos breiten Mund zu.

»Wie kommst du darauf?« Ich ziehe eine Grimasse. Es geht mir auf den Keks, wenn er so selbstverliebt ist.

Statt darauf zu antworten – wahrscheinlich ist er nicht in Diskutierlaune –, dreht er sich zu Saïd und sagt: »Rück mal die Spéciales raus.«

Saïd beugt sich zu einem grauen Leinenbeutel hinunter, der neben seinen Füssen liegt, und gibt Buschaïb ein Bier.

»Und sie, verdient sie keins?«, fragt er und deutet mit dem Kopf auf mich.

Saïd bückt sich nochmals und reicht mir ein Bier. Ich nehme es und ziehe meine Marvel aus dem BH. Das Päckchen ist ein bisschen zerknautscht. Ich klaube eine Zigarette heraus, streiche sie glatt und zünde sie an.

Wir fahren zügig die Küstenstrasse entlang, zu voll aufgedrehter Musik. Keine Ahnung, wann ich das letzte Mal eine solche Ausfahrt gemacht habe. Es muss lange her sein, oder ich bin zu betrunken, um mich daran zu erinnern.

Schaïba hält an einer Tankstelle, um Zigaretten zu kaufen. Er lässt die Kassette im Autoradio laufen. Haja El Hamdaouia*. Ich bleibe sitzen, seine Kumpane steigen aus, um zu pissen. Sie lösen ihre Gürtel, lachen und singen wie die Verrückten, während sie im Takt der Musik mit dem Hintern wackeln.

»Hör auf, du spritzt mich an!«, ruft Saïd.

*»Ba Lahsen bschwaja, ha aha bschwaja«**, singt Belaïd ungerührt weiter und schwingt seine Hüften zur Musik, die Arme breit ausgestreckt.

Sein freigelassener Wurm bewegt sich mit ihm hin und her, vor und zurück. Er begiesst alles rundum. Die eigene Hose, Saïd, der lauthals schreit, und auch ein wenig das hohe Gras vor ihnen. Buschaïb kommt zurück und stellt sich neben sie in die Reihe. An seinen Lippen klebt eine Zigarette.

Er zieht daran, die Stirn gerunzelt, die Lippen geschürzt. Die Zigarette weist nach links, während der Mund leicht nach rechts verzogen ist. Sein Nacken ist angespannt, der Kopf ein wenig nach hinten gekippt.

»Was ist los, Schaïba? Erträgst du dein Leben nicht mehr?«, fragt Belaïd und imitiert ihn.

»Trottel!«, antwortet Buschaïb und dreht ihm seinen Körper zu, wie um ihn anzupissen.

Saïd lenkt sie ab: »Wetten, dass ich diesen Stein treffe?«

Sofort zielen alle drei auf den grossen Stein vor ihnen. Belaïd gibt sich alle Mühe, aber es kommt nichts mehr, so macht er seine Hose wieder zu und feuert mit einem *»Tfu!«* eine Ladung Spucke gegen den Stein. »Wer macht's mir nach?«

Getroffen! Alle drei spucken Richtung Stein. Ich klatsche zur Musik, um sie anzuspornen.

Unser Krach lässt die Tankstelle noch verlassener wirken. Aber den beiden einzigen Gästen, die vor einem Kaffee sitzen und im trüben Licht eine Kippe rauchen, ist es egal. Sie sehen zu uns rüber und paffen weiter, ohne ein Wort zu sagen, weder zueinander noch um zu meckern.

Dieser friedliche Anblick färbt plötzlich auf uns ab, und wir fahren weiter.

Ziemlich bald erreichen wir Jdida. Es ist schon spät.

Wir fahren die Uferpromenade entlang, passieren ein paar Kreuzungen, biegen in Strassen ein, die alle gleich aussehen, und halten schliesslich vor einem Haus an. Ein Typ, von dem ich nur die Silhouette sehe, kommt runter und gibt uns die Schlüssel zur Wohnung, in der wir übernachten werden.

Ich bin müde, habe viel gesoffen. Buschaïb und ich widmen uns einer Tätigkeit, die entfernt an Bumsen erinnert. Eine undefinierte, träge Sache. Schliesslich kriegt er es hin. Na endlich.

Jetzt liegt er vollständig angezogen auf dem Rücken und schnarcht mit offenem Mund, seine Wampe ragt in die Höhe.

Mir ist schwindlig, die Zimmerdecke kommt näher, entfernt sich wieder, verschwimmt. Ich glaube, ich muss kotzen.

Samstag, den 19.

Nun ist bereits Morgen. Ich bin völlig benommen. Zum Frühstücken war ich in einem Café am Ende der Strasse, in der wir die Nacht verbracht haben. Allein. Keine Ahnung, wo die anderen sind. Bestimmt geschäftlich unterwegs.

Vor dem Rausgehen habe ich Samira angerufen und sie gebeten, bei Samia vorbeizuschauen. Ich traue Halima nicht so recht.

Heute ist die Sonne ein wenig kühl. Obwohl Sommer ist. Bestimmt ist es noch nicht sehr spät. Es ist noch dunstig, nur wenige Menschen spazieren herum. Ich sitze auf der niedrigen weissen Mauer, die sich den Strand entlangzieht. Mit dem Rücken zum Meer, sonst wird mir schwindlig von all dem Wasser.

Das ist schon seit meinem ersten Besuch am Meer so. Eine Ewigkeit ist das her. Ich war um die zwanzig und noch nicht lange in Casa. Ich war schön! Frisch wie eine Rose, kaum zu fassen. Inzwischen bin ich etwas müde, aber du hättest mich sehen sollen, als ich jung war. Grosse Augen, lange Wimpern. Ein schimmernder, sanfter Blick, tief wie ein Brunnen, und rabenschwarz. In meinem Viertel hiess es, ich hätte Augen wie eine Kuh, so unglaublich schön waren sie. Meine Haare waren üppig wie der Schweif eines Pferdes. Ich reckte die Brust bis in den Himmel vor Stolz. Kaum zu fassen.

Damals war mein Mann noch hier, er war es auch, der mit mir ans Meer gefahren war. Nach Ain Diab*, ich kann mich sehr gut erinnern. Es war an einem Sonntag, noch ganz am Anfang unserer Ehe.

Ich sah damals zum ersten Mal etwas derart Grosses und Schrankenloses. Selbst mit Wiesen und Feldern verhält es sich anders. Es gibt immer irgendeinen Hügel, Baum oder Stall, der dir die Sicht versperrt. Der Anblick war gigantisch gewesen, und als ich die Linie zwischen dem Himmel und dem Meer sah, dachte ich sofort, dass man auf der Reise ins Paradies bestimmt an dieser Stelle in den Himmel aufsteigt.

Mein Mann machte sich noch lange über mich lustig, jedes Mal, wenn er mit mir an einen Strand fahren wollte, sah er mich an: »Na, Dschmiaa, Lust auf einen Kurztrip ins Paradies?«

Als wir hingefahren waren und meine Füsse das Meer berührten, packte es mich. Ich lief los, lief und lief über den Sand wie ein Pferd. Es war, als wäre unter meinen Füssen ein Feuer gelegt worden. Dann blieb ich stehen, hob den Blick, und alles drehte sich. Ich hatte den Schreck meines Lebens, weil ich ja nicht wissen konnte, ob es je wieder aufhören würde. Es drehte sich alles so schrecklich, dass ich auf meinen Stutenhintern plumpste. Ich war damals noch nicht so dick wie jetzt, einfach rundlich und fest. Mein Mann lachte sich halb tot.

Seither wird mir immer schwindlig, wenn ich zu lange auf das Meer hinausschaue.

Und das Frühstück vorhin, ich bin mir nicht sicher, ob es eine gute Idee war. Ich habe Sodbrennen.

*Schufi ghiru, a la'sara 'ata Allah, schufi ghiru.** Mein Handy klingelt!

Es ist Schaïba: »Hallo, wo bist du?«

»Gleich um die Ecke. Und du?«, sage ich im Tonfall einer Person, die sich irgendwo gleich um die Ecke aufhält.

»Ich erwarte dich in der Wohnung. Komm!«

Als ich dort ankomme, ist Buschaïb schon da, ohne die anderen. Ich bin gerade null fickrig, schon gar nicht mit diesem Schwindelgefühl, aber ich mag Schaïba.

Ich setze ein breites Lächeln auf, trete zu ihm und frage: »Na, juckt es dich hier?«, und streiche zärtlich über den Buckel in seiner Hose.

Wobei, das war kein Buckel, das war ein Gebirge. Wir gehen ins Schlafzimmer.

Mir war heute früh gar nicht aufgefallen, dass der Flur grün ist.

Buschaïb greift mir an die Brüste. Die mag er an mir am meisten. Zusammen mit dem Po. Ich stelle mich auf die Zehenspitzen und presse ihm meinen Busen kräftig gegen den Oberkörper. Meine Hand knöpft ihm das Hemd auf. Ich fahre ihm mit den Fingern durch das Brusthaar. Auch das gefällt ihm. Ich zupfe sogar ein bisschen daran.

Sein Lächeln unter dem Schnurrbart zieht sich jetzt bis hinter die Ohren. Er ist schon richtig scharf. »Ich habe dir gefehlt, hm?«, sagt er. Und dann weiter: »Sag mal, sicher nimmt dich keiner von all den Wichsern so gut ran wie ich, oder?«

Er redet und saugt mir gleichzeitig im Gesicht herum mit seinen Lippen, die mir nun riesig vorkommen. Am Ende frisst er mich noch, verschwinde ich in dem Schlund, den seine weggefaulten Zähne hinterlassen haben.

»Und was sagst du zu ihren Schwänzen?«

Er zieht mich aufs Bett. Lässt sein ganzes Gewicht auf mich niedersinken. Sein Bauch und meiner, das ergibt zusammen ganz schön viel Fett. Buschaïb mag es, mich auszubreiten wie eine Decke und sich auf mich zu legen. Er hat Glück, dass an mir so viel dran ist. Aber ich empfinde es nicht als unangenehm. Seine feisten Hände heben meine Dschellaba hoch, pressen sich auf meine Schenkel und arbeiten sich zum Slip vor. Er zieht ihn runter, öffnet seine Hose kaum einen Spaltbreit, holt sein Dings raus und windet sich beim Reinschieben.

»Ist es das, was du wolltest? Sag mal, hat dir mein Riemen gefehlt?«

Verdammt noch mal, warum sagt er ständig »sag mal«, dieser Idiot? Was möchte er denn hören? Deiner ist der Grösste, Süsseste, Deliziöseste, so was? Was die nur alle mit ihren Schwänzen haben.

Er bewegt sich immer schneller. Seine Hände wissen nicht mehr, was sie anfassen sollen. Brüste, Arsch, Bauch, Kinn und Lippen.

Die alte Mina sagte neulich: »Die bezahlen dich doch nicht dafür, von dir verstanden zu werden. Unten Brunst, oben Dunst, das kannst du dir merken.« Und es stimmt. Ich soll ihm sagen, seiner sei der Beste? Kein Problem.

Aber Buschaïb will gar nicht, dass ich antworte. Er mag es, wenn ich Laute von mir gebe. Statt etwas zu sagen, werde ich jetzt einen auf kalbende Kuh machen. Das mag er am liebsten.

»Mmmmmmuuuh.«

»Iah, iah«, antwortet er.

Buschaïb hat soeben gebrüllt wie ein Esel. Nun liegt er zufrieden neben mir, und ich sehe alle seine Zähne. Die Zimmerdecke ist weiss, die steifen Laken unter meinen Händen sind leicht zerknittert.

Die hochgerollte Dschellaba liegt wie ein Kissen unter meinem Steissbein. Ich ziehe den Slip hoch, der unter den Knien festhing, während Buschaïb mit offenem Mund die Glühbirne an der Decke betrachtet.

Ich weiss nie, was ich tun soll, wenn ich mit Schaïba fertig bin. Wenn ich aufstehe, könnte es ihn daran erinnern, dass ich mich den ganzen Tag mit dieser Tätigkeit beschäftige. Wenn ich rede, verderbe ich die Stimmung.

Er greift nach seinem Handy und wählt eine Nummer. Es klingelt.

»Bist du's, Saïd? Hol mich ab. Ich warte in der Wohnung.«

Ohne es zu ahnen, hat er mein Problem gelöst. Ich kann aufstehen.

*

Saïd und Belaïd holten uns dann ab, und nun sitzen wir in einer Bar, in der ich schon öfter war. Immer zusammen mit Buschaïb. Sie liegt ausgangs von Jdida. Die Terrasse ist weitläufig wie das Meer hinter ihr, und abends geht die Sonne genau gegenüber unter. Als hätte man auch sie bestellt.

Davon abgesehen stehen da einfach gewöhnliche Tische und Stühle. Buschaïb setzt sich immer an denselben Ort. In die Ecke links neben dem Eingang, in die nur gerade ein grosser, runder Tisch passt. Zwischen dem hölzernen Tresen und den blauen Rahmen der Panoramafenster mit Blick aufs Meer. Die ganze Deko hat mit Fischerei zu tun. Damit du verstehst, dass du am Meer bist. Irgendwie so. Mir ist ja schleierhaft, was an diesen Bruchstücken von Booten und Netzen dekorativ sein soll, aber mir soll's recht sein, wenn der Wirt darauf abfährt.

Schaïba hat hier irgendwelche Geschäftstermine. Als wir parkten, erkannte ihn der Wirt und kam uns entgegen: »Buschaïb, lange ist's her!« Er schmatzte ihm einen fetten Kuss auf die Wange. »Alles in Ordnung? Wie geht es der Familie? Und den Kindern? Herzlich willkommen.« Er legte ihm eine Hand auf den Rücken und bat ihn mit der anderen herein.

Während er redete, sah er keine Sekunde zu uns rüber. Als wären Saïd, Belaïd und ich Luft. Mir ist's egal. Ich tat ja ebenfalls so, als sähe ich ihn nicht. Zündete mir eine Zigarette an und wartete, bis sie mit ihrer Begrüsserei fertig waren und der Wirt uns an den Tisch führte.

Und jetzt leere ich Bier um Bier. Keine Ahnung, wie viele es inzwischen sind. Die Sonne ist schon ziemlich lange untergegangen.

Buschaïb sitzt mit einem Typen in brauner Dschellaba zusammen, der ihm ein Grundstück verkaufen will, Besitzverhältnisse eher undurchsichtig. Sie verhandeln wohl über den Preis.

Belaïd und Saïd reden. Weiss der Himmel, was die beiden sich nach so langer Zeit noch mitzuteilen haben.

Es ist ein ständiges Kommen und Gehen. Einige Gesichter sind mir bekannt. Seit wir in der Bar sitzen, habe ich noch mit niemandem geredet. Ich bin müde. Mein einziger Wunsch: dass sie mal fertig werden und wir Leine ziehen.

Bis dahin genehmige ich mir Tapas, Marvel und Spéciales. Aber obwohl ich viel gegessen habe, um wieder ins Lot zu kommen, ist mir schwindlig. Ich habe zu viel getrunken in letzter Zeit. Es muss drei Wochen her sein, seit ich zum letzten Mal nüchtern war.

Ich sehe Buschaïb, kann aber nicht hören, was er sagt.

Er macht ausladende Bewegungen. Reisst den Mund weit auf beim Reden. Hält sich die Wampe, wenn er lacht. Klopft dem Makler, der bei ihm sitzt, auf die Schulter. Aber es ist wie in einem Traum.

Alles verschwimmt. Ich will nach Hause. Möchte in meinem Zimmer sein. Mich auf meine Matratze legen und fernsehen, bis mir die Augen zufallen. Ich habe die Nase voll von all den Leuten.

*

Wir sind aufgebrochen. Sitzen stumm da. Lassen Jdida hinter uns. Erreichen die Polizeisperre an der Strasse nach Casablanca. Ein Bulle winkt uns an den Rand. So ein Scheiss.

Ich drücke meine Zigarette aus. Mache einen auf eingeschüchtert. Sie mögen es, wenn man Angst zeigt.

Der Uniformmensch beugt sich vor und leuchtet mit seiner Lampe ins Wageninnere, um abzuschätzen, wie viel drinliegt. Drei Männer, eine Nutte. Viel Alkohol im Spiel. Wunderbar, sein Napf ist gefüllt.

»Fahrzeugpapiere«, sagt er und verzieht die Fresse.

Als würdest du den Leuten nicht so schon Angst einjagen, du Esel.

Saïd beugt sich über Buschaïbs Beine, um das Handschuhfach zu öffnen. Entnimmt ihm ein schwarzes Lederetui und überreicht es dem Polizisten mit strahlendem Lächeln. Erkundigt sich gleichzeitig nach dessen Befinden. Der Bulle gibt keine Antwort. Er nimmt die Papiere, dreht sich um und marschiert davon. Das wird teuer.

Saïd wartet, bis der Bulle sich ein Stück entfernt hat, und steigt dann aus, um ihm zu folgen.

Ich brauche es nicht mit eigenen Augen zu sehen, um dir zu beschreiben, was dort passiert.

Der Bulle studiert die Fahrzeugpapiere, hält den rosa Führerschein schön aufgefaltet in der Hand. Zieht dann seinen Block hervor und schreibt einen Strafzettel. Saïd tritt zu ihm. Sie verhandeln. Der Bulle blickt zu den anderen Autos rüber, die er angehalten hat und wo man ebenfalls auf ihn wartet. Urplötzlich beschliesst er, bei ihnen vorbeizuschauen.

Saïd wartet einsam am Strassenrand wie ein abgewiesener Freier. Endlich kommt der Bulle gemütlich wieder anspaziert. Wortlos, das Gesicht immer noch zu einer Grimasse verzogen. Saïd sagt etwas und lacht. Der Bulle spielt die Heilige Jungfrau, auf den Lippen den Anflug eines Lächelns.

Saïd bietet seinen ganzen Charme auf. Er redet, seine Hände tanzen durch die Luft. Die Heilige Jungfrau sieht ihn aufmunternd an, ohne jedoch nachzugeben. Saïd wird forscher. Redet lauter, sein Lachen klingt jetzt ungezwungen. Die Heilige Jungfrau entspannt sich ein wenig. Saïd hat es fast geschafft. Er steigert sich noch einmal. Zuckersüss, aber entschlossen. Das mag sie. Geschafft. Sie willigt ein.

Zuerst berühren sie sich nur flüchtig, dann ergreifen ihre Hände einander und vollziehen den Akt.

Aus den Kulissen erschallt kein Jubeltriller. Alle wussten, dass die Heilige Jungfrau sich hat zusammennähen lassen.

Aber wenigstens können wir jetzt nach Hause.

Wir fahren schnell. Haben es alle eilig anzukommen. Ich kann nichts erkennen durch das Fenster, aber wir fahren schnell. Alles ist schwarz, konturenlos. Wenn ich es nicht wüsste, könnte ich nicht sagen, in welche Richtung wir fahren.

Schon sind wir da. Vielleicht habe ich geschlafen. Keine Ahnung.

An der Strassenecke hält Saïd an. Draussen sind Leute, der *pépites*-Verkäufer hat noch auf. Es ist noch nicht mal Mitternacht.

Was mich betrifft, habe ich heute Abend keine Kraft für egal was mehr. Auch nicht zum Reden, egal mit wem. Und noch nicht mal zum Fernsehen.

»Brauchst du was?«, fragt Buschaïb, um herauszufinden, ob ich Geld benötige.

»Nein, geht schon«, sage ich, öffne die Autotür und setze eine Sandale auf das Trottoir. Ich will nur nach Hause. »Ciao.«

Keine Antwort. Die können mich echt mal.

Wenn ich Glück habe, schlafen die Nonne und Samia schon. Und auch ich werde mich gleich hinlegen. Ich habe nichts Besseres zu tun um diese Zeit.

JULI

Sonntag, den 11.

Heute ist das WM-Finale. Spanien gegen die Niederlande. Sie spielen gerade, während ich mit dir rede. Mir ist es ehrlich gesagt schnurz, aber ich weiss es, weil die Strasse leergefegt ist. Alle Männer aus dem Viertel sitzen im Café, und ich hatte seit heute Vormittag wenig Arbeit, dafür, dass Sonntag ist. Ihre Gedanken sind ganz beim Fussball, für Begierden unter der Gürtellinie bleibt nichts übrig.

Man könnte den Wind reden hören, so ausgestorben ist die Strasse. Wie in den Western, die in meiner Kindheit im Fernsehen liefen. Sogar der Parkwächter hat seinen Hocker und das Tablett mit dem Tee auf dem Trottoir stehenlassen.

Noch wurde kein Tor geschossen. Das weiss ich, ohne mir die Partie anzusehen.

Es ist unmöglich, ein Tor zu verpassen. Man weiss nicht, woher genau, aber plötzlich hört man ein so lautes *Ilyeh! Ilyeh!**, dass es sich anfühlt, als käme es direkt aus dem Brustkorb. Alle Männer strömen von den Cafés auf die Trottoirs hinaus und fallen sich um den Hals.

Normalerweise mag ich es, während einer Partie draussen zu sein. Ich gehe zur Treppe an der Kreuzung und setze mich hin. Die Männer schauen sich in den Cafés Fussball an, und ich schaue sie an. Jedem sein Vergnügen.

Aber heute habe ich keine Lust. Ich hatte auch keine Lust, mich im selben Zimmer aufzuhalten wie Halima mit ihrer Leidensmiene, im Stil von »Schaut alle her, wie unglücklich und ernst ich bin«. Die kann mich mal!

Ich werde also ein wenig bei Hamid abhängen. Er ist sicher allein. Das Spiel wird weder auf Al Aoula noch auf 2M übertragen. Zu teuer, hiess es. Und wenn seine Freunde zwischen Fussball und Hamid wählen müssen, zögern sie bestimmt nicht. So scharfzüngig die Witze auch sind, die er ihnen unermüdlich erzählt, an ein WM-Finale reicht keiner heran. Tolle Freunde, so was!

Vor dem Runtergehen habe ich noch ein bisschen was getrunken. Bei dieser Schnarchnase von Hamid gibt es nur Tee.

Ich sehe schon von weitem, dass er sich hingelegt hat, in seinem Verschlag neben der Garageneinfahrt. Der Duschvorhang, der als Tür dient, ist an einem Nagel eingehängt, so bleibt er offen.

Hamid liegt unter seiner violett-grauen Decke vor der Glotze. Auf dem Blechtablett vor ihm steht eine heisse Teekanne.

»Den Tisch reparierst du wohl erst, wenn du dich mal verbrüht hast?«, sage ich anstelle einer Begrüssung.

Das Tablett steht auf einem runden Wackeltischchen mit drei Beinen, von denen eines notdürftig mit Draht ausgebessert ist.

»*Salam,* möchtest du Tee?«, gibt er zur Antwort und zeigt auf die Gläser im Regal neben dem Fernseher.

Es stehen mehrere da, und jedes sieht anders aus. Ich nehme das erstbeste und ziehe dann einen der Stühle heran, die neben der Tür darauf warten, dass seine Freunde rumgammeln kommen.

»Nun, was gibt's Neues?«, fragt er und richtet sich zum Sitzen auf.

»Ach, nichts Besonderes«, antworte ich, während ich mir eine Kippe anzünde.

Ich frage nicht, ob er eine will, lege aber mein Päckchen auf den Tisch. Doch er steht nicht besonders auf Zigaretten. Lieber zieht er ab und zu am Joint seines Freundes, des Blonden mit den blauen Augen. Er mag es nicht, wenn ich im Verschlag rauche, aber ich tue immer so, als hätte ich es vergessen. Weil ich es nicht mag, wenn er sich aufspielt, als sässen wir in einem Palast. Durch seine Bretterbude pfeift der Wind, anstelle einer Tür gibt es einen Duschvorhang, und er will mir das Rauchen verbieten?

Bilder ziehen über die Mattscheibe. Der Tee ist mit viel Honig gesüsst, so wie ich es mag. Wir sitzen stumm da. Das kommt öfters vor, und ich mag das. Manchmal lachen wir zusammen und haben viel Spass, andere Male fällt uns nichts ein, und wir halten die Klappe.

»Gut, dass du gekommen bist«, sagt er, ohne den Blick vom Fernseher abzuwenden, »ich wollte schon länger mal gucken, wo du bist, um dir was zu sagen.«

»Da bin ich.«

Ein rotes Auto fährt vorbei. Fast so geräuschlos, wie die ganze Umgebung ist.

»Neulich kam eine Frau zu mir, die im Haus gleich an der Ecke wohnt – du kennst sie nicht, ich brauche sie dir nicht zu beschreiben. Sie ist klein, dick und hat Locken. Die Eigentümerin dieses Honda«, sagt er und zeigt auf ein gegenüber geparktes blaues Auto.

»Hm …«

»Ich kenne sie. Manchmal plaudern wir ein wenig. Du weisst ja, wie ich bin, ich mag es, Leute kennenzulernen. Sie ist eine tolle Frau. Ihr Mann arbeitet in der Modebranche, vor kurzem war er im Fernsehen. Na ja, ich habe nicht ganz begriffen, was sie will, aber jedenfalls hat sie eine Nichte, die in Holland für eine Zeitung oder für das Fernsehen arbeitet, und sie wollte von mir wissen, ob ich die Mädchen vom Markt kenne, weil sie sich mit einer von ihnen treffen möchte.«

»Wozu denn?«, frage ich und sehe ihn an.

Er nippt am Tee, starrt weiter geradeaus. »Keine Ahnung. Wohl für ein Interview oder so was, ich weiss es nicht genau. Aber sie hat gesagt, dass ihre Nichte bereit ist, dafür zu bezahlen, nur fürs Reden.«

»Aber geht es darum, etwas in Holland zu machen oder hier?«, frage ich.

»Keine Ahnung.«

»Und?«

»Was, und?«

»Was hast du zu ihr gesagt?«

»Ich habe gesagt, dass ich mal schauen werde, was denn sonst?«, antwortet er, wirft die Decke mit einer weichen und zugleich zackigen Bewegung – wie die Zunge eines Chamäleons – vor sich zu Boden und steht auf, um aufs Klo zu gehen.

Was kann diese Frau von mir wollen? Wenn es für das einheimische Fernsehen gewesen wäre, hätte ich erraten können, für welche Sendung sie arbeitet. Ich weiss Bescheid, was auf 2M und Al Aoula läuft. Verpasse kein Programm, lasse mir keine Reportage entgehen, und in Sachen Serien bin ich Vollprofi. Die kenne ich alle in- und auswendig.

»Ich hatte vergessen, es dir zu sagen, deshalb hat sie mich gestern oder vorgestern nochmals gefragt«, ruft er aus dem Bad.

Ich kann dir erzählen, wer wo und wann mitgespielt hat und wie die erste Schwiegermutter des Protagonisten einer Geschichte hiess. Aber wenn es um Holland geht, kann ich unmöglich wissen, was sie will.

Hamid kommt zurück. Er steht in der Tür, den halben Duschvorhang auf dem Kopf, und trocknet die Hände an seinen Jeans ab.

Ich frage: »Was hältst du davon?«

»Keine Ahnung, aber vielleicht springt ein bisschen Geld dabei raus, nicht?«

»Ist es für eine Zeitung oder fürs Fernsehen?« Es macht mir richtig Kopfschmerzen, dass ich nicht weiss, was sie will.

»Ich habe dir schon gesagt, dass ich nichts darüber weiss, aber weisst du was, ich frage sie und gebe dir Bescheid, okay?«, antwortet er und schiebt die Hände wieder in die Hosentaschen.

Mittwoch, den 14.

Seit diesem Gespräch mit Hamid neulich ist nichts Besonderes passiert. Vorgestern habe ich mit ihm zu reden versucht, um Neuigkeiten zu erfahren, aber der Trottel hat mir keine Antwort gegeben. Und gestern bin ich auch an der Garage vorbeigelaufen. Er war gerade mit Leuten beschäftigt und hat so getan, als würde er mich nicht sehen, als ich ihm von der anderen Strassenseite aus zugewinkt habe.

Dabei habe ich eine Lösung gefunden, wie ich diesem Esel einen Dienst erweisen und sein dämliches Interview geben kann, ohne dass man mich erkennt.

Ich habe mir überlegt, dass ich dieses Mädchen, falls sie für das Fernsehen arbeitet, bitten werde, mein Gesicht mit einem Balken zu verdecken. Damit die Leute mich nicht erkennen. Wie in der Sendung *Muchtafun**.

Wenn es hingegen um eine Zeitung oder ein Buch geht, dann kann mir die Sache gestohlen bleiben. Ich lese nicht gern. Man nimmt ein Buch zur Hand und reisst sich den Arsch auf, um es zu entziffern – man muss sich alles selber vorstellen, hört nicht, was die Figuren sagen, weiss nicht, ob sie schön oder hässlich sind. Ich habe ehrlich gesagt noch nie eins gelesen, aber ich weiss, dass es schrecklich ist.

Wie du siehst, habe ich richtig viel nachgedacht, und dann kneift er.

Ich habe nicht versucht, ihn daran zu erinnern. Der kann mich mal. Und diese Holländerin ebenfalls. Wer was von mir will, soll selber kommen.

Zum Glück habe ich noch niemandem etwas davon erzählt. Stell dir vor, ich hätte den Mädchen gesagt, dass ich interviewt werden soll und so, und dann stellt sich heraus, dass Hamid einfach einmal zu viel am Joint seines Playboyfreundes gezogen hat!

Um ein Haar hätte ich es dieser Halima erzählt, die immer noch bei mir in der Bude hockt. Ich weiss jetzt übrigens, wie sie hierhergeraten ist. Sagte ich doch, dass es nur eine Frage der Zeit ist.

Neulich mal bin ich mit meiner Tochter nach Hause gekommen. Es war an einem Montagabend, nach dem Bad. Ich erinnere mich genau. Halima hatte unsere Schritte im Flur nicht gehört.

Was nicht verwunderlich ist bei dem Lärm hier. Die Nachbarn, das Wasser, der Hund im Haus gegenüber, der die ganze Zeit rumjault. Nicht einmal seine eigenen Gedanken hört man bei diesem Krach.

Und zwar noch ganz abgesehen von der Frau des Concierge im Haus, das auf die Avenue Hassan II geht. Sie hat ihre Berufung verfehlt, die hätte Muezzin werden sollen mit ihrem Stimmorgan. Sie und ihr Mann streiten so laut herum, dass man ihre Story im Viertel mit der gleichen Spannung verfolgt wie die von Guadalupe, als die Serie gerade neu war.

Mal erträgt sie es nicht mehr, dass die Schwägerin zu Besuch kommt. Mal sucht er seine blaue Hose und merkt, dass sie noch zum Trocknen aufgehängt ist. Dann zieht sie zu ihrer Mutter, und er holt sie wieder. Es hört nie auf.

An diesem Abend telefonierte ausserdem Rabia mit ihrer in Italien verheirateten Schwester, und wie immer schrie sie dabei, weil sie nicht gut hört. Sie sagt, das Netz sei schlecht.

Aber wenn du mich fragst, hat das mit dem Netz nichts zu tun, obwohl es tatsächlich scheisse ist. Rabia ist einfach taub und hat es als Einzige noch nicht gemerkt, das ist die Wahrheit.

Aber egal, jedenfalls nahm ich, als Samia und ich eintraten, eine abrupte Bewegung wahr, als würde Halima was unter dem Kissen hinter sich verstecken. Ich schweige nie, wenn irgendwas verdächtig ist. Ausserdem wohnt sie bei mir, da muss ich schliesslich Bescheid wissen, oder?

»Was hast du gerade versteckt?«, fragte ich also und sah auf das Kissen.

Im ersten Moment dachte ich, dass sie was aus meinem Schrank genommen hatte.

»Nichts. Ich sehe fern.«

Das Gerät war eingeschaltet, es lief gerade *Men Dar Ldar**. Diese Serie, die so Erfolg hat mit ihren Geschichten über Dienstmädchen, Heuchelei und Armut. Nicht bei mir. Mir gefallen mexikanische, türkische oder sogar brasilianische Fernsehserien. Natürlich schaue auch ich mir marokkanische an, aber die anderen mag ich lieber.

Halima findet sie toll. Und weil ich weiss, dass sie sich fasziniert alle Episoden aus dem Leben dieser Elendsgestalten ansieht, dachte ich, meine Augen hätten mich getäuscht. Vielleicht sass sie ja wirklich nur vor dem Fernseher? Aber ich hatte immer noch Zweifel, und weil ihr Gesicht etwas übertrieben unschuldig wirkte, schob ich ihren Hintern zur Seite und sah unter dem Kissen nach.

Und fand ein Foto von ihr und zwei Jungen. Mit strahlendem Lächeln in einem violett ausgekleideten Wohnzimmer, hinter ihnen ein grosser Spiegel. Die beiden Jungen waren gleich angezogen. Schwarze Hose und rotes Karohemd. Sie waren beide etwa im gleichen Alter wie meine Tochter. Als ich das Foto sah, schaute ich zu ihr auf.

»Sind das deine Söhne?«

»Ja«, sagte sie und stiess einen Seufzer aus. »Zwillinge.« Ihr Brustkorb hob sich geräuschvoll, als sie Luft holte.

»Ist das bei dir zu Hause?«, fragte ich weiter.

Dass sie Violett mag, war mir schon aufgefallen, aber dass sie gleich das ganze Wohnzimmer so ausstaffiert, hätte ich doch nicht gedacht. Einen sonderlich guten Geschmack hat sie jedenfalls nicht. Das erkennt man schon an den Farben ihrer Dschellabas. Die eine seegrün, die andere mauve. Nennt sich so was Farbe? Muster trägt sie nie. Und du müsstest mal ihre Haare sehen! In einem Zustand sind die! Sie pflegt sie nie, nicht einmal im Bad. Verwendet weder *ghassul** noch Henna oder sonst was.

»Ja«, stiess sie hervor und seufzte nochmals auf.

Und brach dann plötzlich in Tränen aus, heulte und heulte und heulte. Es war wie eine Sturzflut. So was habe ich noch nie gesehen. Nicht einmal als mein Vater starb, hatte jemand so heftig geweint. Ich bin ja nie um ein Wort verlegen, aber in diesem Fall blieb mir doch die Spucke weg. Ich setzte mich neben sie und wartete, ob sie wohl von selber aufhören würde.

»Hol ihr lieber ein bisschen Wasser, statt sie anzugaffen«, sagte ich zu meiner Tochter.

Das arme Ding flitzte sofort in die Küchenecke. Ich sah, wie sie den Fünfliterkanister nahm und Wasser in ein Glas einschenkte. Der Kanister war für sie so schwer, dass ihr die Arme zitterten. Trotzdem landete kein einziger Tropfen auf dem Fussboden.

»Ich habe heute zu Hause angerufen, und mein Sohn ist rangegangen«, schluchzte Halima. »Ich hatte kaum Zeit, mich darüber zu freuen, da erkannte er mich schon und legte auf.«

»Redet er nicht mehr mit dir?«, fragte ich.

Sie schüttelte den Kopf. Ihr Haar quoll unter dem Kopftuch hervor und fiel ihr in die Stirn, die Nase war rot und geschwollen. Sie presste die Hände aneinander, ihre Finger waren so verkrampft, dass sie gar nicht mehr durchblutet waren, ihre Farbe bewegte sich irgendwo zwischen Weiss und Blau.

»Ich habe schon seit mehr als zwei Jahren keinen Kontakt mehr zu ihnen. Der Vater verbietet es. Und er«, sie zeigte auf den linken Jungen, »will nichts mehr von mir wissen.«

Dankend nahm sie das Glas Wasser an, das meine Tochter ihr hinstreckte. Danach setzte Samia sich auf die Matratze unter dem Fenster. Von dort aus konnte sie den Bildschirm sehen, auf dem eine *semsara** gerade ein neues Dienstmädchen zu einer Möchtegerndame begleitete.

Halima weinte immer noch. Ich sagte nichts. Und nachdem so unaufhaltsam Tränen gesprudelt waren, sprudelte plötzlich ihre Erzählung.

»Früher hatte ich einen Mann, Kinder, eine Arbeit, führte einfach ein normales Leben. Ich war in einer Firma angestellt und mochte meine Arbeit. Ich verbrachte viel Zeit dort. In der Mittagspause chattete ich im Internet mit Freundinnen. Dann bekam ich eines Tages eine Nachricht von einem Unbekannten. Er schrieb, ich sei ihm abends beim Verlassen der Firma aufgefallen und er habe sich nach mir erkundigt. Er habe herausgefunden, dass ich für die Kundenbestellungen zuständig sei, und die Telefonistin angerufen, um meine E-Mail-Adresse in Erfahrung zu bringen. Tag für Tag überschüttete er mich mit Komplimenten. Anfangs reagierte ich nicht darauf, aber er war so hartnäckig, dass ich ihm schliesslich zu antworten begann.

So ging es den ganzen Sommer, und am Ende schlug mir das Herz bis zum Hals, wenn ich wieder eine Nachricht von ihm vorfand. Manchmal ging mir durch den Kopf, dass mein Verhalten sich für eine verheiratete Frau nicht gebührte. Manchmal beschloss ich auch, ihm nicht mehr zu schreiben, aber er schickte mir Fotos von Blumen, Videos von Amr Diab*, weil er wusste, dass mir so was gefällt. Und so antwortete ich ihm doch, und es ging wieder los.

Wenn ich nur gewusst hätte … Ich wurde immer abhängiger von ihm. Er hatte gesagt, er heisse Taufik. Wenn wir uns schrieben, bat er mich, zu erzählen, was ich machte, wie ich angezogen sei … Wir hatten uns noch nie getroffen.

Einmal verabredeten wir uns zu einem Videochat. Und zwar an einem Samstag, weil mein Mann da mit den Kindern Fussball spielen ging. Ich loggte mich ein, und wir fingen an zu plaudern. Ich schaltete die Kamera ein. Er sagte, mit seiner gebe es ein Problem, sie funktioniere gerade nicht. Und dass ich wunderschön sei. Eins ergab das andere, und es wurde intim.«

Statt Halimas Gesicht sah ich nur Tränen, Taschentücher und die Spitze ihrer tropfenden Nase. Während sie erzählte, hatte ich ihr die Taschentücher hingelegt, damit sie sich bedienen konnte. Ihre Geschichte war interessant, aber doch nicht so interessant, dass ich tatenlos zugeschaut hätte, wie sie meine Kissen vollrotzt. Um mich in Ruhe konzentrieren zu können, bat ich Samia – die sich unterdessen vom Fernseher abgewandt hatte und mit offenem Mund zuhörte –, beim Lebensmittelhändler Brot zu holen.

»Dann habe ich irgendwann – ich weiss nicht, wie es so weit kommen konnte – Dinge getan, die etwas gewagt waren. Lassen wir die Einzelheiten. Jedenfalls ging das zwei Wochen so. Ich konnte den Samstag kaum erwarten. Meinerseits hatte ich ihn noch nie gesehen. Wenn ich ihn bat, die Kamera zu reparieren, sagte er, dass er im Vergleich zu mir nichts hermache. Er konnte so gut Süssholz raspeln, dass er mir sogar hätte weismachen können, er rufe direkt aus dem Paradies an, Gott möge mir verzeihen.«

Halima weinte nicht mehr. Da ich weiss, wozu Männer fähig sind, verstand ich bestens, was sie sagte.

»Am Montag kam ich zur Arbeit und schaute bei meinem Chef vorbei, um guten Morgen zu sagen. Er sass in seinem Büro vor dem Bildschirm und schaute sich etwas an, das offenbar höchst amüsant war. Als ich meinen Rechner einschaltete, checkte ich gleich die Mails, um Taufiks Nachrichten zu lesen. Und da blieb mir fast das Herz stehen. Ich fühlte mich, als hätte es mir jemand eigenhändig herausgerissen. Es gab mehrere Nachrichten mit Bildschirmaufnahmen von mir, wie ich für ihn posierte, dazu die Nachrichten, die ich ihm geschrieben hatte, alles … mein Inneres wurde zu einer Riesenschaukel. Und ich wusste nicht, wie ich das Schwingen stoppen konnte.

Erst zwischen Mittag und zwei Uhr, als das Büro leer war, wagte ich wieder einen Blick in die Mails. Taufik hatte diese Nachrichten an alle geschickt: an mich, meine Kolleginnen und Kollegen, meinen Chef, der am Vormittag gekichert hatte, an meinen Mann … alle.

Ich stand auf, nahm meine Tasche und ging raus. Hörte nichts, sah nichts. Aber das Blut gefror mir in den Adern und versengte mir die Haut. Ich irrte den ganzen Tag in der Stadt umher, die Tasche unter den Arm gepresst. Würde ich mich nicht so vor Gott fürchten, hätte ich meinem Leben an diesem Tag ein Ende gesetzt.

Als es dunkel wurde, ging ich nach Hause. Mein Mann war schon da. Auf einem Stuhl vor der Tür. Die Kinder sassen hinter ihm im Wohnzimmer. Aus ihren Gesichtern war alles Blut gewichen, ihre Arme hingen kraftlos herunter. Mir fehlen die Worte, dir diese Nacht zu beschreiben. Die Kinder sahen bis zum Morgengrauen weinend zu. Jedes Mal, wenn eines der beiden mich beschützen wollte, versetzte der Vater ihm einen solchen Stoss, dass es gegen die Wand prallte.

Ich schämte mich so schrecklich, dass ich mich schlagen liess, ohne aufzumucken. Mir war davor gar nicht bewusst gewesen, dass meine Taten vor dem Bildschirm real waren.

Weisst du, ich verbarg zwar aus einem Reflex heraus mein Gesicht, aber in Wirklichkeit erleichterte es mich, dass er mich schlug. Ich wünschte mir, dass es so lange andauern würde, bis ich meinen Fehler gesühnt hätte und aus der ganzen Geschichte wieder als Jungfrau hervorgehen würde. Oder daran sterben.«

Halima sah mich nicht mehr an, sie befand sich anderswo. Ruhig erzählte sie weiter.

»Nach dieser Nacht reichte mein Mann die Scheidung ein. Das Urteil wurde sehr schnell gefällt. Ich versuchte gar nicht, mich zu verteidigen, nahm mir keinen Anwalt. Man verurteilte mich zu zwei Jahren Gefängnis wegen Pornographie. Meinen Mann habe ich zum letzten Mal gesehen, als er mir irgendwelche Papiere von der Bank und vom Notar brachte, wegen der Wohnung. Ich habe sie unterschrieben, ohne sie zu lesen.

Seit dem Urteil schäme ich mich so schrecklich, dass ich niemanden wiedergesehen habe ausser einer Kollegin, Nisrin, mit der ich im Büro befreundet war. Sie hat mich einmal im Gefängnis besucht und mir Dinge erzählt, die ich lieber nie erfahren hätte.«

Halima schüttelte langsam den Kopf, den Blick ins Leere gerichtet, lächelnd. Sie erinnerte mich an eine Irre aus einem Film auf 2M, die an einem Abgrund steht und das genau gleiche Lächeln wie Halima im Gesicht hat, bevor sie sich hinunterstürzt.

»Sie hat mir berichtet, dass nach meinem Weggang alle nur über diese Fotos und meinen Prozess sprachen. Sie kam, weil sie dachte, die Sache würde etwas weniger schwer auf mir lasten, wenn sie mir erzählte, was sie wusste. Während des Prozesses lockerten sich die Zungen, und eines Tages hatte Wafaa – eine Sekretärin, mit der ich mich überhaupt nicht verstand – geprahlt, sie habe es geschafft, mich zu Fall zu bringen. Nisrin wusste nicht alle Details, aber Taufik war jedenfalls ein entfernter Cousin von Wafaa.

Sie hatten den Plan zusammen ausgeheckt. Es brauchte nicht viel. Ich wusste ja nicht einmal, dass es so was gibt. Im ersten Moment fühlte ich mich verraten und hätte mich am liebsten übergeben. Aber jetzt empfinde ich nichts mehr. Ich warte, dass die Zeit vergeht, und versuche, Gott nahe zu bleiben. Du denkst bestimmt, dass ich bete, damit Er mir vergibt. Nein, ich bete nur dafür, dass Er meine Sünden als Opfer annimmt. Mein Leben lang hat Gott mich geschont. Als meine Eltern starben, gab Er mir eine Tante, die mich aufzog wie eine eigene Tochter. Er gab mir einen Ehemann, Kinder, Arbeit, Gesundheit. Ich war blind für all das.

Ich betete wie alle, aber ohne Überzeugung, und den Schleier trug ich nur, weil ich nicht wollte, dass mein Mann eifersüchtig ist. Gott hat alles für mich getan, und ich habe Ihn gar nicht beachtet. Heute gehöre ich Ihm. Dieser Frau, die mich nach meiner Entlassung aus dem Gefängnis mit Hussin in Kontakt gebracht hat, bin ich nur deshalb gefolgt, weil ich es verdiene. Gott weiss, dass diese Tätigkeit für mich eine Qual ist. Er weiss, dass es für mich nichts Schlimmeres gibt, und ich hoffe, dass Er zufrieden ist. Weil die Hölle nicht ausreichen wird als Strafe – für das, was ich meinen Kindern und meinem Mann angetan habe.«

Dann verstummte Halima unvermittelt, als hätte eine unsichtbare Hand den Hahn zugedreht.

Ich wusste in diesem Moment nicht, was ich von der Sache halten soll. Es wäre gelogen, zu behaupten, ihre Erzählung hätte mich nicht berührt. Und dass ich meine Tochter vorerst bei Mouy* lassen will, beschloss ich, nachdem ich das Foto ihrer im Wohnzimmer sitzenden Kinder gesehen hatte.

Sie weilt inzwischen bei ihr in Berrechid in den Ferien. Ich weiss noch nicht, wie ich Mouy dazu bringen kann, danach weiter auf sie aufzupassen. Aber mit einem guten monatlichen Scheck werde ich sie vermutlich überzeugen können. Schliesslich lassen alle Frauen, die sich in einer beschissenen Situation befinden, – egal ob sie Nutten sind oder nicht – ihre Kinder bei ihren Müttern, wenn sie Eltern haben, auf die sie sich stützen können, warum sollte ich das anders machen?

Kurz und gut, im ersten Augenblick tat Halima mir leid, aber unterdessen habe ich die Angelegenheit eingehend aus allen Richtungen betrachtet und bin der Meinung, dass sie die Schuld allein bei sich selber suchen muss.

Ihr grösstes Problem ist, dass sie unfähig ist.

Wenn wir hier gelandet sind, dann deswegen, weil wir keine andere Wahl hatten. Nicht weil wir vor einem Bildschirm kindische Dinge angestellt haben und uns danach nicht zu wehren wussten. Bevor sie herkam, war sie im Gefängnis. Und noch davor war sie verheiratet gewesen und hatte einen Haushalt. Kennst du viele Beispiele dieser Art? Von Frauen, die so unbedarft sind, dass sie ein einziges, verhängnisvolles Mal stürzen? Ohne jedes Straucheln davor?

Ich sage dir, das passiert, wenn eine nicht schaut, wohin sie die Füsse setzt, sondern einfach vorwärts läuft wie eine Idiotin. Und wenn es eines Tages darum geht, den Verantwortlichen zu finden, kann man die Schuld nur sich selbst geben.

Mittwoch, den 21.

Ich sitze im Bus nach Berrechid. Von Hamid habe ich immer noch nichts gehört. Ich habe ihn anzurufen versucht, aber der Wichser ist mal wieder nicht rangegangen. Pech für ihn. Ich verdrücke mich heute nämlich für einen Monat aus der Stadt.

Ich sitze am Fenster, die Strasse zieht an mir vorbei. Zu dieser Jahreszeit ist alles gelb. Die Felder sind kahlgeschoren. Dieses Jahr seien die Ernten mager ausgefallen, heisst es. Aber es ist nicht nötig, dem Beachtung zu schenken. Das wird jedes Jahr verkündet, um die Preise in die Höhe zu treiben.

Links neben mir sitzt eine Frau, ein richtiges Fässchen. Ihre Kinder – zwei schon ziemlich grosse Jungs – hat sie auf den beiden Nebensitzen platziert. Ich werde auf der Fahrt meine Ruhe haben, sie versteht es, sie in Schach zu halten. Kindergeschrei geht mir nämlich auf die Nerven. Und heute besteht die Gefahr, dass ich schneller ausraste als sonst. Wenn ich zu Mouy fahre, ist Schluss mit Alkohol. Da nützt es auch nichts, wenn ich mich mit Tabletten dösig dope, viel braucht es dann nicht, damit mir die Sicherungen durchbrennen.

Beim Einsteigen rangelten die Söhne hinter ihr. Als sie fragte, ob sie sich setzen dürfe, während sie sich schon setzte, droschen die beiden Bälger aufeinander ein. Sie sah es nicht, weil sie sich gerade vorbeugte, um die Tasche unter dem Vordersitz zu verstauen. Aber sie brauchte gar keine Augen im Rücken, um zu merken, dass sie Unfug machten. Während sie sich wieder aufrichtete, pfefferte sie dem einen Sohn eins auf die Backe und im Vorbeigehen dem anderen eins auf den Rücken.

Ich schmunzelte und dachte: Das nenn ich Übung. Aber ich schmunzelte nur in Gedanken, nicht in echt.

»Seid still, ihr Trottel!«, schrie sie und wandte sich dann an mich: »Die Kinder treiben mich noch in den Wahnsinn.«

»Gott vergilt den Eltern ihre Opfer«, antwortete ich reflexhaft und rückte etwas zur Seite, um ihr Platz zu machen.

Es ist drückend heiss, und vorhin am Busbahnhof herrschte ein grosses Gewimmel. Zum Glück habe ich muskulöse Arme. Als ich all diese Leute sah, schob ich die Hände in die Taschen meiner Dschellaba, fuhr die Ellbogen aus, und *anafa!* So muss man mit dem Volk umgehen. Ellbogen und Knüppel, das ist das Einzige, was funktioniert. Hätte ich es anders gemacht, würde ich immer noch dort brutzeln.

Da in wenigen Tagen der Ramadan anfängt, drängeln alle, reisen alle, müssen alle irgendwohin. Sagenhaft, was die Leute an Sachen mit sich rumschleppen.

Ich habe fast nichts mitgenommen. Wenn ich irgendwohin fahre, beschränke ich mich auf das Nötigste. Die bei Rkia gekaufte *mcharka** habe ich zusammen mit Datteln in eine grosse Tasche gepackt und meine Klamotten in eine guterhaltene Tüte. Rkias *mcharka* wird Mouy schmecken. Sie ist sensationell.

Ich habe sie schon vor einem Monat gebeten, welche für mich zuzubereiten. Das macht sie bei sich zu Hause in Derb Sultan, alle reissen sich darum. Ich kenne sie schon seit vielen Jahren, und so gibt es nie Diskussionen, wenn ich meine Bestellung aufgebe, zur Not muss selbst ihre Schwester warten. Sie macht mir auch einen guten Preis. Fünfunddreissig Dirham das Kilo. Ich habe genug für den ganzen Monat genommen.

Den Ramadan verbringe ich immer zu Hause bei meiner Erzeugerin. Arbeit hin oder her, es liegt nicht in meinem Interesse, die Fastenzeit bei Mouy zu verpassen. Ich fahre selbst dann hin, wenn sie in einen Monat fällt, in dem wir Mädchen im Viertel gut ausgelastet sind.

Das war schon immer so, sogar als ich noch ein Zuhause hatte. In Wirklichkeit bedeutet es für mich auch Erholung. Auch wenn Mouy mir keinen Augenblick Ruhe gönnt. Wenn ich bei ihr bin, kann ich nicht gemütlich fernsehen. Tu dies, tu das. Sie liebt lästige Pflichten. Kaum erblickt sie etwas, was nicht glänzt, steht sie auf. Manchmal werde ich schon vom Zuschauen müde.

Äusserlich bin ich ihr sehr ähnlich. Sie war wunderschön in ihrer Jugend, wie ich früher. Gross, kräftig, füllig, das glatte schwarze Haar üppig und knielang. Noch heute muss sie es gut ein Dutzend Mal eindrehen, wenn sie es als Knoten am Hinterkopf feststecken will.

Sie ist wirklich kräftig. Du hättest sie sehen sollen, als sie noch jünger war! Ihre Hände konnten mühelos den ganzen Tag lang Teig kneten. Sie war nicht auf meinen Vater angewiesen, wenn einem Huhn oder Schaf die Kehle durchgeschnitten werden sollte. Er, Gott habe ihn selig, sagte nie etwas gegen Mouy. Obwohl auch er stämmig war und ihr mit einem halbherzigen Schlag alle Vorderzähne hätte ausschlagen können, wenn er gewollt hätte.

Wobei er ohnehin nicht viel Zeit zu Hause verbrachte.

Bevor er erkrankte und bettlägerig wurde, war Ba* nie zu Hause. Er war ein Arbeitstier. Als wir noch auf dem Land lebten, schuftete er den ganzen Tag im Freien. Wenn er nicht pflügte, brachte er Heu ein, pflanzte was an oder riss was anderes aus.

Und als wir in die Stadt zogen – ich war etwa fünfzehn –, pflegte er erst spätabends nach Hause zu kommen. Mouy servierte ihm das Abendessen, dann schlief er bis zum nächsten Tag. Er arbeitete im Suk, im Kornspeicher.

Eines Tages wurde er krank. Was es genau war, kann ich dir nicht sagen, irgendein Keim begann ihn von innen zu zerfressen.

Von da an war es aus mit ihm. Der Arme war so mager wie mein kleiner Finger und so geschwächt, dass er weder sprach noch ass. Wir gingen mit ihm zum Arzt, aber der sagte, er könne nichts für ihn tun.

So brachten wir ihn wieder nach Hause, wo er die Tage in der Ecke der Wohnzimmermatratzen verbrachte und vor dem Fernseher auf sein letztes Stündlein wartete. Ich glaube, er sah den Bildschirm gar nicht mehr. Wer weiss, ob er noch zwischen den Bildern und den Fliesen unterscheiden konnte, mit denen Mouy die Wände ausgekleidet hat. Schöne Fliesen, blau mit Orange, Grün und Weiss.

Einmal hatten wir gerade fertiggegessen. Meine Brüder rauchten draussen auf der Strasse eine Zigarette, und Mouy, meine Schwägerinnen und ich räumten auf. Ba war an seinem Platz. Als wir fertig aufgeräumt hatten, bereitete Farida, die Frau meines jüngsten Bruders, einen Tee zu, und wir setzten uns hin, um zu reden und ein bisschen zu scherzen.

Irgendwann sagte Mouy zu mir: »Hilf deinem Vater, ich glaube, er möchte sich drehen.«

Er hatte sich bewegt, und die Decke war ihm von der Schulter gerutscht. Als ich mich zu ihm hinunterbeugte, um ihm zu helfen, war er gegangen. So einfach war das. Keine Hektik, kein Krankenhaus. Nichts. Du bist zu Hause, hörst deine Familie um dich herum reden und machst die Augen zu. Für immer. Gibt es ein grösseres Glück?

Mouy wohnt immer noch in diesem Haus. Anfangs, als sie es bauten, bewohnten wir mit meinem Vater den zweiten Stock. Aber seit sie Knieprobleme hat, kommt sie die Stufen nicht mehr hoch. Statt eine Diät zu machen und abzuspecken, wie ihr der Arzt nahegelegt hat, ist sie lieber ein Stockwerk nach unten gezogen. Sie sagt, sie habe ihr Leben lang an ihren Formen gearbeitet und beabsichtige nicht, von einem Scharlatan und seinem grünen Salat zurück auf Feld eins geschickt zu werden. Mouy ist starrköpfig.

»Möchtest du?«, fragt mich das Fässchen neben mir und streckt mir ein *bimo** hin.

Ich nehme den Keks, obwohl ich ihn nicht will. Ablehnen gehört sich nicht.

»Wohin fährst du?«, fragt sie und zieht ihre grüne Dschellaba an den Schultern zurecht.

»Nach Berrechid, zu meiner Mutter. Und du?«

Ich schwitze und wische die Schweisstropfen weg, die mir ständig von der Stirn perlen. Sie schwitzt auch, aber das hindert sie nicht daran zu reden.

»Nach Marrakesch. Lebst du in Casa?«, fragt sie.

»Ja, ich kümmere mich um eine arme kranke Tante«, sage ich und biete ihr Wasser aus der Flasche an, die ich mir zu Hause gefüllt habe.

Eine kranke Tante, die allein in deiner Vorstellung lebt, ist Gold wert in solchen Fällen – wenn du jemanden neu kennenlernst und Lust hast, dich zu unterhalten.

Eine kranke Tante hat doch jeder, nicht? Oder eine, die im Sterben liegt. Oder sonst was in dieser Art. Aber deinen Angehörigen kannst du diese Geschichte nicht auftischen. Für sie braucht es was Ausgefeilteres. Mouy zum Beispiel habe ich was ganz anderes auf die Nase gebunden.

Als mein Mann ging, sagte ich ihr, ich würde in Casablanca bleiben, um Häuser zu putzen. Aber nicht als gewöhnliche Putzfrau. Mouy könnte es nicht ertragen, dass ihre Tochter den Dreck fremder Leute wegputzt und man sie behandelt wie eine Sklavin. Für Mouy beschäftige ich mich mit sauberer Reinigung. Kein Scheuerlappen, kein Besen. Ich habe eine Maschine, setze mich darauf und mache sauber. Ein respektabler Job also. Ich habe das in einem Film gesehen.

Ich habe ihr auch erzählt, dass ich daneben – als Zubrot – Schwarzhandel treibe, mit Waren, die ich aus dem Norden bekomme und weiterverkaufe. So habe ich es gesagt. Sie hat es geschluckt. Es ist also alles recht unproblematisch mit ihr. Mich nervt nur, dass sie mich bei jedem Besuch in die Zange nimmt, um zu erfahren, wie es um mich und diesen Drecksack von Ehemann steht. Und jedes Mal hartnäckiger bohrt.

Nun, ich und er – er heisst ebenfalls Hamid – sind nicht mehr verheiratet, aber unsere Geschichte ist noch nicht zu Ende. Irgendwann erzähle ich sie dir.

*

Ich bin in Berrechid.

Während der Fahrt hat mir meine Sitznachbarin ihre ganze Lebensgeschichte erzählt. Mutter, Vater, Schwestern, Mann, Kinder, was sie am liebsten zum *ftur** zu sich nimmt, welche Gebäcksorte sie am Id al-Fitr* zum Frühstück isst. Alles. Auch ohne Zigaretten ist die Reise wie im Flug vergangen.

Ich bin soeben in unserem Viertel angekommen. Das Taxi hat mich auf der Avenue abgesetzt, und nun laufe ich zu unserem Haus. Die Häuser, die Läden, alles ist genau gleich wie beim letzten Mal. Die Moschee steht immer noch an ihrem Platz. Das Trafohäuschen ebenfalls. Vielleicht prangen an den grauen Mauern dort drüben ein paar Schmierereien mehr.

Gegenüber dem *pépites*-Laden ist immer noch der Waschsalon. Und Brahim, der Nachbarssohn, lehnt an der Wand. Ich sehe ihn immer in dieser Position: im Gleichgewicht auf einem Bein, in der Hand einen Joint. Mal steht er auf dem linken Bein, mal auf dem rechten. Sonst ändert sich nie was.

Auf der Strasse spielen Kinder Fussball. Drei oder vier umringen Brahim. Er soll ihnen Witze erzählen. Das machen sie immer. Je nach Laune erzählt er welche oder auch nicht. Und je nach Qualität des Joints in seiner Hand. Mal macht er Spässe, mal steht er reglos da wie ein Storch in seinem Nest.

Da ist unser Haus. Es sieht gleich aus wie alle anderen. Im Erdgeschoss ist eine Garage, die meine Mutter einem Typen vermietet, der dort einen Callshop eingerichtet hat. Die metallene rote Haustür führt ins Treppenhaus. Es gibt drei Stockwerke. Dazu den Dachboden, wo wir dem Opferhammel die Kehle durchschneiden. Meine Brüder und ihre Frauen wohnen über Mouy. Abdelhak im zweiten, Abdelilah im dritten Stock. Auch am Haus hat sich nichts verändert. Die rote Tür ist immer noch rot. Und der Schlüssel oben auf dem Sims liegt auch immer noch an seinem Platz. Es dauert einen Moment, bis ich ihn finde, ich taste rechts und links nach ihm. Ich höre meine Mutter schon von der Treppe aus. Sie gibt ihren Schwiegertöchtern Anweisungen, welches Gebäck sie für den Ramadan zubereiten sollen.

»Gut, das ist also beschlossen. Ihr kümmert euch darum, die Zutaten zu besorgen. Vergesst das neue Backblech nicht. Unseres klebt.« Sie hat wie üblich das Kommando inne.

»Um die *mcharka* kümmere ich mich«, sage ich, betrete das Wohnzimmer, in dem die drei um den Tisch sitzen, und hebe meine Tasche ein wenig an, um ihnen klarzumachen, dass darin Gebäck ist.

Sie drehen die Köpfe zur Tür, wo ich stehe. Meine Mutter sitzt genau an der Stelle, an der mein Vater verstorben ist. Vor ihnen steht ein Tablett mit Tee, Brot und Olivenöl. Ich stelle meine Tasche ab und streife die Sandalen von den Füssen, ohne mich zu bücken.

Mouy sitzt halb seitlich ausgestreckt da und richtet sich bei meinem Anblick gerade um so viel auf, dass sie mir die Hand hinstrecken und ich diese vorn und hinten küssen kann. Erst den Handrücken, dann die Handfläche. Egal was die Leute sagen, die Hand einer

Mutter bleibt heilig. Nach einem weiteren Kuss auf die Stirn drücke ich sie fest an mich.

Samia kommt angestürzt. Sie ist grösser geworden, seit ich sie zum letzten Mal gesehen habe. Und schöner. Mouy mag schwierig sein, aber man kann ihr nicht absprechen, dass sie sich gut um meine Tochter kümmert.

Ich begrüsse meine Schwägerinnen. Sie schmatzen mehrere Küsse ins Leere, links und rechts. Ich mag sie nicht besonders. Weder die eine noch die andere, beide auf ihre Art nicht. Eine von beiden will mich immer in die Pfanne hauen.

Mich stört, dass sie meinen Brüdern was erzählen und die es meiner Mutter sagen, die dann zu mir kommt und berichtet, was gesagt wurde. Warum kommen sie nicht direkt zu mir? Ich hasse solche Umwege. Und falls sie vor mir Schiss haben, sollen sie ihre Mäuler halten.

»Bist du gut gereist?«

»Ja, Mouy, sehr gut.«

Sie mustert mich streng. »War es nicht zu heiss?«

»Doch, es war eine Affenhitze.«

Sie giesst mir Tee ein und blickt auf meine Zehennägel, als gäbe es dort etwas zu entdecken. »War es einfach, einen Bus zu kriegen?«

»Ja, Mouy, danke.«

Während sie mir das Glas hinstreckt, blickt sie prüfend in die Ohrengegend. »Und die Arbeit? Alles in Ordnung?«

Sie lässt zwischen meinen Antworten und ihrer nächsten Frage keine Sekunde verstreichen. Ich fühle das Verhör schon nahen. Noch eine oder zwei Fragen, dann kommt jene, die ich nicht hören möchte, schon gar nicht vor diesen beiden da. Später werden sie zu Hause mit ihren Männern und Kindern darüber klugscheissen. Als ob sie was Besseres wären als ich.

»Hat sich dieser gottlose Bursche gemeldet?«

Na, was habe ich gesagt?

Der gottlose Bursche, wie sie ihn nennt, ist – du hast es bestimmt erraten – mein Mann. Das mit ihm ist eine lange Geschichte, und obwohl ich nicht so richtig Lust habe, ist es Zeit, sie dir zu erzählen.

*

Hamid habe ich zwei oder drei Jahre nach unserem Umzug in die Stadt kennengelernt. Ich war so siebzehn oder achtzehn. Er wohnte ganz in der Nähe. Als ich ihn zum ersten Mal sah, sass er auf seinem Moped, einer Peugeot 103, auf der er durch das Viertel knatterte. Er war mit meinen Brüdern befreundet. Sie nannten ihn »Nähboy«, weil er den lieben langen Tag in Schlangenlinien durch die Strassen fuhr wie eine Nadel durch Stoff.

Als Erstes nahm ich an ihm seine Haare wahr. Das war am Abend eines endlos langen Sommertages. Die Sonne brannte immer noch herunter und liess Hamids Haare und den Schalldämpfer seines Mopeds gleichermassen leuchten. Er hatte tonnenweise Haare, und sie waren so dunkel wie Schwarzkümmel. Der schützt ja angeblich vor dem bösen Blick. Ob das stimmt, kann ich nicht beurteilen, aber ich weiss, dass der Kümmel tief in meine Augen eingedrungen war.

Da bei ihm alles recht gut lief, trug er immer schöne Klamotten. Er war gross und schmal, aber kräftig. Eine arabische Schönheit mit dichten Augenbrauen. Ich war ganz verrückt nach ihm. Wie alle Mädchen im Viertel.

Manchmal begegneten wir uns, wenn ich einkaufen ging, dann trug er mir auf, einen meiner Brüder zu rufen, falls er zu Hause war. Damals lebten meine vier Brüder noch bei unseren Eltern. Abdelilah, Abdelhak, Abdelasis und Abdelkrim.

Nach und nach fing er an, mit mir zu reden und mich anzulächeln. Da er mir gefiel, sprang mir jedes Mal fast das Herz aus der Brust, wenn er mich ansah. Du weisst ja, wie es ist, wenn man jung ist. Ein einziger Blick entfacht ein Feuer.

Wir begannen uns zu unterhalten. Aus »Sag was zu mir, dann sag ich auch was« wurde nach und nach »Küss mich, dann küss ich dich auch« und »Fass mich an, dann fass ich dich auch an«, und als wir diesen Punkt erreicht hatten, stand uns der Sinn nach Weiterem.

Da ich jedes Mal, wenn ich in den Lebensmittelladen ging, ein wenig übertrieben lang wegblieb, zog Mouy die Schrauben an – sie schöpfte langsam Verdacht, dass da was im Busch war. Bis sie mich dann eines Tages in flagranti erwischte. Wir küssten uns gerade heimlich, er presste mir dabei eine Hand auf eine meiner Brüste. Sie war so gross, dass sie unter seinen Fingern hervorquoll.

Du kannst dir vorstellen, was für eine Tracht Prügel ich mir an diesem Tag holte. Schlimmer war es nur zwei Wochen später. Da ich nicht mehr rausdurfte, brachte ich die Tage damit zu, auf die Dachterrasse zu gehen, um Wäsche aufzuhängen oder nachzusehen, ob sie schon trocken war. Sobald ich oben war, beugte ich mich vor und versuchte, Hamid zu sehen und ihm zuzuwinken. Er war auch mit den Söhnen unserer Nachbarn befreundet, und so kam er über deren Dachterrasse zu mir rauf. Wir trafen uns auf diese Weise, bis meine Mutter uns erneut erwischte.

Als sie auf dem Dach auftauchte, ergriff er die Flucht, und Mouy rief meine Brüder und sagte ihnen, sie sollten gehen und dem gottlosen Burschen, diesem Drecksack, Ferkel, Nichtsnutz und so weiter beibringen, dass er sich nicht mehr bei uns blicken lassen solle, es sei denn, er wolle den Kopf kahlgeschoren bekommen. Dann ging es mir an den Kragen. Ich weinte und schrie. Hätte ich gewusst, wohin das später alles noch führen sollte, hätte ich mir im Hammam alles wegmassieren lassen und mich danach zu Hause unter eine Decke verkrochen und die Beleidigte gespielt. Aber ich war noch zu jung, und ich fühlte noch ein Brennen am bewussten Ort.

Die Tage vergingen, ich hörte nicht auf zu weinen und fühlte mich wie in einem Film. Wollte nicht mehr essen, vernachlässigte die Körperpflege. Dagegen konnten weder Mouys noch Bas Schläge etwas ausrichten. Mouy kriegte fast Zustände, weil sie so ratlos war, was sie mit mir tun sollte.

Eines Tages beim Essen wandte sie sich aus heiterem Himmel an mich und sagte vor der ganzen Familie: »Ich sehe für dich keine andere Lösung als die Heirat.« Dann schaute sie meinen ältesten Bruder an, richtete den Finger auf ihn: »Kennst du ihn am besten? Oder du?« Sie sah einen anderen Bruder an.

Ohne eine Antwort abzuwarten, redete sie weiter, den Blick so zwischen die beiden gerichtet, dass derjenige handeln würde, der sich stärker angesprochen fühlte.

»Geh zu diesem Jungen, und sag ihm, er soll seine Mutter herbringen, ich will mit ihr reden. Und dir sage ich gleich«, fuhr sie fort, deutete mit dem rechten Zeigefinger auf mich und zog die entgegengesetzte Augenbraue weit in die Höhe, »dass du dann nicht anzutanzen brauchst, um dich auszuheulen, wenn es mit ihm kompliziert wird.«

Wie ich viel später erfuhr, war Mouy davon ausgegangen, dass Hamid das Weite suchte, sobald die Sache ernst würde. Aber das war nicht der Fall.

Schliesslich kam seine Mutter. Sie brachte Zuckerbrot, Tee und ihre beiden Töchter mit, für den Fall, dass meine Mutter eine davon für einen Sohn wollte.

Meine Mutter hatte mir ein hellbeiges Kleid geliehen, schlicht und ohne Gürtel. Und mir das Haar geflochten. Ich servierte ihnen Tee, hatte *msemmen** und Buttergebäck zubereitet. Sie sassen und redeten.

Einige Zeit später waren wir verheiratet. Ich glaube, dass ich noch nie in meinem Leben eine so riesige Freude empfunden habe. Ich konnte es kaum fassen, dass ich ihn den anderen Mädchen weggeschnappt hatte.

Wir hatten ein schönes Fest. Ein Hammel wurde geschlachtet, die Familie kam, die Nachbarn kamen. Die Familie des Bräutigams schickte uns sogar eine ihrer Kühe! Gross, stattlich, schwarz-weiss. Ich sah sie schon von weitem kommen, durch das Fenster des Zimmers, in das man mich für die Vorbereitungen gesteckt hatte. Sie nahm die ganze Breite der Strasse ein. Und du hättest sehen sollen, wie ihre Stirn geschmückt war: Sie trug den schönsten Minzenkranz, den ich je gesehen habe. Der reine Wahnsinn. Es sah so schön aus, dass ich den lautesten Jubeltriller meines Lebens ausgestossen habe. Er dauerte so lange, dass Mouy es schaffte, in dieser Zeit von der Dachterrasse, wo sie irgendwas rumhantiert hatte, zu mir runterzukommen, hinter mir eine Sandale auszuziehen und sie mir in den Nacken zu schleudern, begleitet von Geschrei, dass es Pech bringe, sich als Braut selbst zu bejubeln, und es sei ein grosser Tag, weil sie mich endlich loswerde.

Bei meiner Hochzeit tanzten die Frauen und wurden die Gäste gut verpflegt. Wir hatten ein wahnsinnig leckeres Couscous zubereitet! Hätten unsere Teller sprechen können, wären ihre Jubeltriller nicht von denen der Frauen zu unterscheiden gewesen. Meine Mutter ist eine gute Couscousköchin. Ich bin es auch. Hat eine Schwangere Gelüste, dann giert sie nach meinem Couscous. Mouy hat mir nach meiner Geburt Hühnerleber auf die Handflächen gerieben, damit ich das Kochen lerne. Und die *rfissat**, die ich zubereite! Am liebsten würde man die Finger mitessen.

Neulich mit den Mädchen habe ich ein Couscous mit Fleisch und Gemüse gekocht. Mit Kürbis, Zucchini, weissen Rüben, Möhren, Auberginen, Zwiebeln, einfach allem Gemüse, das Gott erschaffen hat.

Beim Essen sagte Samira: »Dschmiaa, wenn du für Hochzeiten kochen würdest, wärst du so berühmt wie Schumischa*.«

Und die eifersüchtige Hadschar sagte: »Du meinst wohl eher Bargasch*?«, eine Anspielung auf mein Übergewicht.

»Wer sich noch an Bargasch erinnert, ist heute mit den Enkelkindern beschäftigt«, holte Samira zum Gegenschlag aus.

Wir hatten viel Spass.

Nach dem Hochzeitsfest lebten wir eine Zeitlang in Berrechid bei seiner Mutter, dann schlug Hamid vor, nach Casa zu gehen. Dort gebe es Jobs, sagte er.

Wir verliessen Berrechid und mieteten bei einer älteren Dame ein Zimmer.

Zu Beginn ging Hamid morgens zur Arbeit. Keine Ahnung, was er genau machte, aber er brachte jedenfalls Geld nach Hause.

Ich blieb daheim, sah entweder fern oder hörte Musik – meist Najat Aatabou*. Noch in Berrechid hatte Hamid mir eine ihrer Kassetten geschenkt, und seither ist Najat für mich wie eine Schwester. Ich kenne alle ihre Lieder auswendig und lasse mir keinen ihrer Auftritte im Fernsehen entgehen.

Damals hörte ich mir ihre Lieder an, ohne sie zu verstehen, aber jetzt weiss ich, was mir an ihr gefällt: dass sie immer gewöhnliche, scheinbar banale Dinge erzählt, Geschichten, wie sie jedem passieren, tausendmal am Tag. Es gibt in den Liedern immer einen Moment, in dem sie etwas beschreibt, was dir genau so auch passiert ist. Als ob sie dabei gewesen wäre. Oder sich ihr Hirn, sobald sie sich zum Schreiben hingesetzt hat, mit deinem Hirn in Verbindung gesetzt hätte. Ich war gern in ihrer Gesellschaft.

Wenn Hamid abends nach Hause kam, assen wir eine Kleinigkeit und verbrachten die Zeit zusammen. Es war das reinste Fest. Und da nichts über die Wahrheit geht, verrate ich dir, dass ich jeden Tag von neuem wie eine Braut in ihrer Hochzeitsnacht war. Er kam nach Hause und fand mich vor dem Fernseher vor, auf der Seite liegend, eine Hand auf der Hüfte. Scheherazade auf ihrem Brautbett! Als hätte ich den ganzen Tag in Nuttenpose vor der Kiste verbracht.

Sobald er die Tür aufmachte und mich so vor sich sah, kam er auf direktem Weg zu mir. Vergass den Joint, den er hatte rauchen wollen, die Freunde, mit denen er manchmal gern Kaffee trinken ging, und alles andere auch. Das Einzige, was er noch sah, war dieses cremegefüllte Stück Torte in Menschengrösse, das wie ein Geschenk Gottes auf seinem Bett lag.

Sonntags machten wir gewöhnlich einen Spaziergang. Wir gingen zum Taubenplatz, wo der Brunnen ist. Ich zog meine Hochzeitsdschellaba an – grün, mit silbernen Stickereien vorn, seitlich und an den Ärmeln. *Pépites* knabbernd schlenderten wir die Avenue Hassan II hoch. Legten einen Halt ein, um Schnecken zu essen. Die Blicke aller Frauen waren auf uns gerichtet, weil wir so schön waren. Wir lachten viel, worüber, weiss ich nicht mehr. So ging es den ganzen Spaziergang lang. Er lachte, ich lachte. Als würden sich sein und mein Lachen miteinander unterhalten.

Wenn wir spazierten und ich ihn am Arm fasste, schwellte er seine Brust wie ein Pfau, der gleich sein Rad schlagen will. Es war wie im Film. Der Held schön, stilvoll, sauber. Und sein Mädchen fröhlich, voller Freude. Man braucht gar nicht zu hören, was sie zueinander sagen, es ist auch so klar, worum es geht. Es wird einfach mit Hintergrundmusik unterlegt.

Woher haben die Filme das wohl, weisst du das? Sie haben es aus dem echten Leben. Das Problem ist nur, dass dir die Drehbuchautoren, diese Schufte, nicht sagen, wohin die Reise geht. Stattdessen lassen sie dich nach dem Hochzeitsfest hängen. Wenn dein Bauch noch straff ist. Und dein Lächeln so breit, dass sich glatt deine Zähne aus dem Mund verabschieden könnten, um sich ein wenig unter die Gäste zu mischen. Was danach kommt, ist nicht ihr Problem. Weil du dir ihren Scheissfilm nicht ansehen würdest, wenn sie es dir sagen würden.

Und dann waren die zwei unsinnigen Monate der Flitterwochen um. Nach und nach änderten sich die Dinge. Ich bemerkte es nicht sofort. Es begann schleichend, wie eine Krankheit. Bis es mir bewusst wurde, lag ich praktisch schon im Totenhemd da.

Hamid ging morgens zunehmend später los. Er hatte eine Stelle bei einem Immobilienmakler angenommen, zog Kunden für den Kauf und Verkauf von Häusern an Land und bekam bei einem Abschluss eine Kommission. Wie Belaïd und Saïd von Schaïba. Manchmal handelte er auch mit Autos. Das jedenfalls erzählte er mir, und das war seine Begründung, warum er mal mit einer grossen Summe, mal mit leeren Händen nach Hause kam. Es störte mich nicht, dass die Einkünfte unregelmässig waren. Wenn er mir mehr gab, als ich brauchte, versteckte ich den Überschuss zwischen meinen Sachen im Schrank. Und damit er davon nichts merkte, bat ich ihn dennoch jeden Freitag, mir Geld zu geben. Aber wenn er keins hatte, insistierte ich nicht zu sehr.

Hamid wurde schnell wütend. Wenn ich fühlte, dass es in ihm hochzukochen begann, liess ich ihm keine Zeit, bei mir nach einem Haar in der Suppe zu suchen. Ich dachte mir rasch eine dringende Erledigung aus. Etwa beim Lebensmittelhändler das vergessene Öl holen gehen. Oder eine Schachtel La Vache qui rit. Oder eine Dose Sardinen. Oder sonst irgendwas, Hauptsache, ich verschwand aus seinem Gesichtsfeld.

Aber manchmal kam er mir zuvor. Wenn das passierte, wusste ich, dass ich verloren war.

Um zu verstehen, was ich meine, muss man wissen, dass Hamid gern Joints rauchte. Und dass es nichts Schlimmeres als Kiffen gibt, selbst wenn alle es tun – vom Knirps bis zum Hundertjährigen – und man fast annehmen könnte, Haschisch wachse auf den Trottoirs, so allgegenwärtig ist es. Ich habe in meinem Leben die dunkelsten Absonderlichkeiten gesehen, aber nie eine Krankheit, die an Haschisch heranreicht.

Haschisch ist eine sanfte Krankheit. Sanft dringt sie dir durch die Haut, cool, freundlich. Du fühlst dich gut mit ihr, hast Lust, dich in ihre Arme zu legen, dich von ihr wiegen zu lassen, wie früher von deiner Mutter. Ihre Wirkung ist zuverlässig, sie gibt dir Sicherheit. Deine kiffenden Freunde sind ebenfalls cool und freundlich. Ihr legt euch alle in die Arme derselben Mutter. Ihr seid Geschwister, liebt einander alle. Und eines schönen Tages, man weiss nicht, warum, nimmt die Mutter, wie eine Katze, eines ihrer Kleinen und frisst es auf. Einfach so. Warum dieses und nicht einen Bruder? Das weiss Gott allein. Deine Gefährten ziehen weiter an ihren Joints, ohne sich zu rühren. Sie sehen zu, wie sie dich verspeist, halb eingelullt von ihr, halb besorgt, dasselbe könnte auch ihnen passieren.

Aber das versteht nur, wer es erlebt hat. Da ich es nicht wusste, liess ich Hamid so viel rauchen, wie er wollte. Das Problem war die Sache mit der Katze und ihren Kleinen. Unter denen in Reichweite suchte sie sich Hamid aus. Er wurde paranoid. Zweifelte an allem, was er sah oder hörte.

Hamid konnte mich völlig fertigmachen. Wir redeten stundenlang ins Leere. Es begann mit einer Lappalie, und am Schluss holten wir auch die letzten Leichen aus dem Keller, wie einmal an einem Abend, als wir zunächst friedlich zu Hause sassen. Er wollte sich später mit seinen Freunden treffen, ich sah mir eine ägyptische Serie an.

»Wo ist meine schwarze Hose?«, fragte er, den Kopf im Schrank, während sein Arm Kleidungsstück um Kleidungsstück auf das Bett beförderte.

»Frag doch, statt gleich den ganzen Schrank auszuräumen. Ich habe sie gewaschen, sie hängt zum Trocknen auf dem Dach«, antwortete ich und schob, ohne den Blick vom Fernseher abzuwenden, mit dem Arm die Klamotten weg, die bei mir gelandet waren.

Nach einem Moment der Stille fragte er: »Wozu schaust du dir diesen Scheiss an?« Er sah auf den Bildschirm und zog eine Grimasse, die sein ganzes Gesicht zerknautscht aussehen liess. »Dieser Gamel Pascha macht tagelang nichts anderes, als für seine Nutte von Sekretärin seine Gelfrisur in Schuss zu halten, und was soll diese Amel bitte schön mit dir zu tun haben?«

Auf dem Bildschirm war Nawel, oder wie auch immer sie hiess, gerade damit beschäftigt, dem Chef im Büro schöne Augen zu machen, damit er seine Ehefrau sitzenliess und mit ihr eine Nilkreuzfahrt unternahm. Das war, lange bevor bei uns mexikanische Serien liefen.

»Sie heisst nicht Amel«, sagte ich, um seine Frage nicht beantworten zu müssen.

»Okay, sie heisst nicht Amel, aber er heisst doch Gamel Pascha?«, gab er zurück und begann sich wie ein Aal zu winden, um darzustellen, was er von dem hübschen Kerl hielt.

»Na und?« Ich stand auf und fügte hinzu: »Warte mal kurz, ich gehe rauf und sehe nach, ob deine Hose schon trocken ist.«

»Nirgendwohin gehst du, weder rauf noch runter. Du setzt dich jetzt hierhin und sprichst mit mir«, sagte er und zeigte auf das Bett.

Und dann ging es los. Wenn er mich dazu kriegte, mich zu setzen, konnte ich einpacken. Der Boxkampf fing an. Frage um Frage. Ich verteidigte mich. Denk bloss nicht, dass ich mir einfach alles gefallen liess. Das wäre nicht meine Art gewesen. Aber im Gegensatz zu mir fühlte er keine Erschöpfung. Wenn es ums Streiten ging, geriet er nie ausser Atem. Während es mir damals noch an Übung fehlte.

Ich erinnere mich sehr gut an mein Gefühl bei diesen nie enden wollenden Diskussionen. Wenn er anfing mich in die Zange zu nehmen, fühlte es sich an, als hätte er mir einen Wurm in den Bauch gesetzt. Und als würde dieser Wurm ganz gemächlich alles auffressen, was er vorfand. Er schwoll an, wurde grösser und grösser, bis er den Darm verdrängte und mir durch den Hals in den Kopf hochkletterte. Dort verstopfte er mir als Erstes die Ohren. Frass die Verbindungsstücke zur Ohrmuschel, so dass das Gehör vom Rest abgeschnitten war. Ich war taub. Mir wurde kotzübel. Danach nahm er mein Gehirn in Angriff. Am liebsten hätte ich den Kopf vom Hals genommen, ihn auf den Tisch gelegt und wäre gegangen. Einfach damit endlich Ruhe war. Unterdessen fuhr Hamid fort, die Lippen zu bewegen und mir Frage um Frage zu stellen. Und irgendwann, keine Ahnung, aus welchem Grund genau, hörte er zu reden auf und ging. Er hörte in dem Moment auf, in dem ich geleert war, mich hohl wie ein Krug fühlte. Als ob der Wurm und er eins wären und er wüsste, dass nichts Essbares mehr übrig war.

*

Zur Paranoia, zu den Joints, seiner Reizbarkeit und dem immer rarer werdenden Geld fügte er noch den Alkohol hinzu. Als ich ihn kennenlernte, trank er samstagabends mit seinen Freunden. Um ein wenig Spass zu haben. Als wir in Casa ankamen und seine Mutter ihn nicht mehr kontrollieren konnte, trank er ein bisschen mehr.

Er trank in der Stadt mit seinen Freunden, abends, bevor er zum Essen nach Hause kam.

Hin und wieder ging er nach dem Essen nochmals aus, um weiterzutrinken. Dann machte er es immer häufiger. Das kam mir einerseits gelegen, weil er mir allmählich etwas lästig wurde. Andererseits wurmte es mich, weil mir der Gedanke nicht gefiel, dass er mich satthatte. Genau das passiert nämlich, wenn du aus Liebe heiratest: Früher oder später lässt er dich im Stich. Übrig bleibt nur die kalte Asche der Glut, von der du dachtest, du würdest damit Tausende Hammel rösten.

Schliesslich erschien er nicht mehr zum gemeinsamen Abendessen. In der ersten Zeit wartete ich auf ihn und schlief darob vor dem Fernseher ein, aber er kam spät nach Hause und roch schlecht. Ein Gestank nach Kippen und Wein, von dem mir speiübel wurde. Ich mochte es nicht. Vor allem weil er mich in diesem Zustand gern vögelte. Da ich schon schlief, spürte ich, wie er in mich eindrang und sich an mir rieb, spitz wie ein notgeiler Esel. Meine Nase nahm ihn noch vor den Schenkeln wahr. Mit der Zeit mochte ich es immer weniger, dass er mich anfasste, nicht mal wenn er nüchtern war.

Es kam vor, dass er abends nicht einmal mehr den Weg in unser Bett fand. Immer häufiger übergab er sich auf den Boden. Anderntags machte ich alles sauber. Die Kotze am Boden und meine schmutzigen Laken. Auch dazu sagte ich eine Weile nichts. Ich liess ihn machen, sagte mir, dass das vorbeigehen würde, dass er noch jung war und wie alle zur Ruhe kommen würde. Aber es wurde zur Norm, und ich hatte das Ganze je länger, je mehr satt. Manchmal hatte ich morgens nach dem Aufstehen eine Laune wie eine Sturmböe und schrie ihn an, während er – durch den Nebel – nur mit halbem Ohr zuhörte. Dann verstummte ich wieder, damit uns die Nachbarn nicht hörten. Ich hätte es nicht ertragen können, dass sie wussten, was bei uns lief.

Eines Tages wurde mir bewusst, dass Hamid sich nicht mehr die Mühe machte, aufzustehen, um zur Arbeit zu gehen. Gott allein weiss, wie er es anstellte, Geld nach Hause zu bringen. Er stand im Laufe des Nachmittags auf, trank einen Milchkaffee, rauchte dazu eine Zigarette und ging ins Café zu seinen Freunden. Das war seine Arbeit. Ins Café gehen und Plänen hinterherträumen, die ihm auf einen Schlag Geld einbringen würden.

Schmuggelware aus dem Norden verkaufen, Benzin aus dem Süden, mit seiner Schwester eine Molkerei eröffnen … Jeder Tag brachte neue Ideen für Geschäfte, die ihn reich machen würden. Eines Tages kam er mit einem Plan, den er als die Chance seines Lebens bezeichnete: Einer seiner Freunde hatte ihm vorgeschlagen, zehntausend Dirham in einen Warenposten aus China zu investieren. Packen voller Brillen, Sandalen, Decken. Er wollte die Ware kaufen und in Derb Omar* verticken. Damit würde er starten, um dann erneut Ware zu kaufen und weiterzumachen, bis er reich wäre.

Er lieh sich Geld bei seiner Mutter. Gott allein weiss, was sie verkaufen musste, um ihm auszuhelfen. Als er mit dem Geld aus Berrechid zurückkam, ging er mit seinem Freund aus, um das bevorstehende Riesengeschäft zu feiern. Und wie sie gefeiert haben! Er ist mit zehntausend Dirham losgezogen und mit leeren Taschen nach Hause gekommen. Was er erst am Morgen nach dem Aufwachen gemerkt hat. Das Geld war weg. Er habe es in der Innentasche seiner Jacke versteckt, sagte er! So einer ist doch einfach nur bescheuert, oder?

Er verbrachte den Tag damit, nach dem Geld zu suchen. Zuerst in der Stadt, dann zu Hause. Er entleerte den Inhalt unseres Schranks auf das Bett und den Boden. Durchwühlte alle meine Sachen. Zerriss sogar die Innentasche seiner Jacke, um nachzusehen, ob die Geldscheine nicht vielleicht in das Futter gerutscht waren. Als klar war, dass von seinem Geld jede Spur fehlte, geriet ich ins Visier.

Ich wollte ihm helfen und bat ihn wie eine Gans, seine nächtliche Route zu schildern, er solle versuchen, sich nochmals genau in Erinnerung zu rufen, wohin er gegangen sei, vielleicht habe er etwas vergessen. Zur Antwort versetzte er mir einen solchen Schlag, dass ich davon ein Veilchen kriegte, und sagte, ich solle mich gefälligst um meinen eigenen Kram kümmern. Es war das erste Mal, dass er die Hand gegen mich erhob. Und sie blieb von diesem Tag an in der Luft, jeder Vorwand war ihm gut genug, mir eine zu pfeffern.

Wenn es aus Eifersucht geschah, sagte ich nichts, weil ich es nachvollziehen konnte, aber wenn es einfach darum ging, sich abzureagieren, packte mich die Wut und gab auch ich ihm eins in die Fresse.

Ich könnte nicht sagen, wohin dieses Geld verschwunden ist. Die Geschichte endete jedenfalls damit, dass er mir Hände und Füsse küsste, weil er von mir die Armreife und die Kette aus Gold zurückwollte, die er mir zur Hochzeit geschenkt hatte. Bis ich ja gesagt und er die Sachen und auch sein Moped vertickt hatte, war es zu spät, um die Ware zu kaufen. Der Container aus China hatte den Hafen bereits wieder verlassen.

So gab er das Geld von meinem Gold seiner Mutter zurück und war wieder auf Feld eins.

Und da brannte bei ihm eine Sicherung durch. Er konnte sich nicht damit abfinden, dass man ihn reingelegt hatte. Als er seiner Mutter das Geld zurückbrachte, schenkte er ihr ein wunderschönes Kopftuch und sagte, dank ihr sei ihm der Einstieg in die Geschäftswelt gelungen. Er werde bald einen schönen Batzen verdienen und sich für alles erkenntlich zeigen, was sie ihm Gutes getan habe.

Seine schöne Geschichte erzählte er so anschaulich, dass er sie fast selber glaubte. Die paar Kröten, die er zusammenbekam, waren ihm nicht mehr genug. Er dachte nur noch daran, wie er die Kasse zum Klingeln bringen konnte. Aber glaub nicht, er hätte auch nur eine Sekunde versucht, sich eine richtige Arbeit zu besorgen. Zum Arbeiten braucht es mehr als eine schönfärberische Zunge. Es braucht auch robuste Schultern. Und die hatte Hamid höchstens ansatzweise.

Ich glaube, ich liebte ihn noch. Beziehungsweise war ich noch ein wenig doof und dachte, es würde vorbeigehen. Ich hatte Hoffnung. Trotz unserer Streite und Handgreiflichkeiten vergab ich ihm. Wie konnte es danach so degenerieren? Ich könnte es nicht sagen. Wir setzten unseren Weg fort, bis wir anlangten, wo wir anlangten, das ist alles.

*

Eines Abends waren wir zu Hause, Hamid, ein Freund von ihm und ich. Er brachte oft Freunde mit. Ich kochte für sie, sie tranken ein, zwei Flaschen Wein und gingen in die Bar. Gewöhnlich stritten wir uns, wenn er zurückkam. Ich schwieg zu den Zigaretten, dem Haschisch, dem Alkohol, aber es nervte mich, dass er seine Freunde herbrachte. Wenn sie da waren, fühlte ich mich fehl am Platz.

An diesem Abend hatte ich eine Kartoffel-Tomaten-Tajine zubereitet. Sein Freund und er sassen auf der Matratze, reichten sich einen weissen Plastikbecher hin und her, rauchten Zigaretten und warteten darauf, dass ich das Abendessen servierte. Dazu hörten sie sich auf dem Kassettengerät, das ich von zu Hause mitgenommen hatte, *schichat** an.

Nach dem Essen stand Hamid auf und verliess die Wohnung. »Ich hole rasch beim *gerrab** Zigaretten und Wein. Es dauert nicht lange.«

Ich brütete im Zimmer vor mich hin, da sah ich hinter mir plötzlich die Füsse seines Freundes.

»Brauchst du was?«, fragte ich, bemüht, nicht gereizt zu klingen.

Kaum hatte ich den Satz ausgesprochen, konnte ich mich nicht mehr rühren. Er hatte sich auf mich geworfen, presste mir die Hand auf den Mund und hielt mich von hinten fest. Auf der einen Seite versperrte mir die Wand den Weg, auf der anderen sein Bein, das er um meine geschlungen hatte. Er drückte sich gegen mich, rieb seine Rute an meinem Arsch und zerrte sich mit der freien Hand die Hose runter.

Ich wehrte mich, aber er war kräftig wie ein Stier. Als ich zu schreien versuchte, drückte er mir die Luft ab. Mein Hals war verdreht, und ich konnte keine Bewegung machen, ohne dass mich heftiger Schmerz durchzuckte. Ich dachte an die Nachbarn – was, wenn sie kämen und dieses Spektakel sehen würden? Er zog mir das Kleid hoch. Ich dachte an meinen Mann, der nach Hause kommen und mich in dieser Position vorfinden würde. Er zog mir den Slip runter.

Ich biss, wand mich wie ein Wurm, rief nach Hamid.

Der Kerl presste mir die Hand noch kräftiger auf den Mund und atmete mir ins Ohr: »Hamid? Sag bloss nicht, dass er dich nicht vorgewarnt hat.«

Nach diesem Satz war ich wie betäubt. Mit einem kräftigen Stoss drang er ein. Ich rührte mich nicht mehr, bis er fertig war und seine Hose hochzog, sich dann, den Hosenschlitz noch offen, drüben hinsetzte und sich mit seinem orangen Feuerzeug eine Zigarette anzündete. Er rauchte gemächlich und machte sich dann auf den Weg. Erst als er gegangen war, merkte ich, dass die Flasche und das Zigarettenpäckchen auf dem Tisch noch voll waren. Und Hamid keinen Grund gehabt hatte, Nachschub kaufen zu gehen.

Als er nach Hause kam, steuerte er auf den Schrank zu, als wäre nichts gewesen. Fragte nicht, warum sein Kumpel nicht mehr da war. Seine Hände waren leer, er wich meinem Blick aus.

Die Nacht verging in Zeitlupe. Hamid und ich verdroschen uns bis in die frühen Morgenstunden. Er gab sich alle Mühe, mit der Prügelei aufzuhören, aber ich griff ihn unermüdlich immer wieder an. Gönnte ihm keine Sekunde Pause. Nach einer Weile gebärdete auch er sich wie ein Wahnsinniger.

Wir kämpften gegeneinander, aber unsere Schläge waren dumpf. Wir stiessen einander gegen die Wand. Von Zeit zu Zeit legten wir uns hin, um kurz zu verschnaufen, bevor wir wieder aufsprangen und die Fäuste fliegen liessen. Ich fragte mit zusammengebissenen Zähnen, warum er das getan hatte. Weinte vor Wut. Je mehr Tränen flossen, umso grösser wurde mein Hass auf ihn. Und auf mich, weil ich vor ihm so ein Theater veranstaltete. Ich sah meine Mutter vor mir, wie sie zu mir sagt, das sei kein Mann für mich, dachte an die anderen Mädchen aus dem Viertel, die nicht um ihn gekämpft, ihn mir gelassen hatten, dachte daran, dass ich unbedingt mit ihm hatte zusammen sein wollen …

Einen Moment später hatte ich nur noch einen Gedanken im Kopf: Er musste mich bumsen. Als ich ihn dazu aufforderte, machte mich sein angeekeltes Gesicht erst recht fuchsteufelswild: »Du ekelst dich? Erst lieferst du mich diesem Dreckschwein aus, und dann bin ich diejenige, vor der man sich ekeln muss? Schön, und jetzt bumst du mich. Du bumst mich und steckst deinen Schwanz an denselben Ort wie vorhin dein Kumpel.«

Ich war völlig ausser mir, konnte kaum atmen, weil es mir so weh tat, wenn Luft in die Lunge strömte. Je abweisender er war, umso heftiger bedrängte ich ihn. Ich drückte ihm meine Brüste ins Gesicht, hob sie an, presste sie zusammen, hielt sie ihm unter die Nase.

»Schau, so hat dein Kumpel es gemacht. Genau, der Typ, der vorhin da war und mich gefickt hat.«

Er fasste mich an den Handgelenken und versuchte, meine Hände von den Brüsten wegzuzerren. In diesem Moment fühlte ich nichts, aber ich quetschte sie so heftig, dass ich am nächsten Tag einen violetten Striemen entdeckte, der sich quer über die Brust zog.

Dann geschah etwas, was mir vollends den Rest gab, woraufhin ich die Waffen streckte: Als ich ihn an den

Eiern packen wollte, um sie ihm zu zermanschen, fühlte ich, dass sein Glied hart war. Diese ganze Situation, und der hatte einen Steifen! Das war zu viel. Ich hatte keine Energie mehr zum Kämpfen.

In dem Moment, in dem er spürte, dass mir die Kraft ausging, packte ihn die Lust. Er zerriss, was von meinem Kleid übrig war, und vögelte mich, stiess dabei Beleidigungen aus und riss mich an den Haaren.

Ich rührte mich nicht mehr bis zum Morgen.

*

Bei Tagesanbruch war er weg. Mein Arm schaltete den Fernseher ein, ich blieb reglos davor sitzen und sah vor meinem geistigen Auge den Film vom Vorabend in Endlosschleife. Ich ass nichts, ging nicht aufs Klo, zog mich nicht um.

Als er zurückkam, um die Kleider zu wechseln und erneut auszugehen, sah ich stur zur Kiste. Sie war unterdessen ausgeschaltet, aber mein Blick blieb darauf gerichtet. In der Spiegelung der Mattscheibe sah ich, dass ihm beim Umziehen Geld aus der Jackentasche fiel. Mein Geld. Ein kleines Bündel, das er aufhob und vor dem Schrank zählte. Ein kleines Bündel aus vier Zweitausend-Rial-Scheinen, von denen er einen rauszog. Er legte ihn wortlos auf den Tisch und ging wieder. Ich rührte mich nicht und sah nicht zu ihm hinüber.

Er kam erst nach Hause, als schon der nächste Tag angebrochen war. Oder der übernächste. Wer wusste schon, welcher Tag gerade war? Wen kümmerte es?

Dieser nebelhaft verschwommene Tag wiederholte sich unaufhörlich. Der Fernseher mal eingeschaltet, mal ausgeschaltet. Wasser und Brot, von meinen Fingern zum Mund geführt.

Obwohl seither viele Jahre vergangen sind, kehren meine Gedanken manchmal noch zu diesem Moment zurück. Dann liege ich in meinem Zimmer und tue nichts.

*

Zum zweiten Mal geschah es ein paar Tage später. Er überrumpelte mich. Der elende Schuft liess mir keine Zeit, zu begreifen, was da gerade vor sich ging. Wenn ich darüber hätte nachdenken können, wenn ich aus meinem Koma erwacht wäre oder wenigstens über die Hälfte meiner heutigen Fähigkeiten verfügt hätte, dann hätte ich nie zugelassen, dass er sich mir wieder annähert.

An diesem Abend war er eben nach Hause gekommen. »Was gibt es zum Abendessen?«, fragte er.

Ich gab keine Antwort.

»Ich hab dich was gefragt. Was essen wir heute?«, wiederholte er gereizt.

»Keine Ahnung, was wir essen«, antwortete ich kurz angebunden und sah ihn zum ersten Mal seit dem Vorfall wieder an.

»Wenn du es nicht weisst, wer soll es dann wissen?«, gab er zurück, verzog das Gesicht zu einer Grimasse und steuerte auf die Tür zu.

Dann drehte er sich unvermittelt wieder um, war plötzlich wie ausgewechselt.

»Weisst du was, lass uns aufhören mit diesem Theater.« Er trat zu mir. Streckte mir die Arme entgegen und sagte: »Es reicht. Komm.«

Er war ruhig.

»Komm«, sagte er nochmals. Zog mich am Unterarm an sich.

Ich stiess ihn weg und versetzte ihm einen Schlag.

Wieder sagte er: »Komm.«

Ich kratzte ihn.

Er fuhr fort: »Komm.«

So ging es eine Weile hin und her. Dann bezwang mich seine Ruhe. Er zog mich an sich, und ich sagte nichts. Seine Arme waren rau, aber sein Oberkörper war warm.

»Hör mal, lass uns mit diesem Theater aufhören. Das war doch eine Lappalie.«

»...«

»Vertrau mir, es wird nicht lange dauern.«

»...«

»Ich habe dir doch schon gesagt, dass solche Dinge ständig passieren.«

»...«

»Du weisst es nicht, weil du noch nichts vom Leben weisst. Aber das war eine Lappalie.«

»…« *(Nur eine Lappalie? Dir vertrauen?)*

»Hör mal, wir können uns aus der Scheisse befreien, in der wir stecken.«

»…« *(Es wird nicht lange dauern? Würdest du das auch sagen, wenn es um dich ginge?)*

»Wir können rasch etwas Kohle machen und uns dann anderem zuwenden.«

»…« *(Uns aus der Scheisse befreien? Gibt es eine grössere Scheisse als die, in die du mich geritten hast?)*

»Ich habe einen perfekten Plan. Dazu benötige ich einfach einen Grundstock. Viel muss es nicht sein. Du weisst, dass ich niemanden habe ausser dir.«

»…« *(Hast du dir mich in Berrechid geangelt, um mir das anzutun?)*

»Ich kann auf niemand anderes zählen als auf dich.«

»…« *(Ich habe eine Familie, ich habe Brüder, ich brauche niemanden.)*

»Und weisst du, es wird nicht lange dauern. Ich brauche einfach ein bisschen Geld, um Ware zu kaufen, und danach ist Schluss.«

»…« *(Ich für meinen Teil brauche dich nicht.)*

»Hör mal, ich kenne einen Typen, der hat Kontakte nach China. Man gibt bei ihm eine Bestellung auf, er kauft die Ware und liefert sie, sobald sie da ist …«

»…« *(Wenn ich wollte, könnte ich dir und deinen Scheissplänen zeigen, wie man Geld macht.)*

»Man sucht sich die Sachen selber aus …«

»…« *(Du weisst noch nicht, mit wem du es zu tun hast.)*

»So steht man nicht mit einem Warenposten da, der aus verkäuflichen und unverkäuflichen Dingen besteht. Man weiss von Anfang an, was man kriegt. Falls ich nach diesem Geschäft nochmals was von dir verlangen werde, dann schneide diese Zunge ab, die zu dir spricht.«

»…« *(Die Zunge abschneiden, die zu mir spricht? Du kennst mich wirklich nicht. Ich werde dir was ganz anderes abschneiden als die Zunge.)*

»So kann man auch schon vor dem Bestellen einzelne Käufer finden. Nicht alle, aber zumindest einen Teil. Oder du kannst mit Leuten, die einen Laden haben, vereinbaren, dass sie dir schon im Voraus Ware abkaufen.«

»…« *(Und was machen wir jetzt? Du hast deiner Mutter erzählt, du seist Milliardär geworden, und was soll ich jetzt tun? Zu Mouy gehen und ihr alles erzählen?)*

»Davon gibt es eine Menge in Derb Omar. Ich gehe zu ihnen, wir machen was aus, und danach bestelle ich.«

»…« *(Oder soll ich ihr Märchen über China erzählen?)*

»Ich habe mir alles genau überlegt und weiss, dass es funktionieren wird. Wahrscheinlich werde ich Badeschlappen, Eimer, Seifenschalen, Hocker, Kunststoffmatten und Handtücher bestellen.«

»…« *(Vor allem solltest du die Schnauze halten. Woher willst du wissen, was funktioniert und was nicht funktioniert?)*

»Nur Dinge für den Hammam. Alle gehen in den Hammam. Die Frauen, die Männer, die Kinder. Alle.«

»…« *(Ohne mich würdest du noch im Kuhmist waten.)*

»Es gibt niemanden, der nicht ins Bad geht.«

»…« *(Oh, offensichtlich hast du wirklich sehr gründlich nachgedacht.)*

»Sieh mich an, es wird funktionieren. Ich brauche einfach ein Startkapital. Danach vergessen wir die Sache und widmen uns anderem.«

»…« *(Und das Pech, das dich verfolgt, hast du auch an das Pech gedacht?)*

»Diesmal lasse ich mich nicht reinlegen wie beim letzten Mal. Du kannst dir nicht vorstellen, wie sehr mich das Ganze mitgenommen hat, weil ich nicht darüber rede, wie es in mir aussieht. Diesmal wirst du die Sache deichseln. Du bewahrst das Geld auf und kommst dann mit, um es dem Importeur persönlich auszuhändigen.«

»…«

»Hör zu, der Plan ist perfekt. Du brauchst keine Angst zu haben. Sieh mich an, ich habe nichts ausser dir. Weisst du das? Das weisst du doch, oder?«

»…«

»Ich werde alles daransetzen, damit es uns gutgeht und du es besser hast als bei deinen Eltern. Es ist nur eine schwierige Phase. Ich weiss, was ich tue. Und schwöre dir, dass der Plan aufgehen wird.«

»…«

»Sieh mich an. Wir besorgen uns das nötige Startkapital, machen damit zwei oder drei Importdeals, und dann fangen wir nochmals bei null an.«

»…« *(Du hast Glück, dass ich keins dieser Luder bin, die sich einen Mann schnappen, ihm allen Saft rauspressen und ihn fallenlassen.)*

»Danach kehren wir nach Berrechid zurück. Wir könnten vielleicht ein kleines Restaurant aufmachen. Und beide dort arbeiten.«

»…« *(Dir den Saft rauspressen. Das ist es, was ein Wichser wie du verdient.)*

»Ich habe dir nichts davon erzählt, aber ich war vorgestern dort. Ich habe ein Lokal gefunden.«

»…« *(Genau das verdienst du, ein Luder, das dich schnappt und dann fallenlässt wie ein Stück Scheisse.)*

»Ich werde mich um den Einkauf und die Kasse kümmern.«

»…« *(Klar. Du übernimmst die Kasse. Wer dir die Kasse lässt, spinnt und ist stockdumm. Nur eine Idiotin würde dir die Kasse lassen.)*

»Du wirst mit deinen Kochkünsten sofort alle ausstechen. Kein anderes Restaurant in Berrechid wird noch Gäste haben.«

»…« *(Leute wie du hält man von Kassen fern. Für Leute wie dich sind Scheuerlappen die oberste Grenze. Oder allerhöchstens dürfen sie bedienen.)*

»So sind wir in der Nähe unserer Familien. Deine Mutter wird sich freuen. Und stolz sein.«

»…« *(Du stellst dir wohl vor, wie du an der Kasse vor den Gästen posierst? Im Anzug, mit gegeltem Haar?)*

»Na, was sagst du dazu?«

»…« *(Kein Mensch ausser mir wird die Kasse anfassen. Und wenn du glaubst, dass ich deine Gäste bekoche, irrst du dich gewaltig.)*

»Hörst du mich?«

»…« *(Ich suche mir vor der Eröffnung Angestellte, meine Cousinen väterlicherseits, und bringe ihnen das nötige Küchenwissen bei, und danach wende ich mich den ernsthaften Dingen zu.)*

»Ich sage dir: Danach wenden wir uns anderem zu. Und reden nie wieder von dieser Geschichte.«

»…« *(Du Niete wirst nie auch nur in die Nähe des Geldes kommen, das schwöre ich dir.)*

»Sag bitte was, so kann es nicht weitergehen. Dschmiaa …«

»Und wenn du dich von dem Typen reinlegen lässt, dem du das Geld gibst?«

So ging es los mit der ganzen Sache. Keine Ahnung, warum ich zustimmte. Ich weiss nur, dass ich damals Zehen und Finger noch nicht auseinanderhalten konnte. Er brachte einen Kumpel nach Hause, der erledigte, was er zu erledigen hatte, und wieder verschwand. Als Hamid nach Hause kam, hatte er eine Schuhschachtel bei sich. Er stellte sie in den Schrank und legte Geld hinein. Nach dieser Nacht wiederholte sich immer wieder dasselbe, und jedes Mal lief es genau gleich ab. Er ging aus. Einer seiner »Freunde« kam. Wir schoben eine Nummer. Sein »Freund« verschwand, und

Hamid kam mit Geld zurück, das er in die Schachtel legte.

Sehr bald zogen wir um, da die Nachbarin anfing, Fragen zu stellen, und so mieteten wir ein Zimmer in einem Haus, das die Eigentümerin nicht selber bewohnte. Wir hätten nichts Idealeres finden können: Sie war in Schweden und kreuzte nur einmal im Jahr auf.

Dort fing ich an zu trinken und zu rauchen. Mich zu schminken. Mir eng am Po anliegende Dschellabas schneidern zu lassen. Und bei jeder Gelegenheit Hamids Eifersucht zu provozieren.

Weil diese Scheissschachtel nie voll wurde. Wir hatten nie genug Geld, um die Ware zu kaufen. Und jedes Mal, wenn ich nachfragte, wie es aussah, kam er mit einer anderen Geschichte.

Seit dieser Zeit benutze ich untenrum keine Seife mehr. Als wir einmal stritten, weil die Schachtel schon wieder leer war, legte ich einen Schwur ab. Schwor, dass Hamid seinen Dreckschwanz nur noch in eine Dreckmöse tunken würde. Weil er nichts Besseres verdiente. Wie die anderen auch. Ich habe es ihm nie gesagt und auch sonst niemandem.

Danach fing ich an, alles Mögliche zu tun. Nur um ihn zu provozieren. Ich liess mich praktisch vor seiner Nase vom Lebensmittelhändler vögeln. Gab mich dessen Gehilfen hin, als er die Gasflasche auswechseln kam. Dem Wachmann von der Strasse. Allen. Jeder mit einer Rute zwischen den Beinen konnte mich kriegen. Und je mehr dieser Esel sich darüber aufregte, umso besser fühlte ich mich.

Schliesslich bat ich ihn, keine Männer mehr nach Hause zu bringen und mich stattdessen in die Bar mitzunehmen. Ich bekniete und bedrängte ihn, bis er einverstanden war. Nach diesem Stadium war es zwischen uns aus. In der Bar wiegte ich mich vor jedem lebendigen Wesen aufreizend in den Hüften, vor seinen Augen und mit einem Lächeln im Gesicht. Die Leute hielten ihn für meinen Zuhälter. Was war er denn sonst? Mein Ehemann? Das glaubten schon lange nur noch unsere Familien.

*

So lebten wir lange Zeit. Jeder Tag war gleich. Ich stand spät auf. Verbrachte den Nachmittag zu Hause vor dem Fernseher, während er irgendwohin verschwand. Wenn es dunkel wurde, zog ich mich an, holte eine Flasche hervor und setzte mich mit meinen Zigaretten hin. In dieser Zeit begann ich zuzunehmen. Ich kochte nichts mehr, setzte aber immer mehr Fett an. Wenn er nach Hause kam, gingen wir stumm zusammen aus. Nahmen ein Taxi und besuchten Bars. Nach einer Weile kam er nicht einmal mehr mit. Wenn ich zurückkehrte, legte ich das Geld in die Schachtel, und das war's.

Unsere Routine wurde für einige Monate unterbrochen, als ich mit meiner Tochter schwanger wurde. Aber wir lebten insgesamt acht Jahre so. Der Wille Gottes ist unergründlich: Nachdem nie was passiert war, solange ich mich den Kundenwünschen entsprechend schützte, wurde ich schwanger, sobald ich beschlossen hatte, die Pille zu nehmen. Ich war sechsundzwanzig.

Hamid, dieser Wichser, wollte Reissaus nehmen, als ich ihm sagte, dass ein Kind unterwegs war. Aber das liess ich nicht zu. Ich drohte, dass ich aufs Revier gehen und alles der Polizei erzählen würde. Also blieb er. Seine Zweifel sind jedenfalls Quatsch. Bei den Haaren, die meine Tochter hat, kann kein anderer ihr Vater sein.

Ein paar Tage nach ihrer Geburt vertraute ich sie meiner Mutter an. Ich schaffte es nicht, mich um sie zu kümmern, und Hamid ertrug ihr ständiges grundloses Schreien nicht. Mir war es unangenehm, dass sie an meinen Brüsten saugte, ebenso wenig mochte ich es, ihr die Windeln zu wechseln. Ich schaffte es noch nicht mal, sie zu küssen, unglaublich, oder?

Zwei weitere Jahre vergingen, wir fuhren ab und zu für die Feiertage zu unseren Eltern und taten so, als wäre alles normal. Mouy, die sich in alles einmischt, besonders wenn es sie nichts angeht, stellte mir den lieben langen Tag Fragen zu meinem schlechten Aussehen, meinem fettigen Haar, meinem Körper, den sie sah, wenn wir in den Hammam gingen, und der immer mehr an *harira** erinnerte. Sie konnte es nicht fassen, dass mein Mann Kohle machte und ich mich so gehenliess. Ich reagierte nicht darauf, sie beendete ihre Sätze aber dennoch mit: »Wenn du auf mich gehört hättest …«

Eines Tages kam Hamid mit der zweiten Idee des Jahrhunderts: Er würde illegal nach Spanien gehen. Ich hörte schon lange nicht mehr zu, wenn er was redete. Es war mir so schnurzegal, dass ich nicht einmal so tat, als würde es mich interessieren. Dann tauchte Spanien öfter und öfter in seinen Reden auf. Spanien hier, Spanien da. Bis die Sache schliesslich ernst wurde. Er hörte von einem Tag auf den anderen mit dem Kiffen auf. Steckte seine ganze Energie in die Reisevorbereitungen und kratzte Geld für die Schlepper zusammen. Er wollte die Überfahrt in Tanger starten, in einem Boot, wie sie in den Nachrichten zu sehen sind. Einem voller dunkelhäutiger, entwurzelter Menschen.

Ich bin sicher, dass hinter seinem Geld üble Machenschaften steckten. Welche genau, weiss nur Gott. Es war auch nicht mein Bier. Dass die ganze Sache echt war, wurde mir erst klar, als er mich eines Tages aus Spanien anrief, um mir mitzuteilen, dass es geklappt hatte.

Ich wünsche keinem, zu empfinden, was ich an diesem Tag empfunden habe. Stell dir vor, du hebst dir den besten Bissen einer Tajine für den Schluss auf, und dann kommt jemand und schnappt ihn dir in genau dem Moment weg, in dem er gerade in deinem Mund verschwinden will. Und du sitzt mit offenem Mund da, die Finger leer, in der Kehle ein hohler Geschmack.

Nach seiner Abreise wollte Mouy, dass ich wieder zu ihr ziehe, aber mir fehlte die Kraft, sie jeden Tag zu sehen und zu hören. Da ich meinen Frieden wollte, sagte ich, dass ich in Casa bleiben müsse, um etwas Geld zu verdienen und Hamid zu unterstützen, weil er für die Auswanderung nach Spanien sein ganzes Geld ausgegeben habe. Sie stiess einen noch lauteren Seufzer als sonst aus und wechselte das Thema.

*

Eines Morgens, als sie mich anrief, um zum hundertsten Mal zu fragen, wann ich endlich zu ihr zurückziehen würde, sagte sie vor dem Auflegen noch: »Pass auf, meine Liebe. Ich hatte heute Nacht einen Traum.«

Damals hörte ich nie zu, wenn sie von ihren Geschichten erzählte.

»Ich habe von einem weissen Vogel geträumt, der auf einer Brücke sass. Er hielt eine Rede vor einer wütenden Menge.«

»Na und?«, sagte ich spöttisch.

»Das Gesicht dieses Vogels hat mir nicht gefallen.«

»Wollte er um Samias Hand anhalten, oder warum hat dich das gestört?«, sagte ich und lachte freiheraus.

»Jaja, lach nur, und hör nicht zu, was ich sage. Bis dir was passiert«, sagte sie und legte auf.

Seit diesem Tag fürchte ich mich vor Mouy. Ich dachte schon immer, dass sie vielleicht Vorahnungen hat, aber an diesem Tag wurde es zur Gewissheit. Wenige Stunden später rief Hamid mich aus Spanien an und sagte, dass er sich wieder verheiraten wolle. Als ich in die Stadt zu einem *fkih** ging, um mir den Traum deuten zu lassen, sah er es sofort. Der weisse Vogel war Hamid. Seine Rede war die Ankündigung der Hochzeit. Und die wütende Menge war ich. So eindeutig drückte er sich nicht aus, weil *fukaha* immer verschlüsselt reden, aber als ich darüber nachdachte, war es klar, dass es darum ging.

Hamid wollte von mir die Scheidung, damit er dort heiraten und Papiere bekommen konnte. Als ich das hörte, geigte ich ihm ordentlich die Meinung. Schwor beim Kopf meiner Tochter und meiner Mutter, dass sich eher die Erde vom Himmel lösen würde als ich in die Scheidung einwilligen. Nach alldem fehlte mir das gerade noch.

Dann erzählte ich den Mädchen davon, den Freundinnen, die ich gefunden hatte, seit ich angefangen hatte auszugehen. Samira kenne ich übrigens aus dieser Zeit. Wir zwei verstehen uns gut, auch wenn wir uns ab und zu in die Haare kriegen. Sie macht den Mund nur auf, wenn sie was zu sagen hat. Bloss mit ihrem Wichserbullen stellt sie sich zu dämlich an.

Die Mädchen rieten mir alle wie aus einem Mund, in die Scheidung einzuwilligen, um meiner Tochter eine Chance zu geben. Wenn ich ihm diesbezüglich entgegenkam, würde er sich vielleicht an sie erinnern, sobald er seine Papiere hätte. Sie nach Spanien holen? Damit sie dort aufwachsen, zur Schule gehen und sich eine Zukunft aufbauen konnte? Aus der Misere hier rauskommen?

Ich bin ja nicht dumm. Mir war klar, dass er diese Scheidung früher oder später eh durchgesetzt oder die Erlaubnis bekommen hätte, sich eine zweite Frau zu nehmen. Notfalls dank per Boot geschickten Schmiergeldern.

So willigte ich ein.

Ich liess ihn beim Kopf seiner Mutter schwören, Samia Papiere zu besorgen, sobald er seine habe, damit sie ihm nachreisen könne. Dann beantragte ich die Scheidung wegen Verlassens des ehelichen Wohnsitzes, erhielt sie, und er heiratete wieder.

Als ich meiner Mutter mitteilte, dass ich mich hatte scheiden lassen, fürchtete ich um ihren Verstand.

»Bist du übergeschnappt oder was? Bist du schwachsinnig?«, schrie sie ins Telefon.

»Mouy, du bezeichnest Hamid seit dem ersten Tag als Versager, und jetzt soll ich übergeschnappt sein, weil ich mich habe scheiden lassen?«, antwortete ich, bevor ich ihr den Grund erklärte.

»Du bist wie üblich die Einzige, die weiss, was richtig ist.« Danach legte sie einfach auf.

*

Einige Zeit später nahm ich Samia zu mir. Sie war vier. Meine Mutter wollte sie mir nicht geben. Keine Ahnung, warum ich sie bei mir haben wollte. Ich empfand ein komisches Gefühl: als ob aus meinem Bauch zwei warme Hände ragten und sich der Kleinen entgegenstrecken würden, um sie zu umfassen und in den Bauch zurückzulegen.

Wie bereits erwähnt, bereue ich es ja ein wenig, sie ihr nicht gelassen zu haben. Sie wächst heran, und ich habe Angst, dass irgendein gutes Herz ihr bald die Augen öffnen wird. Oder dass ihr von allein klar wird, was hier läuft. Und dass sie Sachen erzählt, die Mouys Argwohn wecken werden.

Auch in der Schule schaut mich dieses Weibsstück von Lehrerin schon komisch an. Sie mustert mich ständig von Kopf bis Fuss, man könnte jedes Mal meinen, sie sehe mich zum ersten Mal.

Zugegeben, Lehrerinnen schauen ohnehin auf alle herab. Vor allem auf die Frauen. Männern gegenüber sind sie anders. Wenn ein Vater aufkreuzt, ist ihr Hochmut urplötzlich weg. Ich fürchte mich jedenfalls nicht vor ihnen und auch vor sonst niemandem. Wenn ich zu einer gehe, rede ich höflich und respektvoll und halte dazu den Kopf gesenkt. Damit hat es sich.

Letztes Jahr hatte Samia einen Lehrer. Mit ihm war es einfacher, man kann sich immer arrangieren. Ein Mann ist ein Mann. Sobald du begriffen hast, dass er dich als Erstes durch den Hosenschlitz sieht, hast du keine Probleme mehr. Die Frauen hingegen sind alles Schlangen.

Als ich Samias Lehrerin zum ersten Mal begegnete, zu Beginn des ersten Trimesters, fragte sie, wo mein Mann arbeite.

»Gott habe ihn selig. Er ist gestorben, als sie noch in meinem Bauch war«, antwortete ich mit Witwenmiene und zeigte auf die Kleine.

»Gott habe ihn selig«, hauchte sie, als handelte es sich um ein Ereignis vom Vortag. »Woran ist der arme Mann denn gestorben?«, erkundigte sie sich und liess beim Reden die Zunge schnalzen.

»Ein Balken hat ihn erschlagen, er war Polier. Es war eine schwierige Zeit. Von ihm war nur noch Brei übrig.«

Sie versuchte, ein mitfühlendes Gesicht zu machen, aber ich sah genau, dass sie abgestossen war.

Obwohl die Kleine es nicht mag, wenn ich Märchen erzähle, sagte sie nichts. Sie weiss ja, dass ich manchmal irgendwas erfinde, um in Ruhe gelassen zu werden. Von Zeit zu Zeit telefoniert sie mit ihrem Vater. Als Samia zu mir zog, gab ich ihm meine Nummer von Maroc Telecom. Und er ruft sie an, um zu fragen, was es Neues gibt.

Jetzt wohnt er in einer Stadt namens Mataró und wartet immer noch auf seine Papiere. Angst macht mir nur eines: dass diese Nutte, die er geheiratet hat – eine Marokkanerin aus Meknès, die als Putzfrau arbeitet –, uns dazwischenfunkt. Oder schwanger wird und anfängt zu bestimmen, wo es langgeht. Oder ihm irgendwelchen Scheiss weismacht und er dadurch noch dämlicher wird, als er ohnehin schon ist. Wir haben genug am Hals, auch ohne ihren Beitrag!

Deswegen überwache ich ihn gut. Und da ihn niemand so gründlich kennt wie ich, schicke ich ihm Geld und halte ihn so bei der Stange. Ich weiss aus Erfahrung, dass es nichts gibt, was er mehr liebt. Vor allem wenn er dafür keinen Finger rühren muss. Wer würde an seiner Stelle den Mund aufreissen und sich beschweren?

AUGUST

Mittwoch, den 18.

Ich bin immer noch in Berrechid. Man hat die Uhrzeit jetzt auf Ramadan umgestellt. Ich blicke überhaupt nicht mehr durch, was die da machen. Zuerst hiess es, man wechselt auf Sommerzeit, um Energie zu sparen, da hat auch niemand gemurrt. Man fand es sogar gut. Dann wurde die Zeit auf Ramadan umgestellt, weil Sommer ist. Ich bin da nicht ganz mitgekommen, aber warum nicht? Das Problem ist nur, dass nach dem Ramadan anscheinend wieder auf Sommerzeit und nach dem Opferfest auf Winterzeit umgestellt werden soll. Wollen die uns verarschen oder was? Glauben sie, wir hätten nichts Besseres zu tun? Stell die Uhr vor. Stell sie wieder zurück. Stell sie nochmals vor. Das ist doch eine Frechheit, den Leuten so auf den Sack zu gehen!

Eben hat Hamid angerufen, der Parkwächter, weil er mit der Nachbarsnichte geredet hat, die wegen ihrer Arbeit wieder zurück in Marokko ist. Sie will mich unbedingt bald sehen.

»Ich habe ihr gesagt, dass du in drei oder vier Tagen zurück bist, ihr Vorschlag ist meiner Meinung nach nämlich interessant«, verkündete Hamid, und seine Stimme klang, als sässe er irgendwo ganz hinten in einer Höhle.

Ich konnte ihn kaum verstehen und dachte an etwas anderes, als ich darauf antwortete. Im Fernsehen lief gerade ein Werbespot, und mir ging durch den Kopf, dass es im ganzen Jahr keinen besseren Moment für eine Méditel-Nummer gibt. Bezüglich der Netzqualität mache ich mir natürlich keine allzu grossen Illusionen, aber wer weiss? Wenigstens könnte ich so vom Ramadanrabatt profitieren.

»Okay, in Ordnung«, erwiderte ich und merkte, dass ich gar nicht wusste, womit ich einverstanden war, und so fügte ich gleich an: »Halt, sag noch mal, du hast behauptet, ich würde kommen? Du spinnst wohl, für mich zu reden? Ausserdem kann ich gar nicht in drei oder vier Tagen kommen. Ich bin im Moment beschäftigt.«

Zuerst hält mich das Mädchen fast einen Monat lang hin, und dann heisst es plötzlich sofort antraben. Soll sie ruhig ein bisschen warten! Reportage hin oder her, die Leute, die im Ausland wohnen, sind doch eh alle nicht ganz richtig im Kopf.

Jetzt, im Sommer, wimmelt es von ihnen. Wer in unserem Viertel ein Haus besitzt, kommt angereist, um den Ramadan mit der Familie zu verbringen. Diese Leute sind gelinde gesagt unausstehlich, aber lassen wir das.

Neulich liess Chadidscha – die Nachbarin mit dem Haus neben dem Trafohäuschen, die in Belgien wohnt – ihren Sohn bei uns. Mouy sollte auf ihn aufpassen, während sie was erledigte. Der Bengel hatte echt Feuer im Hintern. Hopste pausenlos herum, segelte von Matratze zu Matratze. Das Ganze auch noch mit Schuhen. Als meine Mutter das sah, pfefferte sie diesem Rotzlöffel, der gerade ahnungslos zum nächsten Sprung ansetzte, mit dem ausgestreckten Arm von unten eine an die Beine und brachte ihn so zu Fall. Er drehte sich zwei-, dreimal um die eigene Achse wie im Fernsehen die Turmspringer und knallte auf den Boden runter. Zum Glück auf einen Teppich.

Seither verhält er sich ruhig, wenn seine Mutter ihn zu uns bringt.

Aber in Belgien habe die Schule ihr mal die Bullen ins Haus geschickt, erzählte sie uns, weil sie ihn geschlagen hatte, als er sie nicht in Ruhe saubermachen liess. Der Kleine erzählte es der Lehrerin, und diese meldete es der Polizei. Wen wundert's, dass die Kinder danach nicht normal sind?

Deswegen habe ich kein sonderlich grosses Vertrauen in diese Bekloppte, die mich treffen will.

»Sag ihr, wir sehen uns nach dem Id al-Fitr, das ist ja schon bald«, sagte ich zu Hamid.

»Der Ramadan hat doch erst vor sieben Tagen angefangen. Was redest du da?« Und bevor ich etwas sagen konnte, fuhr er fort: »Hör zu, mir ist es letztlich egal.

Ich habe getan, was ich tun musste, und dir ihre Nachricht übermittelt. Das mit dem Id sage ich ihr, und danach haltet mich raus aus der Geschichte. Was habe ich denn von der ganzen Sache?«

Er legte auf.

Mouy schleicht um mich herum und versucht herauszufinden, mit wem ich mich unterhalten habe. Ich sehe es, lasse sie aber ungerührt ihre Runden drehen. Geschieht ihr recht, wenn sie mir so auf den Sack geht. Vorhin hat sie rumgenörgelt, ich solle ihr lieber beim Saubermachen helfen, statt vor dem Fernseher zu liegen und weiter »aufzugehen wie ein Hefekloss«.

»Mit wem hast du denn telefoniert?«, fragt sie schliesslich in einem Ton, als würde die Antwort sie nicht sonderlich interessieren, und malt mit dem Lappen unterdessen weiter Nullen an die Wand.

Weiss der Himmel, was es da noch zu schrubben gibt. Es ist dermassen sauber, dass allenfalls noch die Wandfliesen auf den Lappen abfärben könnten.

Geübt, wie ich bin, geht mir die Lüge leicht über die Lippen: »Nichts, ein Typ, der mir Arbeit in Firmen besorgt. Er will mich an eine Dame vermitteln, die ihr Büro in Schuss halten lassen will.«

»Und so redest du mit jemandem, der dir Gutes tut? Als hätte ich dir keine Manieren beigebracht«, sagt sie und sieht mich an. Ihre Hand hört auf, an der Wand zu kreisen.

»Von wegen Gutes tun. Er kriegt für seinen Dienst

meine ersten beiden Arbeitswochen. Da brauche ich nicht auch noch höflich zu sein.«

Wir wenden uns beide wieder unseren Angelegenheiten zu. Ich dem Fernseher. Sie ihrem Sport.

SEPTEMBER

Montag, den 20.

Die Tage vergehen wie im Flug. Der Wind trägt sie mit sich weg. Der Ramadan ist vorbei. Das Id al-Fitr ist vorbei. Samia ist bei meiner Mutter geblieben. Ich bin wieder in Casa.

Gerade sitze ich bei Hamid im Verschlag, wir warten auf die Nachbarsnichte.

Es wird langsam Abend, aber es ist immer noch heiss. Meine Dschellaba ist zu eng. Ich ziehe seitlich und unten an ihr herum, damit der Stoff nachrutscht und sie nicht so eng anliegt, aber es nützt nichts. Vor lauter Schwitzen bin ich ganz nass zwischen den Schenkeln.

Der Sommer will einfach nicht enden.

Im Fernsehen trifft sich der König wieder mal mit jemandem. Er ist gerade in Amerika. Neben ihm steht der französische Präsident, oder wer auch immer dieser Zwerg neben ihm sein mag. Mal ehrlich, ich hätte nichts gegen einen Posten wie den unseres Staatsoberhaupts. Ich würde herumreisen, sehen, was in der Welt passiert, und im Fernsehen Reden halten.

Aber offen gestanden würde ich an seiner Stelle nicht in diese gottverlassenen Gegenden reisen, die er normalerweise aufsucht. Jetzt ist er in Amerika, das geht noch. Aber wenn du wüsstest, wo er sonst so hinfährt: nach Ben Guerir, Assilah, Ouarzazate. Von solchen Orten will ich nichts wissen. Ich würde nur in Länder reisen, die Stil haben. Europa, Schweden, Brasilien, Mexiko. Die Wüste würde ich den armen Schluckern überlassen.

Und ich würde nie zweimal nacheinander dieselben Klamotten tragen. Wenn mir heiss wäre wie jetzt, wäre mir alles egal, ich würde nackt rumspazieren. Wenn das jemandem nicht passt, soll er kommen und es mir sagen. Oder besser noch als nackt rumspazieren: Ich würde eine portable Klimaanlage auf mir einrichten lassen. Auf dem Haar unter einem Hut, und von dort würde sie mich von früh bis spät und von Kopf bis Fuss erfrischen. Aber nur wenn mir danach wäre, mich zu bewegen. Die meiste Zeit würde ich nämlich in einem gutgekühlten Zimmer gemütlich vor dem Fernseher liegen und mich erst wieder rühren, wenn der Winter kommt. Wer mich suchen würde, wüsste, wo er mich findet.

»Pff!«, macht Hamid und blickt zur Tür, weil der Vorhang schon wieder runtergefallen ist. »Muss ich mein Leben damit verbringen, mich mit diesem Scheissvorhang zu befassen?«

Es ist so schrecklich heiss, dass selbst dem Nagel die Berührung mit Stoff zu viel ist.

»Lass ihn einfach«, sage ich und tippe Asche in das kleine Teeglas, das wir in die Tischmitte gestellt haben.

Hamid hat den Tisch immer noch nicht geflickt. Sein Pech. Er täte gut daran, es zu tun, das wird ihm an dem Tag aufgehen, an dem glühend heisser Tee seine Schenkel küssen wird.

»Achselschweiss ist dir wohl nicht genug. Müssen auch noch Kippen dazukommen?«, sagt er.

»Es ist nicht nötig, dass du dich über mich aufregst«, antworte ich und sehe ihn an. »Sich aufregen kann jeder.«

Ich setze mich breitbeinig hin und stütze die Ellbogen auf den Knien auf – das ist die einzige Position, in der ich mich wohl fühle.

Und in diesem Moment taucht sie auf: Eine Bohnenstange schiebt den Kopf durch den Vorhang, schwingt ihn zur Seite. Eine Bohnenstange mit einem Durcheinander aus langem Haar obendrauf. Ich weiss zwar von Hamid, dass sie die Nichte der Nachbarin ist, aber so jung habe ich sie mir nicht vorgestellt. Sie steht in der Tür und sieht uns freundlich lächelnd an. Enorme Zähne, so weit das Auge reicht. Pferdegebiss! Ich sehe sie an. Sie lächelt weiter. Am liebsten würde ich laut herauslachen: Ich habe doch mit einer Art Nassima El Hour* gerechnet – hellhäutig, wohlgenährt, chic angezogen und frisiert, geschminkt, gepflegt. Ein bisschen jünger natürlich. Eine echte Journalistin halt!

Stattdessen steht ein Besen vor mir, der sich das Stroh auf dem Kopf braun getönt hat. Sie ist so mager, dass man fürchten muss, sie könnte jeden Moment auseinanderbrechen.

Hamid steht auf. »*Salam,* wie geht es dir?« Er greift nach dem Vorhang, um ihn für sie offen zu halten, und kratzt sich am Kopf. Es ist heiss.

Dieser Esel von Hamid verdirbt mir das Lachen. Er führt sich auf, als wäre er im Bett erwischt worden. Er blickt zuerst mich an, dann sie.

»Danke, und dir?«, sagt sie zu ihm, lächelt aber mich an. Und streckt mir zur Begrüssung die Hand entgegen. »*Salam,* alles gut?«

»Danke«, antworte ich, fasse ihre Hand mit den Fingerspitzen und sehe sie aus dem Augenwinkel an.

Hamid, dieser Wichser, steht da und gafft uns an. Worauf wartet er denn? Er beschliesst, draussen einen Stuhl zu holen. Stellt ihn neben der Tür hin und schiebt den Vorhang über die Stange, um ihn ein für alle Mal festzuklemmen.

»Nun, erzähl, wie geht es dir? Alles in Ordnung? Wie geht es deiner Familie? Und deiner Tante, geht es ihr gut? Ich habe sie schon eine ganze Weile nicht mehr gesehen. Warte, ich mache dir einen Tee«, spult Hamid ohne Punkt und Komma herunter.

Er steht auf, um die Teekanne neu zu füllen. Keine Ahnung, was er hat, er macht irgendwelchen Scheiss. Findet den Zucker nicht, sucht nach dem Tee, findet ihn und verliert ihn wieder, als er die Minze schneidet. Aber er redet immerzu weiter. Pferdegebiss ist entspannt. Ich selber sehe von Zeit zu Zeit vom Fernseher auf und blicke zu einem der beiden. Aber ich sage nichts. Ich kenne sie nicht, und es liegt an ihr, den Anfang zu machen.

Als er den Tee fertig hat, setzt er sich hin, schenkt ihr ein Glas ein und fängt wieder mit seinen Fragen an. Sobald klar ist, dass es auf beiden Seiten allen gutgeht, hören sie endlich zu reden auf. Keine Ahnung, wie sie das geschafft haben, aber in zwanzig Minuten kam jedes Thema der Welt an die Reihe.

Ihre Familie, die in Holland geblieben ist, und sie selbst, die gerade bei der Tante ist. Hassan, der Mann der Tante, der einen Autounfall hatte. Hamid, der das weiss und ihm ja den Blechschlosser empfohlen hat, der die Autotür wieder zurechtbog. Der Blechschlosser, der die Rechnung massiv aufblähte, weil die Schuld beim anderen lag und ohnehin die Versicherung zahlte. Sie und ihr verspätetes Flugzeug. Die Kälte in Holland, die dieses Jahr früh eingesetzt hat. Ihre Sprache ist flüssig. Das ist bei Emigranten sonst anders. Bei denen hat man das Gefühl, die Zungen seien gerade in Therapie und würden es ohne Krücken nicht bis ans Satzende schaffen.

»Ich habe meine Zigaretten oben vergessen, ich hole sie rasch und komme wieder«, sagt sie und blickt Hamid an.

Hamid hat keine Kippen, aber ich weiss, dass er von mir erwartet, dass ich ihr meine anbiete. Ich nehme mein Päckchen vom Tisch und strecke es ihr hin, ohne den Blick vom Bildschirm abzuwenden.

»Oh, cool, darf ich echt?«, fragt sie. Ich spüre, dass sie mich ansieht. »Ich vergesse meine immer irgendwo.«

Der König schüttelt Hände. Ich nicke, um zu signalisieren, dass ich sie gehört habe.

Hamid sagt: »So was kommt vor. Hauptsache, man vergisst seinen eigenen Namen nicht.«

Rumphilosophieren, das hat uns gerade noch gefehlt. Und diese Schnarchnase meint es auch noch ernst.

Nun nimmt er eine Sonnyboypose ein, lächelt und fährt fort, als wäre er Imad Ntifi* höchstpersönlich: »Also, deine Tante sagt, du hast was vor?«

»Ich arbeite an einem Film. Einem Kinofilm. Ich bin Regisseurin.« Sie nimmt einen tiefen Zug von ihrer Zigarette und redet weiter: »Ich habe schon bei mehreren Kurzfilmen mitgewirkt und auch mit Regisseuren von Spielfilmen zusammengearbeitet. Der Film, den ich drehen will, ist mein erster Spielfilm. Ich habe die Geschichte schon fast fertig. Aber ich möchte sichergehen, dass sie nicht an der Realität vorbeischrammt. Das ist der Grund, warum ich mich mit …« Sie blickt zu mir, weil sie meinen Vornamen nicht kennt.

So was macht mich wahnsinnig! Gibt's das, dass eine Regisseurin den Namen der Leute nicht kennt, mit denen sie sich zusammensetzt? Ich sehe übellaunig zu ihr rüber.

Erneut antwortet Hamid an meiner Stelle: »Dschmiaa, sie heisst Dschmiaa.«

»Nun, weisst du was? Ich mache dir einen Vorschlag. Wenn du einverstanden bist und nichts anderes vorhast, dann lass uns irgendwohin gehen. Raus, um ein bisschen frische Luft zu schnappen.«

Sie steht auf, als hätte ich ja gesagt.

»Möchtest du an einen bestimmten Ort? Wir können auch einfach eine Runde im Auto drehen, wenn dir das lieber ist.«

Sie steht jetzt unter der Stange. Keine Ahnung, was ich tun soll. Wenn ich ehrlich bin, ist Kino sogar besser als Fernsehen oder eine Zeitung. Sie bittet Hamid um den Autoschlüssel. Er nimmt ihn von der Tafel, an dem alle Schlüssel der Garage hängen, und händigt ihn ihr aus.

Sie wendet sich an mich: »Gehen wir?«

Ich stehe auf und folge ihr. Sie steigt in einen klapprigen weissen Renault, startet den Motor, und wir fahren aus der Tiefgarage. Das Auto rast durch die überfüllten Strassen von Casa. Pferdegebiss fährt Slalom, ohne je zu verlangsamen.

Gleichzeitig stöbert sie überall rum und findet schliesslich im Handschuhfach Zigaretten. Sie setzt sich wieder gerade hin, nimmt eine und wirft das Päckchen auf den Rücksitz. »Ich habe mich so gefreut, als Hamid gesagt hat, dass du bereit bist, mich zu treffen.«

Sie lächelt mich an, während sie, die noch nicht angezündete Zigarette in der Hand, die Schaltung betätigt.

»Gibt es einen bestimmten Ort, wo du hinmöchtest, oder ist es dir *kif-kif?*«

»*Kif-kif.*«

Ein Bier wäre aber offen gestanden nicht übel.

Sie blickt geradeaus und sagt: »Bei dieser Hitze könnte man ein kühles Bier vertragen.« Und redet weiter: »Das könnte man vertragen, oder? Was hältst du davon?«

»Ich weiss nicht. Entscheide du, mir ist alles recht.«

»Ich kenne einen guten Ort, ganz in der Nähe.«

Noch bevor sie den Satz zu Ende gesprochen hat, biegt sie scharf nach links ab und brettert zwischen Palmen durch die Allee. Die Cafés sind voll. Hier gibt es fast nur Studenten. Manche tun so, als würden sie lernen, andere sparen sich die Mühe. Im Park hängen Typen rum und machen mit ihren verrückten Frisuren einen auf Rockfan. Hahnenkämme, so weit das Auge reicht … Kikeriki hier, Kikeriki da … Das sind alles kleine *bin-ou-bin**.

Bin-ou-bin, so nennen wir Mädchen jene Typen, die nicht wissen, was sie aus ihrem Leben machen wollen. Davon gibt es im Viertel jede Menge. All die ehrbaren Familienväter, die jeden Morgen zur Arbeit gehen. Sie haben ein Haus, ein Auto, Kinder, aber kein Leben. Sie tragen keine Bärte, gönnen sich aber auch keine Ausschweifungen: keinen Alkohol, keine Frauen, nichts.

Doch sie verhalten sich nicht etwa so, weil sie es so wollen, mach dir diesbezüglich keine Illusionen. Sie haben einfach nicht den Mumm, sich für das eine oder das andere zu entscheiden. Also machen sie alles und das Gegenteil davon. Sie sperren ihre Frauen zu Hause ein, teilen ihnen am Monatsende aber den Kontostand mit. Sie verbieten ihren Töchtern, abends auszugehen, lassen aber zu, dass sie aufgetakelt wie Nancy Ajram* ins Gymnasium gehen. Sie möchten nicht, dass Mädchen von unserer Sorte am Marktausgang stehen, aber wenn sie vorbeilaufen, senken sie den Kopf, weil sie es nie wagen würden, uns wegzujagen. Mbarka, die verrückte Alte, weiss, wie sie mit ihnen umgehen muss. Über Mbarka muss man nur eins wissen, scherzen wir manchmal: Bei ihr funktioniert nur die eine Hirnhälfte. Leider nicht die gute. Da sie verrückt ist, kann sie tun und lassen, was sie will. Aber meiner Meinung spielt sie nur, damit die Leute sie in Ruhe lassen.

»He du, Ich-fürchte-mich-vor-meinem-Schatten, schau mal her!«, schreit sie einem armen *bin-ou-bin* zu, der noch nicht weiss, dass er gemeint ist.

Das ganze Viertel dreht den Kopf, auch der Kerl, der dann zu sehen bekommt, wie sie ihre Dschellaba hochhebt und das Becken in einer obszönen Bewegung nach hinten kippt. Und daraufhin in zahnloses Gelächter ausbricht. Auch wir lachen, während der Kerl den Blick senkt, so tut, als hätte er nichts gesehen, und sich vom Acker macht.

»So, da wären wir.« Pferdegebiss zeigt auf eine Bar, die ich kenne, in der ich aber noch nie war.

Wir parken davor und gehen hinein. Sie grüsst zwei, drei Gäste. Es sind sowohl Männer als auch Frauen da, das mischt sich hier. Das Licht ist schummrig wie in allen Bars, und es läuft westliche Musik. Sie wählt einen Tisch ganz hinten, nach einem ersten Raum und einer zweiten Bar. Als wäre da eine Bar in der Bar.

Wir setzen uns hin. Sie steht wieder auf, um Kippen zu kaufen, weil sie ihre im Auto vergessen hat, kommt dann mit einem Päckchen Camel zurück und legt es auf den Tisch.

»Ich nehme ein Spéciale. Was möchtest du?«

»Ich auch.«

Wie bin ich so plötzlich hierhergeraten? Keine Ahnung.

Sie kommt mit zwei Spéciales zurück, setzt sich hin und trinkt direkt aus der Flasche. Steckt sich nochmals eine Kippe an und beginnt zu reden.

*

Vor uns stehen ein gutes Dutzend Flaschen. In der Asche schmiegen sich Camel- und Marvel-Stummel aneinander. Diese Kleine ist krass drauf. Ich muss zugeben, dass ich sie und ihr Fliegengewicht unterschätzt habe. Sie ist nämlich ganz schön trinkfest.

Sie hat mir ein bisschen ihre Lebensgeschichte erzählt und vor allem die Geschichte des Films, an dem sie arbeitet. Ich konnte mir nicht alles merken, aber das Wesentliche ist, dass sie mit drei nach Holland gegangen ist und seither dort lebt. Und jeden Sommer nach Marokko kommt. Jetzt will sie in Holland und Marokko diesen Film drehen. Er handelt von einem Mädchen, das sich seinen Lebensunterhalt im Sexgewerbe verdient. Das Mädchen, das noch keinen Namen hat – sie schwankt noch zwischen Dschamila und Hasna –, lernt einen Mann kennen. Sie finden Gefallen aneinander und werden so mehr oder weniger zu einem Paar. Und machen einen Einbruch in ein Juweliergeschäft. Nach dem erfolgreichen Coup haut er sie übers Ohr und bringt sich in Sicherheit. Und am Schluss kommt es zu einer überraschenden Wendung, die ich nicht ganz verstanden habe. Ich weiss auch nicht mehr, wer letztlich die Nase vorn hat. Kurz und gut, es ist halt einfach so eine Geschichte.

Meine Aufgabe ist bei alldem nur, dass ich mit ihr rede und ihr erzähle, wie mein Leben aussieht. Das ist alles. Dafür hat sie ein kleines Budget vorgesehen, aber vorher will sie von mir wissen, was ich davon halte, das sei das Wichtigste.

»Wovon?«

»Von dem, was ich gesagt habe. Dem Film, der Geschichte und so … Von allem einfach.«

»Ich finde ihn gut. Sie scheint mir gut. Ich weiss nicht.«

»Könnte diese Geschichte so wirklich passieren? Kann sich ein Mädchen in einen Typen verlieben und dann zusammen mit ihm ein Juweliergeschäft ausrauben? Ist es möglich, dass sie sich so reinlegen lässt? Was hältst du davon? Mir ist nicht klar, ob das so passieren könnte.«

»...«

Sie wirkt, als wäre sie verrückt. Das Haar hat sie oben auf dem Schädel zu einem langen Pferdeschwanz zusammengebunden. Seitlich stehen Strähnen ab.

Keine Ahnung, warum sie sich mit diesen Fragen quält. Wenn du einen Film machen willst, dann mach ihn und fertig.

Sie redet weiter: »Ich versuche mir auch schon die Atmosphäre vorzustellen. Gedreht würde im Viertel meiner Tante. Beim Markt, die Kulisse bleibt genauso, wie sie ist. Einige Dinge verändern wir allenfalls, aber die Müllkübel werden wir nicht anrühren. Ist dir aufgefallen, was da für ein Treiben herrscht? Warte, ich hole noch mal ein Bier.«

Sie schlängelt sich zwischen den kleinen *bin-ou-bin* durch und kommt mit Bierflaschen zurück.

»Okay, weisst du was, wir haben ja noch Zeit. Lass uns ein andermal darüber reden.«

Ehrlich gesagt wird mir ja ein wenig schwindlig von ihrem Tempo.

*

Wir blieben in der Bar, bis man uns zum Gehen aufforderte. Das war um ein Uhr oder so. Keine Ahnung, wie viele Spéciales wir kippten, aber am Ende war der Tisch vollgestellt.

Jetzt sitzen wir im Auto und blicken aufs Wasser. Himmel und Meer sind ununterscheidbar. Am Strand ist die Sicht klarer. Die brechenden Wellen formen dicke weisse Wollzöpfe. Ich habe den Geruch nach Meer in der Nase. Und bin so hackevoll, dass mir nicht mal schwindlig ist.

Als wir die Bar verliessen, fuhr Pferdegebiss nicht in Richtung unseres Viertels. Sie bog nach links ab. Was mich nicht störte. Bei der Menge, die ich getrunken habe, hätte sie mich auch nach Tanger fahren können. Sie steuerte die Corniche an. Die Strassen waren fast menschenleer. Wir fuhren gemächlich weiter, sahen aufs Meer und folgten der Küste, bis wir bei Sidi Abderrahman waren, direkt gegenüber der Insel.

Jetzt schweigen wir, aber als wir noch in der Bar sassen, redete sie ohne Unterlass. Ich habe nicht alles verstanden.

Kurz zusammengefasst ist sie nach Marokko gekommen, um ihre Geschichte fertigzuschreiben und die Drehorte zu finden. Danach will sie zurück nach Holland und dort bei einem Produzenten Geld auftreiben, damit sie den Film machen kann. Diesen Teil zum Beispiel habe ich nicht so richtig verstanden.

Wenn sie kein Geld hat, wie will sie dann einen Film machen? Warum ist sie schon fast fertig mit Schreiben? Warum will sie die Strassen von Casa so filmen, wie sie sind, damit alles so ist wie im echten Leben? Was glaubt sie denn, wozu Menschen Filme schauen? Um Schmutz zu sehen oder für etwas Abwechslung und Spass?

Vielleicht kommen ihr diese Ideen wegen dem Kiffen.

In der Bar, während ich mit Essen beschäftigt war, stand sie nämlich auf, um zu kiffen. Es waren bestimmt zwei oder drei Joints im Verlauf des Abends. Beim ersten Mal kam sie mit leicht verschleiertem Blick zurück, schön ruhig. So was entgeht mir nicht.

Sie hat übrigens auch typische Raucherhände: mager, dunkel und vorne ein wenig gelb. Gerade hat sie sich wieder einen Joint gedreht. Den ersten vor meinen Augen. Sie will ihn mir zum Anzünden geben.

»Nein, ich kiffe nicht.«

»Magst du das nicht?«, fragt sie, zündet ihn an und zieht lange daran, die Augen halb geschlossen, den Kopf leicht in den Nacken gelegt.

»Ich habe schlechte Erfahrungen damit gemacht. Eine lange Geschichte«, sage ich und sehe das Gesicht meines Mannes vor mir.

»Mmmh …« Sie nimmt einen Zug.

Ich weiss nicht, ob das Hasch so gut ist oder ob es eine Reaktion auf das ist, was ich gesagt habe. Aber es kümmert mich nicht. Es ist angenehm hier, der Abend war cool, und ich fühle mich gut.

Im Auto läuft keine Musik. Es gibt ein Radio, der UKW-Knopf dreht jedoch leer. Nur der CD-Player funktioniere, aber sie habe keine CD dabei, hat sie gesagt. »Das nächste Mal nehme ich Nass El Ghiwane* mit. Gefallen dir die?«

»Die kenne ich gar nicht. Machen sie *schaabi**?«

»Nein. Lass mich wissen, ob du sie magst, wenn du sie hörst. Welche Musik gefällt dir?«

Ohne zu überlegen, antworte ich: »Najat Aatabou, kennst du sie?«

»Wer nicht?«

Sie zieht wieder am Joint und sieht aufs Wasser. Ich stecke mir auch eine Kippe an.

Wenn ich es mir überlege, habe ich den ganzen Abend kaum ein Wort gesagt. Wir haben gegessen, getrunken, sind spazieren gefahren. Haben ein wenig über Hamid gesprochen. Über das Viertel. Das ist alles. Als wir die Bar verliessen, bat sie mich um meine Telefonnummer und wollte wissen, ob es eine besonders günstige Tageszeit gibt, um mich anzurufen.

Danach sagte sie, ich solle darüber nachdenken, was ich vom Film halte und ob ich mit ihr zusammenarbeiten möchte. Sie sagte auch, dass wir, falls ich zusage, über Geld reden würden.

Und dann ist sie hierhergefahren. Das ist alles.

Dienstag, den 21.

Wenn ich in meinem Zimmer liege, schliesse ich die Tür nie ab. Keinen Bock, jedes Mal aufzustehen, wenn eines der Mädchen mein Tablett, eine Schüssel oder was auch immer braucht. Wenn eine was will, klopft sie an, kommt rein und geht wieder raus. Findet sie die Tür abgeschlossen vor, kommt sie später nochmals. Und bei den anderen läuft es gleich. Wir sind gute Nachbarinnen.

Das einzige Problem an diesem System ist, dass du das Kommen und Gehen nicht kontrollieren kannst. Vorhin, als ich schlief, kam Samira rein, ich wachte auf, und jetzt kann ich nicht mehr einschlafen. Samira sitzt auf Samias Matratze. Sie raucht eine Zigarette.

Ich habe mich noch nicht an dieses Zimmer ohne meine Tochter gewöhnt. Wenn ich aufwache, blicke ich zu ihrer Matratze und sehe, dass sie leer ist. Auch Halima ist weg. Was sie betrifft, ist das auch gut so, ich weine ihr keine Träne nach.

Sie hat letzten Endes Glück gehabt. Als Hussin ihr sagte, sie solle ihr Zeug packen und verschwinden, fand sie eine Lösung. Ich kann ehrlich gesagt verstehen, dass Hussin sie rausgeschmissen hat. Sie beanspruchte nur unnötig Platz. Stell dir vor, auf der Strasse schenkte ihr kein Mensch ein Quäntchen Beachtung! Vielleicht gerade noch die Perversen. Die interessierten sich wohl für sie, weil sie sie mit ihrer Heiligenmiene an die Schwester oder Mutter erinnerte, keine Ahnung.

Bevor ich nach Berrechid fuhr, bat ich Hussin, sie mir aus dem Zimmer zu schaffen. Ich habe wirklich eine Engelsgeduld gehabt mit ihr. Kein Mensch hätte geduldiger sein können. Ich liess ihr Zeit, nahm sie bei mir auf, als wäre sie hier zu Hause. Jede andere hätte sie noch vor Ablauf der ersten Woche vor die Tür gesetzt. Weil es unerträglich ist, jemanden einfach ständig am Hals zu haben. Gut, sie ist freundlich und hat gute Manieren … Aber darum geht es nicht. Immerzu depri-miert, immerzu irgendwelche Schmerzen, immerzu ein Gesicht wie ein geprügelter Hund …

Als ich für den Ramadan zu meiner Mutter fuhr, war Halima noch bei mir, aber ich bat Hussin, sie wegzuschicken. Das hatte er wohl ohnehin vor. Die Pechliese brachte nicht genug ein. Er bumste sie wohl auch nicht gern. Mit den Neuen pflegt er das nämlich zu tun. Er bringt ihnen sozusagen den Job bei. Uns beauftragt er mit der Theorie, und selber übernimmt er die Praxis. Bis sie ihm langweilig werden. Dabei hat er ehrlich gesagt nicht sehr viel auf dem Kasten für einen Typen, der dir eigentlich Zeug beibringen sollte. Das hat einzig diese Schnarchnase Hadschar noch nicht gemerkt. Sie freut sich, wenn er sie anruft. Fühlt sich, als hätte sie einen Preis gewonnen. Wie wenn du beim Coladeckelsammeln am Schluss den Scooter kriegst.

Mich umschwärmt er schon lange nicht mehr, und das ist auch gut so. Obwohl es ihn ab und zu überkommt. Dann macht er eine Runde und verspritzt überall seine Tropfen, wie ein Hund, der dem Nachbarshund zu verstehen geben will, wer hier zu Hause ist.

Bei ihm verhalte ich mich gleich wie bei allen anderen. Wenn mir danach ist, tue ich so, als wäre ich glücklich, brülle, maunze, lasse mich an den Haaren ziehen oder mir untenrum die Haut rot wetzen. Und sonst warte ich darauf, dass es vorbeigeht. Und lasse mich untenrum trotzdem rot wetzen. Hussin ist nicht mein Typ. Er ist zu dünn und so dicht übersät mit Narben, dass ich Angst habe, sie könnten aufreissen, wenn er abspritzt. Halima selbst habe ich übrigens nicht nach ihrer Meinung gefragt. Die ist mir offen gestanden egal. Was sie betrifft, interessiert mich nur, dass er sie fortgeschickt hat.

Jedenfalls kam der Gehilfe aus der Drogerie vorbei, um das Schrankschloss auszutauschen und mir ein neues einzusetzen, ich schloss meine Sachen ein und machte mich auf den Weg.

Von Samira weiss ich, wie es weiterging. Nachdem Hussin mit ihr geredet hatte, nahm Halima ihre Tasche und ging. Sie schrie nicht, weinte nicht. Machte gar nichts: Sie nahm einfach ihre Sachen, gab Samira meine Schlüssel zurück und ging. Anscheinend hatte sie kurz davor angefangen, eine alte Tante väterlicherseits zu besuchen, die in der Altstadt wohnt, hinter dem Uhrenturm. Diese Tante bewohnt allein ein Zimmer. Vielleicht ist sie senil, jedenfalls war sie bereit, Halima trotz der Geschichte mit ihrem Mann wiederzusehen. Und Halima war froh, weil sie fühlte, dass sie wegen dieser Arbeit noch den Verstand verlieren würde.

Weisst du, ich glaube, sie dachte anfangs, es sei eine einfache Sache. Du gehst da hin, erledigst es und beschäftigst dich dann wieder mit anderem. Das arme Ding! Warum stehen dann nicht mehr Mädchen auf der Strasse, wenn es so leicht ist? Warum ist uns der Griff zur Flasche so lieb? Warum kiffen die Mädchen? Warum schlucken sie Tabletten? Warum das alles? Weil man für diese Arbeit Eier braucht. Und die hat nicht jede.

Halima hielt keine sechs Monate durch. Bevor sie ging, erzählte sie Samira, dass sie bei ihrer Tante wohnen und für eine Organisation im Viertel arbeiten würde. Keine Ahnung, ob sie schon was gefunden hat.

»Übrigens«, sage ich und sehe Samira an, »weisst du, wo Halima arbeitet?«

»Nicht genau, sie hat von irgendwas Religiösem geredet, bei einem Erleuchteten, der Scheich Jassin* genannt wird, kennst du den?«

»Ja ...«

»Oder bei einer Organisation für benachteiligte Kinder oder so was Ähnlichem. Oder beides. Ich kann mich nicht erinnern.«

Samira war ins Schwimmen geraten. Aber mehr brauche ich gar nicht zu wissen. Es handelt sich kurz und gut wieder mal um die Idee einer aufgeschmissenen oder einfallslosen Person. Anderen helfen! Als ob sie mit ihrem eigenen Salat nicht schon bedient wäre.

»Kriegt sie Geld dafür?«, frage ich.

»Keine Ahnung. Sie hat gesagt, dass sie auch Kindern aus dem Viertel Privatunterricht geben und ihnen bei den Hausaufgaben helfen will.«

Samira sitzt auf der Matratze, ich bin unterdessen aufgestanden, um Ordnung zu schaffen, Klamotten zu falten und sie im Schrank zu verstauen.

Ich klemme mir einen Pullover unter das Kinn und rufe kichernd: »Ist sie nach Maârif umgezogen, oder wo will sie in der Altstadt Nachbarn finden, die sich ihren Unterricht leisten können?«

Diese Halima ist wirklich unterbelichtet.

»Keine Ahnung. Aber warum nicht? Wenn ihre Preise für die Leute bezahlbar sind, warum nicht?«, antwortet Samira. Und fügt an: »Eine Bleibe hat sie ja. Sie muss nur genug fürs Essen nach Hause bringen, damit sie bei der Tante wohnen darf. Sie kann ihren Unterricht auch für vierhundert Rial anbieten und nur drei Schüler pro Tag nehmen. Tausendzweihundert Rial täglich reichen doch, damit sie und ihre Tante satt werden, oder etwa nicht?«

»Stimmt«, antworte ich. Und sage nach einer Weile: »Aber was, wenn sie dort jemand erkennt? Jemand, der hier vorbeigekommen ist?« Ich zwinkere ihr zu. »Kriegt der dann auch Unterricht?«, frage ich und wackle vor Samiras Gesicht mit dem Po.

Samira schmunzelt, gibt mir einen Klaps auf den Hintern, und wir lachen beide.

»Nun gut, wen kümmert schon Halima. Wo warst du gestern?«, fragt sie und zieht an ihrer Zigarette.

»Du weisst doch, dass ich ab und zu mal abtauche«, antworte ich ausweichend.

Ich werde Samira nichts von Pferdegebiss erzählen. Sie ist so misstrauisch. Die Ärmste wäre dazu fähig, ihren eigenen Schatten anzuzweifeln. Manchmal ist das gut. Aber sie übertreibt es zum Teil auch.

Auf meine vage Antwort hin wirft Samira mir einen bedeutungsvollen Blick zu – soso, hat die Kollegin sich einen schönen Abend gemacht. »Das riecht mir schwer nach Schaïba.«

Eine auf dem Tablett servierte Lüge. Ich hätte keine bessere erfinden können.

»Ja, genau, ich habe Buschaïb gesehen.« Dann wechsle ich das Thema: »Ich muss in den Hammam. Ich war gestern nicht. Kommst du mit?«

»Nein, leider nicht. Ich habe meine Tage und muss jetzt ohnehin los.« Sie drückt ihre Zigarette aus und bläst den Rauch aus, den sie noch in der Kehle hat.

*

Auf dem Weg in den Hammam gehe ich bei der Garage Majestic vorbei. Hamid ist nicht an seinem Platz. Von weitem sehe ich seinen Kollegen, er wäscht ein Auto. Das der Jüdin von gegenüber. Nicht jener, die ihre Tochter verloren hat. Der anderen, der Frau, die ständig mit ihrer Sporttasche rumläuft und so viel trainiert, dass man fast glauben könnte, sie bereite sich auf die Olympischen Spiele vor.

Ich laufe weiter. Hamid wird mich anrufen, um zu

erfahren, wie mein Abend mit Pferdegebiss verlaufen ist, so viel ist sicher. Ich sehe ihn schon antanzen. Bald wird es um Geld gehen. Sein Lächeln, der Tee, den er Pferdegebiss serviert hat, die Zigaretten, die er ihr aufgedrängt hat – man sieht von weitem, dass er sein Schaf mästen will. Aber damit braucht er mir nicht zu kommen.

Dabei stimme ich mit ihm überein. Man muss den Laden am Laufen halten. Ich will nur, dass er sich seine doppelte Provision bei der Kleinen holt und nicht etwa denkt, sich auf meinem Rücken bereichern zu können, sonst kriegen wir beide ein Problem miteinander.

Ich werde es ihm übrigens auch direkt sagen, damit alles klar ist: jeder für die eigene Rübe.

*

Ich habe eben aufgelegt, Pferdegebiss war dran. Meine Güte, es war das reinste Theater, bis ich überhaupt mein Handy fand. Kaum frequentiere ich die Filmszene, verliere ich schon fast den Verstand.

Als ich vorhin aus dem Bad zurückkam, machte ich mich wie üblich daran, die Slips zu waschen. Ich legte ein Lied von Najat auf, das ich mag.

Es handelt von einer jungen Frau, die sicher ist, dass ihr Kerl sie hintergeht. Sie merkt es am verräterischen Schimmern, das seinen Blick trübt. Da sie sich ihm bereits völlig hingegeben hat, versteht sie nicht, wie er sich von einer anderen hat erobern lassen können. Und aufgeben will sie ihn nicht, weil sie überzeugt ist, dass sie füreinander gemacht sind. Deshalb erzählt sie das allen, die es hören wollen. Alles total gewöhnlich also. Aber das Lied gefällt mir. Ich höre es mir oft an, bei voller Lautstärke.

Ehrlich gesagt fühlt es sich gut an, ein Dach über dem Kopf zu haben, wo man tun und lassen kann, was man will, ohne dass sich ein Schnüffler in dein Leben einmischt. Seit meine Tochter und Halima weg sind, gibt es bei mir nur noch die Wände, den Fernseher, das Radio und mich. Ich mache, was ich will. Und drehe die Lautstärke maximal auf. Wenn ich Lust habe, kann ich die Musik so laut stellen, dass mir die Trommelfelle platzen.

Nun gut, jedenfalls habe ich vorhin die CD gestartet und mich ans Waschen gemacht. Als das Lied anfing, sang ich über die Schüssel gebeugt mit. Ich hielt die Slips in den Händen, rieb sie gegeneinander und trällerte zur Musik. Irgendwann richtete ich mich auf, um ein bisschen zu tanzen, weil ich das mag. Vor allem wenn der Rhythmus so mitreissend ist wie bei diesem Stück. Ich rieb ein bisschen schneller und begann mich in den Hüften zu wiegen und auf den Boden zu stampfen. Tapp, tapp, tapp!

Das Lied wurde schneller. Das Publikum applaudierte Najat und stiess Schreie aus, es klang wie das Rauschen einer Welle. In diesem Moment trifft der Kerl seine Freundin.

Die Stimmung heizte sich auf.

Ich folgte dem Rhythmus. Stampfte immer lauter und machte immer ausladendere Bewegungen mit den Hüften.

Die junge Frau sieht dem Kerl in die Augen und merkt, dass etwas nicht stimmt.

Ich begann mich um mich selbst zu drehen, die Arme ausgestreckt, und dazu trampelte ich weiter mit den Füssen. Geräuschvolle, knallende Schritte.

Die junge Frau sagt, er könne über sie verfügen, sagt, sie gehöre ihm.

Ich folgte dem Rhythmus. Drehte und drehte mich wie ein Kreisel, die Arme offen wie ein fliegender Vogel, in jeder Hand einen Slip.

Das Mädchen erinnert ihn daran, dass sie sich bei seinem ersten Lächeln hingegeben hat. Dass sie den Verstand verlieren wird.

Ich nahm mein Kopftuch ab, weil es mich einengte. Band es mir straff um die Hüften und verknotete es auf der Seite. Meine Pobacken klatschten gegeneinander wie die Flügel eines Schmetterlings.

Die junge Frau sagt, sie habe ihm vertraut.

Ich nahm die Spange weg, befreite mein Haar. Schwang meinen Kopf hin und her. Das Haar war noch nass vom Bad, Tropfen fielen mir auf die Schultern und spritzten gegen die Wände.

Nun bittet die junge Frau Gott um Verzeihung dafür, dass sie vom rechten Weg abgekommen ist. Schuld daran seien seine Schönheit und seine schönen schwarzen Augen.

In diesem Moment vergass ich alles um mich herum. Diese ganze Geschichte war nicht mehr mein Problem. Ich wollte mir plötzlich dringend einen Slip in den Mund schieben. Einfach so. Während ich mit allen Zähnen draufbiss, tauchte ich die Hände in die Schüssel, um weitere Slips aus dem Wasser zu fischen. Die *bnader** wurden immer wilder. Meine Ohren verschmolzen mit ihren gespannten Häuten.

Ich fing an, überall an mir Slips aufzuhängen. Am Kopftuch über dem Po. An meiner Kehle. Auch am Kleid. Ich stopfte mir den Mund voll, hielt andere in den Händen. Überall Slips! In diesem Moment war mir egal, was die junge Frau sagte. Sie durfte es gern ihrem Arsch erzählen! Ich wollte tanzen. Die Slips, die ich überall verteilt hatte, baumelten im Rhythmus der Musik. Mein Po hüpfte auf und ab. Der Kopf wirbelte auf dem Hals hin und her. Das Kleid hob sich im Takt mit den Füssen, die Sandalen hatte ich an die Wand geschleudert.

Und durch diesen ganzen Partylärm hindurch hörte ich das Handy klingeln. Keine Ahnung, wie das möglich war. Ich spitzte die Ohren. Schaute überallhin und versuchte, dem Ton zu folgen, konnte ihn aber nicht orten.

Najat liess es weiter krachen. Ich sah unter den Kissen nach. Machte sie mit meinen Händen nass. Die

Slips, die an meiner Hüfte hingen, trieften. Die Haare pissten mir die Arme voll.

Ich stellte mich aufrecht mitten ins Zimmer. Sah mich um, sah Slips in jeder Ecke, Wasser an den Wänden und auf den Matratzen. Vor meinen Augen erschien ein Hund, den jemand aus dem Meer gezogen und zu mir gebracht hatte, um ihn dann aufzufordern: »Los, schüttle dich.« So sah es hier aus.

Da musste ich auf einmal dermassen lachen! Es platzte wie ein Feuerwerk aus mir heraus und wollte nicht mehr aufhören. Eine Salve nach der anderen. Ich lachte und lachte wie eine Verrückte. Und bekam beim Gedanken daran Angst, dass jemand reinkommen, mich so sehen und mich tatsächlich für übergeschnappt halten könnte. Und mich daraufhin in die Trente-six* schickt. Deshalb hastete ich mit meinem zerrauften Haar zur Tür und drehte den Schlüssel im Schloss um. Auf einmal fühlte ich mich wie eine Dämonin oder wie Aischa Kandischa*. Da musste ich noch mehr lachen. Ich lehnte mich an die Tür, und während ich langsam zu Boden rutschte, gluckste ich immer weiter. Keine Ahnung, wie lange ich so dasass.

Ich lachte, bis ich ausgelacht hatte. Nach dem letzten Hickser wischte ich mir die Tränen ab und dankte unter uns gesagt Gott für diesen Frieden. Ich hatte schon lange nicht mehr so gelacht. Vielleicht überhaupt noch nie.

Die Leute sagen, es sei nicht gut, wenn man so viel lacht. Es bedeute, dass der Satan in der Nähe ist. Dass er deine Unaufmerksamkeit ausgenutzt hat, um sich an dich ranzumachen. Dass er schon zum Sprung bereit ist.

Wenn du mich fragst, haben Leute, die solches Zeug erzählen, einfach irgendwelche Komplexe. Sie erzählen es, weil sie sich in ihrem Leben zu Tode langweilen und möchten, dass alle so elend leben.

Oder es sind Paranoiker, die nicht ertragen, dass jemand lacht, weil sie sich dann angegriffen fühlen.

Oder vielleicht stammt dieser Quatsch auch einfach von einer Schnarchnase mit faulem Gebiss. Und wir müssen uns nun diese Märchen anhören, weil der Typ sich seine Zähne nicht rechtzeitig hat in Ordnung bringen lassen. Dieser Dreckswichser!

Wobei, soll ich dir die Wahrheit sagen? Selbst falls diese ganze Geschichte stimmen sollte, lautet die Wahrheit, dass es mir schnurz ist. Natürlich ist der Satan in der Nähe! In wessen Nähe soll er denn sonst sein, wenn nicht in meiner?

*

Schliesslich fand ich das Handy, als ich die ganze Unordnung wieder aufräumte. Es lag auf dem Küchenregal. Die Nummer auf dem Display war mir unbekannt. So legte ich das Gerät an seinen Platz zurück. Wer was von mir will, soll den Anruf selber bezahlen.

Pferdegebiss rief nochmals an. Sie wollte wissen, ob ich es mir überlegt hätte, redete klar und deutlich und kam gleich zur Sache. Ich mag direkte Leute, solche, die ohne Umschweife reden. Was ich tun müsste, erklärte sie, sei einfach. Ich würde mich an ein paar Abenden mit ihr zusammensetzen, schwatzen, ihr erzählen, was ich zu erzählen bereit sei. Einfach frisch draufloserzählen. Sie würde mir Fragen stellen, die ich nur beantworten müsse, wenn sie für mich kein Problem darstellten. Und falls möglich, würde ich sie mit einer oder zwei meiner Freundinnen bekannt machen. Aber nur falls möglich, sonst sei es auch kein Problem. Für sie wäre es schon eine grosse Freude, wenn ich zusagen würde. Sie sagte auch, dass sie vom Filmbudget siebzigtausend Rial für mich reservieren wolle. Aus eigener Tasche bezahlt. Als ob es für mich einen Unterschied machen würde, woher sie das Geld nimmt. Hauptsache, sie zahlt, oder?

Mir war schon vor ihrem Anruf klar gewesen, dass ich zusagen würde. Es war mir klar, seit ich sie im Verschlag gesehen hatte. Und der Abend in der Bar bestätigte mir erst recht, dass ich mit ihr arbeiten würde. Mir war klar, dass das, was sie wollte, für mich einfach wäre. Worum ging es? Reden und sich mit Bier vollllaufen lassen? Im Auto durch das Viertel kurven, während die normalen Leute schlafen? Ich erzähle ihr Geschichten, und sie nimmt daraus, was sie braucht, um selber eine zu machen? Wenn das so ist, kann ich gern jede Woche bei einem Film mitmachen.

Als es ums Geld ging, habe ich gar nicht zu verhandeln versucht. Einerseits weil sie nochmals anrief, als Samira gerade da war, und ich ihr ja nichts erzählt hatte. Andererseits weil ich vorhabe, die ganze Zeit, in der sie hier ist, umsonst zu saufen und zu rauchen. Und glaub mir, ich werde es hinkriegen, dass sie ihr Budget verdoppeln muss.

Donnerstag, den 30.

Seit dem letzten Mal sind Pferdegebiss und ich mehrmals zusammen ausgegangen. Vier- oder fünfmal, keine Ahnung. Meistens abends. Dorthin, wo wir beim ersten Mal waren. Die Bar heisst La Mygale.

Wir hatten jedes Mal viel Spass, und ich erzählte ihr ein paar Geschichten aus meinem Leben. Wir drehten auch eine Runde durch das Viertel. Ich zeigte ihr von weitem die Mädchen. Erzählte ihr von Asis, Samiras Wichser. Und von Halima. Genau darin bestand meine Arbeit: ihr zu helfen, damit sie die Geschichte fertigschreiben kann. Einfacher geht's nicht.

Jetzt ist sie in Holland. Gestern abgereist. Sie will dort einen Vertrag mit Leuten unterschreiben, die ihr Geld geben, damit sie ihren Film machen kann. Danach kommt sie zurück. Ich weiss nicht, wann, aber allzu lange sollte es nicht dauern. Sobald sie zurück sei, rufe sie mich an, hat sie gesagt. Sie ist auch einverstanden, dass ich mal zu einem Drehtag mitgehe. Nach allem, was ich über sie weiss, ist auf die Frau Verlass. Sie wird ihn drehen.

Unterdessen führe ich mein normales Leben weiter. Alles wie immer.

Ausser dass Schaïba oft hier aufkreuzt und wir beide uns gerade nicht so grün sind.

Da ich in den letzten Tagen mit der Stute unterwegs war, hatte ich keine Zeit für ihn. Das gefiel ihm nicht. Und mir gefällt es nicht, wenn man sich in mein Leben einmischt. Selbst wenn die betreffende Person Schaïba heisst und ich sie seit Urzeiten kenne.

Vorgestern zum Beispiel war ich mit Pferdegebiss zusammen, und da rief Schaïba an, weil er mich treffen wollte. Schon zum zweiten Mal im falschen Moment, so dass ich wieder nicht konnte. Ich glaube, es ärgert ihn, dass ich nicht beim ersten Anruf gleich antrabe – als ob ich kein eigenes Leben hätte.

Davor ging er mir auch schon auf den Wecker. Während des Ramadans – ich war noch in Berrechid – rief er mich an, um mich zu sehen. Normalerweise taucht er während des Ramadans ab. Er verkriecht sich zu Hause. Weil er mit dem Fasten nicht klarkommt: ohne Zigaretten, Kaffee und Alkohol ist er zu nichts zu gebrauchen. Aber als er mich anrief, hätte er bei mir vorbeikommen wollen. Er wird die Nase voll gehabt haben von seiner Frau und den drei Affenbälgern. Ehrlich, er tut mir leid. Ich habe sie einmal in der Stadt gesehen. Sie sassen mit ihm im Auto und hüpften auf dem Rücksitz herum. Als sie an mir vorbeifuhren, drehte Buschaïb sich gerade um und schrie sie an. Seine Frau sass neben ihm und blickte mit zusammengekniffenen Lippen geradeaus. Was die nur für eine Miene zog! Ich verstehe, dass er seine Zeit lieber ausser Haus verbringt.

Kurz, ich konnte ihn nicht treffen, aber als ich nach Casablanca zurückkam, rief ich ihn an. Wir trafen uns. Gingen zusammen aus. Ins Atomic, eine andere Bar, die ich manchmal mit ihm besuche. Diesmal nahm er seine zwei Schwachköpfe, Saïd und Belaïd, nicht mit. Wir sassen ganz hinten im Raum. Ungestört zu zweit.

Wir tranken, lachten, assen den ganzen Abend. Er hatte mir ein Kopftuch mitgebracht, rot und gelb. Wunderschön. Dann gingen wir zu mir. Wir liessen sein Auto neben der Bar stehen und gingen zu Fuss nach Hause. Auf der Strasse machten wir Krach und konnten kaum geradeaus gehen. Als wir bei meinem Haus ankamen, gingen wir plaudernd und lachend die Treppe hoch und durch die Flure. Wir waren ziemlich aufgegeilt, begannen uns anzufassen.

Im zweiten Stock war er so erregt, dass er mich gleich an Ort und Stelle nehmen wollte. Er machte den Hosenschlitz auf, und als ich ihn wegstiess und sagte, er solle warten, bis wir im Zimmer seien, beschloss er, in den Flur zu pissen. Der Zufall wollte es, dass Okraïschas Tür ganz in der Nähe war. Ich gab ihm mit einer Augenbewegung zu verstehen, dass er sich vor ihrer Tür erleichtern solle. Kaum war er damit fertig, zog ich ihn rasch weg, für den Fall, dass sie uns gehört hätte und wutschnaubend herausstürzen würde.

Man weiss nie, selbst um zwei Uhr nachts. Wir haben so gelacht.

Als wir weiter treppauf gingen, stiessen wir immer wieder gegen die Wand, weil wir betrunken waren, aber auch so beschäftigt damit, einander unter der Kleidung zu befummeln, dass wir nicht nach vorne schauten. Bei mir im Zimmer schafften wir es nicht mehr bis auf die Matratze. Auch ich war ehrlich gesagt ziemlich geil. Kaum war die Tür zu, packte er mich, und wir vermengten uns zu einem Teig, rollten zu Boden wie mein Mann und ich, als wir jung waren.

Anschliessend setzten wir uns mit zerrauften Haaren und Kleidern auf den Teppich und rauchten eine Zigarette. Und danach hatten wir Hunger. Einen Bärenhunger. Ich briet Eier mit Olivenöl, die wir zusammen mit kaltem Brot hinunterschlangen. Dank der Eier kam er wieder auf die Beine, allerdings nur knapp. Er stopfte das Hemd mehr schlecht als recht in die Hose zurück, richtete sich auf und machte sich zögernd auf den Weg.

Fünf Minuten später war er wieder da. Ich glaube, er war schon umgekehrt, bevor er überhaupt unten angelangt war.

Als er klopfte, hatte ich mich bereits auf die Matratze gelegt, direkt in der Dschellaba, für das Nachthemd hatten die Kräfte nicht mehr gereicht. Ich stand wieder auf, strich mir mit beiden Händen das Haar glatt, öffnete dann. Er lehnte leicht vornübergebeugt am hölzernen Rahmen und konnte sich nur mit Mühe auf den

Beinen halten. Ein Hemdzipfel war aus der Hose gerutscht, seine Riesenlippen hingen herab, und ich fand ihn so was von uninteressant. Ich konnte den Anblick kaum ertragen.

»Was hast du vergessen?«, fragte ich und drehte mich suchend um.

»Mensch, ich habe das Wichtigste vergessen.«

Er machte einen halbherzigen Versuch zu lächeln, steckte die Hand in die rechte Tasche seiner weiten Hose und streckte mir ein paar zerknitterte Geldscheine hin. Ich konnte mich kaum ertragen.

OKTOBER

Dienstag, den 19.

Hamid (mein Mann, nicht die Schnarchnase aus der Garage) ist wieder aus dem Loch rausgekrochen, das ihn verschluckt hatte. Es war schon eine Weile her, seit ich zum letzten Mal was von ihm gehört hatte. Als auf dem Display eine lange Nummer erschien, wusste ich, dass es ein Anruf aus dem Ausland war. Ich dachte, es wäre Pferdegebiss, die mir das Neueste berichten will.

Aber dann ging ich ran, und er war es. Er brauche anderthalb Millionen, sagte er, er habe einen Typen gefunden, der ihm für drei Millionen in kurzer Zeit die Papiere machen könne. Aber wegen der dortigen Krise sei es ihm nicht möglich, die nötige Summe zusammenzukriegen. Die Zeiten seien hart. Keine Ahnung, warum er mir sein Herz ausschüttete, bin ich etwa seine Mutter? Die Zeiten mögen hart sein für ihn, aber was geht mich das an?

Und vor allem, woher könnte ich anderthalb Millionen nehmen, selbst wenn ich es wollte? Für ihn ist alles einfach. Er ruft an, bittet um fünfzehntausend Dirham und sitzt dann vor seinem Milchkaffee, bis sie kommen.

Glaubt er, dass ich Geld gebäre? Jeden Monat, statt meine Tage zu haben, Dirham in meinem Slip finde?

Die einzige Anstrengung, die er unternimmt, sind die zweihundert Meter Fussweg zum Lebensmittelladen*, an den ich das Geld schicke. Natürlich lässt er es nach Möglichkeit von seiner Nutte holen.

Immerhin hat er die andere Hälfte schon aufgetrieben, das fand ich lustig. Bestimmt hat seine Frau für ihn in die Tasche gegriffen. Aber gut, das löst mein Problem nicht, und darum habe ich keine Zeit dafür. Ich muss arbeiten.

Es ist elf Uhr vormittags, und ich habe noch keinen Fuss vor die Tür gesetzt. Heute ist das Wetter nicht besonders. Ich wische rasch die Frühstückskrümel weg, stelle den Teller mit dem Olivenöl ins Regal, ziehe meine Dschellaba an und mache mich auf den Weg.

Mir reicht's mit dem Kater jeden Morgen. Er vergeht erst, wenn ich trinke. Lieber das als diese Dreckstabletten, die Rabia nimmt, wirst du sagen. Meist hat sie keine Erinnerung daran, was sie gemacht hat. Sie weiss nicht mal, wofür sie ihr Geld ausgibt.

Ich mache einen Bogen um die Garage, um nicht an ihr vorbeilaufen zu müssen. Keinen Bock, Hamid zu begegnen. Er will was von dem Geld, das mir Pferdegebiss gegeben hat. Ich habe ihm zwar gleich gesagt, dazu müsse er sich mit ihr arrangieren, und er hat auch gar keine Ahnung, wie viel ich bekommen habe, aber er will seinen Napf gefüllt sehen.

Vielleicht bedauert er, bei Pferdegebiss nicht mehr rausgeholt zu haben. Oder er hat sie gut gemolken, hat aber überlegt, dass zwei Milchkühe besser sind als eine. Keine Ahnung.

Die Mädchen sind auf der Treppe. Samira fehlt. Bestimmt ist sie mit jemandem raufgegangen. Sie sitzen da und reden darüber, was alles teurer geworden ist: Mehl, Tee, Tomaten. Als ihnen dazu nichts mehr einfällt, verstummen sie. Wer Zigaretten hat, raucht eine.

Dann redet eine vom Streik der Taxis, die sonntags dauerhupend durch die Strassen fahren, weil sie anscheinend mit der neuen Strassenverkehrsordnung nicht einverstanden sind. Niemand sagt etwas dazu. Weil es allen egal ist. Das Gehupe wird uns die Kunden nicht vertreiben. Ausserdem sass keine von uns je am Steuer eines Autos.

So reden sie nun von den Kippen, die anscheinend noch teurer werden sollen, und vom Bierpreis, der diesen Sommer gestiegen ist. So langsam gehen sie mir echt auf die Nerven.

Wäre es nicht so früh am Tag gewesen, hätte ich was getrunken. »Ist das eigentlich eine Zweitausstrahlung der Nachrichten?«, platze ich heraus.

»Was ist los mit dir? Probleme mit dem Haar?«, sagt Hadschar und sieht mich herausfordernd an.

Unterstellt sie mir etwa, ich würde bloss deswegen rummeckern, weil ich mit dem linken Fuss zuerst aufgestanden sei? Was mischt die sich ein? Sie mag schlecht gelaunt sein, nur weiss sie nicht, dass meine Laune noch viel schlechter ist.

»Wie redest du mit mir? Für wen hältst du dich?«, rufe ich.

»Für deine Mutter! Für wen sonst?«

Wir springen beide auf. Ich stürze mich auf sie, möchte ihr am liebsten das Fell über die Ohren ziehen. Ihr Kopftuch bleibt in meinen Händen zurück. Ihr Kopftuch und ein Büschel Haare. Sie kratzt mich im Gesicht. Die anderen brauchen keine zwei Sekunden, um uns zu trennen.

Der Nutte ist selber klar, dass sie abdampfen muss, und so stolpert sie, gefolgt von ihrer Freundin, los zum Vordach eines Ladens auf der anderen Strassenseite. Beim Laufen dreht sich Hadschar immer wieder nach mir um und ruft mir Beleidigungen zu.

Die anderen – jene, die auf meiner Seite stehen – raten ihr, lieber die Schnauze zu halten. Die Nutte hat mir die Schläfe zerkratzt. Und mit ihren Löwinnenkrallen ein Stück Haut abgerissen. Ich blute. Ein richtiger Scheisstag ist das!

Die Mädchen halten Ausschau nach Hussin. So selten er sich in unsere Angelegenheiten einmischt, so unerträglich ist es für ihn, wenn wir auf der Strasse Aufsehen erregen. Hätte er uns gesehen, wäre er gekommen und hätte seine Faust fliegen lassen. Was mich betrifft, bin ich heute nicht in der Stimmung zu schweigen, weder wegen einer Faust noch aus einem anderen Grund.

Ich hätte ihm ebenfalls eine geknallt, und wer weiss, was ich mir damit eingebrockt hätte.

Aber das Weibsstück hat es echt auf mich abgesehen. Sie schleicht schon eine ganze Weile um mich herum, und ich ärgere mich jetzt, dass ich ihr nicht die Fresse eingeschlagen habe.

Weisst du, was sie gemacht hat? An dem Abend, als ich mit Pferdegebiss in der Bar war und deswegen nicht ranging, als Schaïba anrief? Sie hat sich so lange wie eine Klette an ihn gehängt, bis sie ihn gekriegt hat. Obwohl sie genau weiss, dass er mir gehört. Und der Schuft ist mitgegangen, um mir eins auszuwischen. Er konnte es nicht verkraften, dass ich nicht rangegangen bin. Er wusste ja genau, dass ich davon erfahren würde. Als ich ihn anrief, nahm er nicht ab und rief nicht einmal zurück.

Sie hingegen glaubt, er wäre ihr wegen ihrer schönen Augen gefolgt … Die Dreckschlampe! Aber vergessen wir sie. Und ihn ebenfalls. Soll er ruhig die Runde machen, und wenn er dann mit all diesen Miststücken fertig ist und sich wieder mir zuwenden will, werden wir ja sehen, was passiert. Und wer nicht rangehen wird.

2011

JANUAR

Donnerstag, den 20.

Ich sitze am Fenster, in meinem Zimmer. Es ist später Nachmittag, und ich habe das Fenster zugemacht, weil es kalt ist. Möglich, dass es heute noch regnet.

Von hier kann ich Fetzen blauen Himmels und viele Wolken sehen. Rechts neben mir auf der Matratze liegt Zeitungspapier, auf das ich die Schalen der *pépites* fallen lasse, die ich knabbere. Ich bin darin so geübt, dass ich nicht hinzusehen brauche, um zu wissen, dass sie direkt darauf landen. Treffsicher auf dem Gesicht des tunesischen Präsidenten Ben Ali. Geschieht ihm recht. Diebe von seinem Schlag mag ich nicht.

Unten auf der Strasse sehe ich Anissa, die Irre, die gerade mit ihren Dschinnen rumstreitet. Sie ist seit ein paar Tagen wieder in der Gegend. Ich warte auf Pferdegebiss, die jeden Moment eintreffen kann. Sie wird mich kurz anklingeln, sobald sie vor der Tür steht, damit ich runterkomme. Ich habe nichts mehr von ihr gehört, seit sie im September oder Oktober nach Holland abgereist ist.

Ich langweile mich. Habe es satt, mich zu langweilen. Und habe es satt, allein zu sein und die Probleme zu wälzen, die sich in meinem Kopf verheddert haben wie das Garn eines Wollknäuels. Seit Jahren konnte ich einen Tag nicht vom anderen unterscheiden, weil sie einander so ähnlich waren, und nun ist in nicht mal drei Monaten alles durcheinandergekommen.

Zuerst – damit hat alles angefangen – überfuhr mich ein Motorrad. Wegen eines dämlichen Kerls lag ich drei Wochen im Krankenhaus.

Ich war friedlich mit Samira durch die Strasse spaziert, wir waren gerade am Markt vorbeigekommen und wollten zur Alkoholverkaufsstelle neben dem Callshop. Das war am frühen Nachmittag. Wir gingen auf dem Trottoir und schlüpften, als wir über die Strasse wollten, zwischen zwei Autos durch. Ich vorne, Samira hinter mir. Wir unterhielten uns. Denkst du jetzt, ich hätte mich in dem Moment, als ich den Fuss auf die Strasse setzte, nach ihr umgedreht und das Motorrad nicht kommen sehen? Oder ich wäre betrunken gewesen und hätte vor lauter Nebel im Kopf nicht gesehen, was da angeschossen kam? Falsch. Ich lief ganz normal, schaute vor dem Überqueren nach links, von wo die Autos kamen, und trat erst dann auf die Fahrbahn. Bevor Samira auch nur schreien konnte, hatte mich dieser Esel schon voll erwischt. Er war aus der verbotenen Richtung angebrettert gekommen.

Kaum hatte er sich aufgerappelt, schwang er sich auf sein Motorrad und verschwand so schnell, wie er aufgetaucht war.

Glaubst du, es hätte sich einer gerührt, um ihm zu folgen? Oder um nachzusehen, ob er mich tot oder lebendig zurückgelassen hatte? Es war direkt vor einem Café, aber die Männer an den Tischen versanken einfach noch tiefer in ihren Stühlen. Und setzten die Kaffeetassen an die Lippen. Was will das Volk mehr als kostenloses Kino?

Dann begann Samira zu zetern, die Passanten beugten sich vor, um zu sehen, ob es was zu sehen gab. Ich selber konnte mich noch hinsetzen, einen Blick auf mein rechtes Bein werfen, meinen blutigen Schädel anfassen, und dann kippte ich um.

Als ich wieder zu mir kam, lag ich immer noch am Boden. Man hatte mich auf das Trottoir getragen. Samira benetzte mir das Gesicht mit Wasser. Um mein rechtes Bein war auf der Höhe des Schienbeins ein Stück Stoff gewickelt. Es war mein Kopftuch, glaube ich.

Wir warteten auf den Rettungswagen, den dieser Wichser Asis für uns gerufen hatte. Wenigstens einmal war er zu was nütze. Er scheint über gute Beziehungen zu verfügen, der Rettungswagen war nämlich in weniger als einer halben Stunde da. Es war ein klappriges Ding, einer von diesen alten weissen Kombis. Auch Samira stieg ein, und los ging's Richtung Krankenhaus.

Man nähte mich am Schädel zusammen, rasierte zuerst ein Stück, röntgte den Kopf, die Hüften, die Beine. Ich hatte noch Glück gehabt, abgesehen von dem, was meinen Kopf zierte, hatte ich mir nur den Unterschenkel gebrochen, knapp oberhalb des Knöchels. Zwei Brüche, die operiert werden mussten. Das ist der Grund, warum ich drei Wochen dortbleiben musste.

Ich hatte sogar grosses Glück: Sie konnten mich sofort operieren. Und es ging alles gut. Anders als bei meiner Bettnachbarin ragten bei mir nicht einmal Stäbe aus dem Bein.

Wir waren zu sechst in dem Saal, in dem sie mich unterbrachten. Eine der Frauen hatte die gleiche Operation hinter sich wie ich. Nur dass sie schon sechs Monate zuvor zum ersten Mal im Krankenhaus angekommen war. Man hatte die Operation nicht durchführen können, weil ihre Haut voller Blasen war. So wurde sie wieder nach Hause geschickt, wo sie sechs Monate liegend verbrachte, bevor sie unters Messer kam. Als sie das Bein öffneten, fanden sie unbeschreibliche Zustände vor! Das erzählte sie mir am Vormittag des Tages, an dem Samira, Fusia und Rabia mich besuchten. Alle drei zusammen! Sie brachten Orangen, Bananen, Äpfel, Joghurt und Datteln mit. Als gäbe es einen Empfang.

Es muss so drei oder vier Uhr nachmittags gewesen sein. Sie hatten eine Runde durch die Korridore gemacht, um für jede einen Stuhl aufzutreiben. Der Oberschwester – die Leute nannten sie Madame Touria – hatten sie was zugesteckt, damit sie uns in Ruhe liess, selbst wenn wir ein wenig laut wären. Madame Touria hatte auch Dienst gehabt, als ich eingeliefert wurde, und Samira hatte ihr schon damals eine Kleinigkeit gegeben.

Jedenfalls kamen die Mädchen also rein und reihten sich mit ihren Stühlen rechts neben dem Bett auf, vor dem Fenster. Diese Drecksäcke haben keinen besseren Ort für mich gefunden als am Fenster, wo man fast erfriert. Von meinem Bett aus konnte ich links ein gähnendes Loch sehen, die sogenannte Tür. Die Türflügel waren schon lange weggerissen worden. Es gab auch keinen Vorhang, der mich von den Frauen neben mir abgetrennt hätte. Vom Korridor her hörte man alles, was dort passierte. Und unter solchen Umständen soll man genesen.

Nun gut, all das hat uns ehrlich gesagt nicht davon abgehalten, uns wie zu Hause zu fühlen. Wir sassen da, gaben reihum Geschichten zum Besten. Ich war noch nicht dazu gekommen, ihnen zu erzählen, wen ich unmittelbar vor meinem Unfall im Fernsehen gesehen hatte. In *Muchtafun* – jener Sendung, in der vermisste Leute gesucht werden – hatte man die Geschichte eines Typen gezeigt, der einen Aufruf gestartet hatte, um die Schwester seiner Frau zu finden. Er sagte, sie habe psychische Probleme. Der Sender wurde vom Sozialzentrum in Tit Mellil vor den Toren von Casa kontaktiert. Das ist das Heim für humanen Müll. Man hatte dort seit einiger Zeit eine Insassin, die der Frau auf dem Foto ähnlich sah, und als sie beim Fernsehen anriefen, stellte sich heraus, dass sie es wirklich war.

Sie filmten dann, wie man sie aus dem Heim holte und wie sie bei ihrer Familie eintraf. Als die Kamera ins

Haus kam, wo sich eine Menge Menschen aufhielten, merkten die Typen vom Fernsehen, dass es ein Problem gab. Meinungsverschiedenheiten unter den Leuten.

»Ich mag es, wenn es so aus dem Ruder läuft«, sagte Fusia. »Sobald es um Familie geht, kommt immer dieser Moment, in dem alles ausser Kontrolle gerät.«

Die Journalisten begannen Fragen zu stellen, um herauszufinden, was genau der springende Punkt war. Es war so, dass der Schwager, der die Anzeige aufgegeben hatte, das weder mit seiner Frau noch deren Bruder besprochen hatte. Und diese zwei Drecksäcke behaupteten zwar, das Wiedersehen freue sie sehr, sie sagten aber auch, sie hätten niemanden, der sich um sie kümmern könne, und sie in der Familie zu behalten sei problematisch. Sie hätten Angst, dass sie aus dem Fenster springen könnte.

»Angst, dass sie aus dem Fenster springt? Schön wär's. Wenn du mich fragst, haben die nur darauf gewartet, dass die Kamera wegschwenkt, und dann rasch die Fensterflügel weit aufgerissen, um ›ein bisschen zu lüften‹«, sagte Samira und schnaubte kräftig durch die Nase wie ein Pferd, um uns klarzumachen, dass sie auf so was nicht reinfiel.

Dann ging es um das Erbe nach dem Tod ihrer Mutter. Merkwürdigerweise äusserten sie sich nur sehr vage, als es um den Anteil ging, der der Kranken zustand, die übrigens während der ganzen Reportage nichts von alldem um sie herum mitkriegte. Als ob das Ganze sie nichts angehen würde. Am Schluss sagte der Bruder, dass er sie bei sich aufnehmen würde. Und so endete die Reportage.

»Na ja, wo das Geld aus dem Erbe gelandet ist, das weiss ich«, sagte Fusia. Sie machte ein paar Drehbewegungen aus dem Handgelenk, als würde sie einen Wasserhahn öffnen, und schob dann die rechte Hand in die Tasche ihrer Dschellaba, um die imaginäre Beute darin zu verstauen. Am Schluss klopfte sie zwei-, dreimal darauf.

»Ja«, raunte Samira, »wo das Geld geblieben ist, wissen wir. Die Frage ist, was mit dem Mädchen los ist.«

»Nun, ich weiss es«, sagte ich breit grinsend. Ich hielt mich nicht lange mit einer Spannungspause auf und fuhr gleich fort: »Es ist Anissa, die Irre. Ich habe sie während der Reportage die ganze Zeit angestarrt und meinen Augen nicht getraut. Als ich den Schock verdaut hatte, musste ich richtig lachen. Ich verbringe meine ganze Freizeit vor dem Fernseher, und wenn endlich mal eine Bekannte von mir gezeigt wird, muss es ausgerechnet eine Irre sein.«

Die Mädchen lachten und die Bettnachbarinnen auch. Ich hatte Schmerzen im Bein, und so bat ich Samira, mich auf die rechte Seite zu drehen, nicht ohne mich bei meiner Bettnachbarin dafür zu entschuldigen, dass ich ihr den Rücken zukehrte.

Samira bettete mich auf die Kissen, zog mir das Nachthemd zurecht, sah die Mädchen an und sagte:

»Wo wir schon dabei sind, es gibt da eine Geschichte, die Dschmiaa und ich euch wohl noch nie erzählt haben.« Und sie berichtete etwas leiser von einem Abend, an dem uns was Superkomisches passiert war.

Es ist lange her, keine Ahnung, wann genau das war. Fusia und Rabia kannten die Geschichte noch nicht. Wir waren einmal spätabends aufgegriffen worden. Der Laderaum des Kleinbusses, der uns aufs Revier fahren sollte, war überfüllt. Irgendwann hielt das Gefährt am Strassenrand an. Die Tür ging auf, und vor uns sahen wir drei gutgekleidete junge Männer, die die Bullen anschnauzten. Die waren ihrerseits ziemlich ratlos, sagten: »Ja, Herr Kommissar, natürlich, Herr Kommissar«, und blickten dabei jenen der drei jungen Männer an, der am meisten nach Chef aussah.

»Wie bescheuert seid ihr eigentlich? Habt ihr nichts Besseres zu tun heute, als Gesindel aufzusammeln?«, blaffte der Älteste der drei, der Kommissar.

Um den Kommissar besser zu imitieren, deutete Samira mit einem Finger einen Schnurrbart an und redete lauter.

»Selbstverständlich, selbstverständlich, Herr Kommissar. Wir lassen sie sofort laufen, Herr Kommissar«, sagte einer der uniformierten Deppen, ohne sich nach dem Warum zu fragen.

»Sofort, und dann runter zum Platz mit euch, statt euch hier rumzutreiben. Dort fliegen Flaschen und fliesst Blut.«

Die Leute, die aus dem Polizeibus ausstiegen, wussten nicht so recht, was sie tun sollten. Zwei oder drei machten sich aus dem Staub, ohne einen Blick zurück zu werfen. Wir und die Übrigen blieben stehen und sahen den Kommissar und seine zwei Gehilfen an, weil wir wissen wollten, wie es nun weiterging.

»Und wie ging es weiter?«, fragte Fusia.

»Nun, die drei jungen Männer besichtigten das Angebot und suchten sich was aus«, antwortete ich schmunzelnd. »Und wir beide gehörten zu den Glücklichen.«

»Warte, ich bin hier die, die erzählt«, unterbrach mich Samira, die nicht mehr daran dachte, leise zu reden. »Nun, sie nahmen uns mit in eine Villa, fast schon ein Schloss. Mit Swimmingpool und einem Wohnzimmer so gross wie der Taubenplatz. Dann wurden Flaschen hervorgeholt. Erinnerst du dich?«, fragte sie und sah mich an. »Wenn diese jungen Kerle Kommissare waren, sind wir Männer. Das war ein richtig toller Abend!«

Und während wir noch lachten, hörte ich hinter meinem Rücken eine mir bestens bekannte Stimme: *»Salam alaikum.«*

Mir stockte das Blut in den Adern. Mouy. Mouy war da.

*

Wie lange stand sie schon in der Tür? Was genau hatte sie gehört? Wie hatte sie überhaupt hergefunden? Ich hatte keine Ahnung. Ich sah nur, dass Mouy herantrat und mit einem dankenden Nicken den Stuhl annahm, den Samira ihr anbot. Und so tat, als fiele ihr nicht auf, dass diese daraufhin stehen musste. Auch Samia war da. Sie hielten sich an der Hand. Samia trat zu mir, um mich zu küssen und fest zu umarmen. Ich glaube, der Unfall ihrer Mutter hatte ihr einen Schreck eingejagt.

Fusia und Rabia nutzten die Gelegenheit, ebenfalls aufzustehen und sich zu verabschieden. Sie nickten Mouy im Vorbeigehen zu. Mouy musterte sie von Kopf bis Fuss. Hätte ich in diesem Moment gestanden, wären die Beine unter mir zusammengesackt. Stattdessen versank ich tief in meiner Matratze, tiefer als in einem Brunnen. Während ich fiel, ging mir durch den Kopf, dass ich erledigt war.

Das war ich wirklich.

Um ihr Gesicht zu wahren, blieb Mouy fünf Minuten, ohne sich umzublicken. Sie sass kerzengerade auf ihrem Stuhl. Hob mit den Fingerspitzen die Decke an, um zu sehen, wie es darunter aussah. Stellte zwei oder drei völlig nebensächliche Fragen. Und ging dann zusammen mit Samia wieder weg. Sie liess eine kleine Tasche liegen, in der sich zwei Nachthemden von ihr und eines von Samia, süsses Gebäck, eine Dschellaba und ein Kopftuch befanden.

Seither habe ich sie nicht wiedergesehen. Auch gesprochen habe ich nicht mit ihr. Ich konnte sie nicht anrufen. Und sie rief mich nicht an.

Woher sie wusste, dass ich dort war? Es war dumm gelaufen.

Als man mich in die Notaufnahme einlieferte, nahm Madame Touria meine Sachen, während der zuständige Arzt mit mir Tests durchführte. Und dann wollte es der Zufall, dass meine Mutter genau in diesem Moment anrufen musste. Der Zufall, und vielleicht hatte sie auch wieder was geträumt. Keine Ahnung.

Während die Ärzte mich untersuchten, befand sich die Oberschwester in einem Nebenraum, meine Sachen neben sich. Das Handy klingelte lange, Touria ärgerte sich über den Lärm und griff danach, um es auszuschalten. Als sie auf dem Display »Mouy« las, ging sie ran.

So ist das Leben manchmal. Man weiss nicht, warum gewisse Dinge geschehen, aber sie geschehen. Wie hätte die Pflegerin ahnen können, dass eine Dschmiaa Bent Larbi* ihrer Mutter nichts davon erzählt hätte, dass sie soeben angefahren worden war? Wie hätte sie das ahnen können? Wenn das Handy in einem anderen Moment als in der Notaufnahme oder einfach ein paar Tage später geklingelt hätte, als sie schon wusste, mit wem sie es zu tun hatte, hätte sie bestimmt nichts gesagt. Es war also einfach Pech, mehr nicht.

*

Pferdegebiss wartet jetzt unten. Ich habe ihre Klapperkiste auftauchen sehen, bevor sie mich angeklingelt hat.

Ich trage meine rote Dschellaba, weil die schön warm ist, und habe meinen Stock genommen. Ohne diesen käme ich gar nicht die Treppe runter. Ich schaffe das mit den drei Stockwerken ehrlich gesagt fast nicht. Als ich aus dem Krankenhaus nach Hause kam, brauchte ich trotz Samiras Hilfe eine Stunde, um da hochzukommen. Jetzt geht es besser. Mein Bein hat sich dank Gymnastik ein wenig erholt, aber es bleibt schwierig. Dabei habe ich sogar abgenommen.

Ja, ich habe abgenommen.

Eines Nachmittags – es war kurz nach meiner Rückkehr aus dem Krankenhaus – hatte ich keine Lust mehr, vor dem Fernseher zu liegen und zuzusehen, wie die Bilder eins nach dem anderen endlos an mir vorbeiziehen. Ich wollte aufstehen, im Schrank den Umschlag mit den Fotos holen und sie mir ansehen. So stützte ich mich auf den rechten Ellbogen und nahm den Stock in die andere Hand, um aufzustehen, doch als ich mich aufrichten wollte, hafteten meine Pobacken wie von einem Magneten angezogen an der Matratze. Unmöglich, sie davon zu lösen. Ich zog am einen Ende und sie am anderen.

Erst da wurde mir bewusst, dass ich seit einem guten Monat nur zwei Körperteile benutzte: die rechte Hand und den Mund. Erstere zappte und transportierte Dinge zu meinen Lippen. Alles Mögliche: Gebäck, Chips, Brot, Erdnüsse, *pépites.* Und der Mund kaute und kommentierte den Bildschirm. Auf einmal bekam ich Schiss.

Meine Pobacken waren so tief in der Matratze versunken, dass ich glaubte, für immer kleben zu bleiben. Wenn ich sie machen liess, was sie wollten, was würde dann mit meinem Leben geschehen? Und mit dem Ehemann auf der anderen Seite des Meeres und meiner Mutter und der ewigen Scheissmiete und den Zigaretten, die ich brauchte? Und dem ganzen Rest, den Medikamenten, dem Alkohol, Hussin, den Lebensmitteln. Was würde mit all diesen Dingen geschehen?

Das Abnehmen war nicht schwer. Jedes Mal, wenn ich mir was in den Mund schieben wollte, sah ich Anissa vor mir. Wie sie durch die Strassen irrt, Selbstgespräche führt und lacht. Es kam nicht in Frage, dass meine Pobacken, die mich so lange ernährt hatten, mich nun in die Tiefe ziehen würden.

Egal was ich in die Hand nahm, ich warf es zurück auf den Tisch. Manchmal so schwungvoll, dass es auf der anderen Seite runterfiel. Samira zeterte nur noch rum, weil ich so viel Zeug auf den Boden warf. Darum hörte ich damit wieder auf. Nicht wegen Samira und ihrem Geschrei. Sondern weil ich Angst hatte, dieses unkontrollierte Herumwerfen von Dingen könnte schon die erste Stufe von Wahnsinn sein. Ich sass an meinem Platz, sah fern und schluckte massenhaft Tabletten, ohne was zu essen.

Ohne diesen Unfall wäre ich nie einfach so fünfzehn oder zwanzig Kilo losgeworden. Ich stelle mich nie auf die Waage. Wenn ich zugenommen habe, merke ich es normalerweise daran, dass ich an meiner Dschellaba zerren muss, um sie über die Hüften zu kriegen. Das ist alles. Und jetzt weiss ich, dass ich stark abgenommen habe, weil ich meine Dschellabas beim Schneider anpassen lassen musste.

Ich brauche fast zehn Minuten, bis ich unten bin. Pferdegebiss weiss noch nicht, dass mich dieses Scheissmotorrad über den Haufen gefahren hat.

Das Auto steht vor dem Haus, sie sitzt darin, den Kopf gesenkt, gerade mit dem Drehen eines Joints beschäftigt. Ich öffne die Autotür.

Sie sieht mich an, bleckt ihre grossen Zähne und hebt den Kopf: *»Salam alaikum.«*

Ich lächle zurück und beuge mich hinunter, um einzusteigen, das gesunde Bein voran. Um die Balance nicht zu verlieren, halte ich mich am Autodach fest. Ich lasse mich auf dem Sitz nieder, stelle den Stock links neben mich. Fasse das rechte Bein mit beiden Händen am Knie und hebe es ins Auto. Versuche, dabei nicht allzu laut zu schnaufen.

»Alaikum salam«, sage ich, als ob nichts wäre, und strecke ihr die Hand hin, »lang ist's her.«

Sie sagt nichts. Legt ihren Joint in ein kleines Ablagefach unter dem Radio. Betrachtet mein Bein und meinen Stock. Keine Ahnung, was in ihrem Kopf vorgeht, aber es sieht ungut aus. Als ob sie Schmerzen hätte. Ihr Mund ist immer noch bis zu den Ohren aufgerissen, aber sie lächelt nicht. Halb besorgt, halb fragend sagt sie: »Oje, oje, geht es?«

Dabei hat sie noch gar nicht gesehen, wie übel es um das Schienbein bestellt ist. Rund um die Narbe ist die Haut angeschwollen, sie ist blau und dünn wie Blätterteig. Und die Narbe selbst ist lang, dick und violett.

Pferdegebiss schnaubt und schüttelt den Kopf, und da ich keine Antwort gebe, fügt sie hinzu: »Was ist passiert?«

Wäre ich in der richtigen Stimmung gewesen, hätte ich ihr was Abenteuerliches aufgetischt. Aber ich schwitze schon, und mir ist nicht wirklich nach Lachen zumute. Keine Ahnung, warum ich überhaupt zugesagt habe, mich mit ihr zu treffen.

»Ein Motorrad hat mich erwischt. Der Typ hat mich angefahren und sich danach aus dem Staub gemacht.«

»Puh, ich hatte schon Angst. Ich dachte, du hättest was bei einer Schlägerei abgekriegt«, gibt sie zurück und legt sich erleichtert die Hand auf die Brust.

»Bei einer Schlägerei?«, frage ich. »Hältst du mich etwa für eine *schemkara**, oder was?«

Dabei hätte so was durchaus passieren können, oder auch was Schlimmeres, wer weiss das schon? Aber das sage ich nicht.

»Entschuldige. Weisst du, im Drehbuch kommt eine Schlägerei vor, die schlecht ausgeht. Mein Gehirn ist gerade etwas überhitzt, weil ich so tief in der Arbeit drinstecke. Was genau ist passiert?«

»Ein Motorradfahrer hat mich überfahren und ist dann einfach abgerauscht, ich musste mich operieren lassen, aber jetzt geht es besser. Und du, wie geht es dir?«, frage ich und verziehe das Gesicht. Sie wird nicht weiter nachbohren, ich kenne sie langsam.

Zögernd antwortet sie: »Gut. Alles in Ordnung.« Sie weiss nicht, was sie sagen soll.

Ehrlich gesagt habe ich dieses Treffen schon satt. Ich schwitze trotz der Kälte, und die Dschellaba stört mich. Ich habe das Bein satt. Und den Stock. Und die Tabletten, die gar nicht mehr wirken. Ich muss etwas schlucken, sonst rege ich mich auf.

Sie fährt direkt zu ihrer Bar. Wir parken davor. Die Uhr im Auto zeigt fünf Uhr nachmittags an.

Wir laufen über die Strasse, was eine Weile dauert. Setzen uns dann in den vorderen Raum. Pferdegebiss ruft den Kellner und sagt: »Zwei Spéciales, mein Lieber«, ohne mich zu fragen.

Das regt mich auf. Ich habe mir bereits eine Zigarette angezündet und in vier Zügen praktisch die Hälfte aufgeraucht.

»Nein, ich nehme nichts«, sage ich zum Kellner und bewege den Zeigefinger ablehnend hin und her. An sie gewandt, sage ich: »Ich nehme Medikamente. Ich darf nicht trinken.«

»Dann lass uns von hier abhauen.« Ohne zu warten, ruft sie dem Kellner zu: »Si Muhammad*! Entschuldige, lass die Bestellung sein. Wir haben was vergessen.«

Es stimmt nicht, dass ich nicht trinken darf. Aber ich habe angefangen aufzupassen. Sonst nimmt diese Geschichte ein böses Ende. Ich habe für mich ein Limit festgelegt: Vor sechs Uhr abends kommt kein Tropfen mit meinem Gaumen in Berührung. Ich verbringe die Tage damit, auf sechs Uhr zu warten, um mir endlich Flüssiges durch den Hals und über die Zunge laufen zu lassen. Das Problem ist nur, dass diese beiden mehr wollen, sobald sie einmal angefeuchtet sind. Und dann habe ich überhaupt nichts mehr unter Kontrolle. Trinke bis zum Koma. Mutterseelenallein in meinem Zimmer. Oder zusammen mit Samira, wenn sie nicht arbeitet.

Weisst du, die Tage vergehen langsam, wenn man immer im gleichen Zimmer sitzt, Auge in Auge mit sich selbst. Samira schaut vorbei, die anderen Mädchen manchmal auch, aber jede hat ihr Leben. Die Leute fürchten, es könnte auf sie abfärben. Aber allein zu sein ist gar nicht das wahre Problem. Das wahre Problem ist das Geld. Und die Schwierigkeiten, die sich ergeben, wenn keines da ist. Ich sollte mich bald wieder auf die Treppe stellen, Hussin findet allmählich, dass ich ihm schon sehr lange so wenig gebe.

Gesagt hat er nichts. Er ist auch nicht zu mir gekommen. Aber ich spüre seine Nervosität sogar aus der Distanz. Du hörst mich nie über ihn reden, weil wir beide kein Problem miteinander haben. Aber das liegt daran, dass ich anständig bin und meinen Verpflichtungen auch bei Krankheit nachkomme. Jeweils am Monatsende laufe ich ihm irgendwo über den Weg, gebe ihm sein Geld, er steckt es in die Tasche, und die Sache läuft weiter bis zum nächsten Mal.

Anfangs ging er mir auf den Sack. Er bewachte mich wie der Tod einen Patienten im Krankenbett. Weil er fürchtete, ich könnte versuchen, mich abzusetzen. Nach jedem Kunden stand er hinter mir. Um sich von mir nicht verarschen zu lassen und so. Als er dann begriffen hatte, dass es mit mir keine Scherereien gibt, widmete er sich wieder seinen Angelegenheiten. Ich gebe offen zu, dass ich mehrmals überlegt habe, abzuhauen und ihn sitzenzulassen. Aber dann geschah immer etwas, was mich umstimmte. Wie etwa damals mit dem Typen, den ich bedient hatte und der sich einbildete, er könne ohne Umweg über den Punkt »in die Tasche greifen« in seinen Alltag zurückkehren. Um die Sache ohne Aufsehen zu erledigen, sagte ich noch im Zimmer, er solle das Geld lieber gleich rausrücken, sonst werde er es bereuen.

Er streckte die Brust raus. »Ach ja? Und falls ich nicht bleche, was machst du dann?«

»Was ich dann mache, willst du lieber nicht wissen.«

»Oh, sicher. Los, zeig es mir nur«, sagte er. Er machte die Tür auf und sah mich von oben an wie ein amerikanischer Filmheld.

Ich gab ein eher flaues »Verpiss dich« von mir und folgte ihm flink die Treppe runter. Überflüssig, zu erzählen, welches Ende der Held nahm. Vor dem Raufgehen hatte ich Hussin gesehen, er hatte, an ein Auto gelehnt, mit einem Typen rumgeflachst, dem Spanier, den sie José Lechetta nennen. Dem Jungen fehlt ein Stück seiner Zunge. Ein Mädchen soll sie ihm mit dem Rasierer abgeschnitten haben. Ich will dir mit diesen Details keine Angst einjagen, sondern nur zeigen, mit was für Kerlen Hussin verkehrt.

Dieser Armleuchter, der nicht bezahlen wollte, ging also runter, ohne sich zu fragen, warum ich nicht lautstark protestierte. Er freute sich einfach, dass seine Taschen beim Weggehen genauso voll waren wie der Sack leer. Glaub mir, der Junge bedauerte an diesem Tag noch alles Flüssige seines Lebens: das, was er auf meiner Matratze losgeworden war; das, was er lieber in der Hosentasche behalten hatte; und das, was ihm aus den Nasenlöchern rann, nachdem Hussin und sein Gast ihn vor dem Beignetverkäufer erwischt hatten.

Und er hatte noch Glück – Hussin und sein Kumpan legten zwischendurch Pausen ein, um Höflichkeiten über die edelsten Stücke auszutauschen. Ach, nimm du den Schenkel, er ist so schön zart. Nein, nein, diese Ehre gebührt dir, du bist doch heute mein Gast. Der Junge ging aus diesem spontanen Fest hervor wie ein Knochen aus einer Hähnchentajine, ganz abgenagt.

Und so überlege ich es mir doch jedes Mal wieder anders, wenn ich darüber nachdenke, Hussin loszuwerden – klar schröpft er mich wie der Staat die Leute beim Alkohol, aber da ich mir so wenigstens keine Sorgen zu machen brauche, lasse ich doch alles beim Alten. Beschissen ist nur, dass ich gerade blank bin. Meine Reserven sind nicht unerschöpflich. Und der ganze Alkohol trägt nicht dazu bei, wieder auf die Beine zu kommen.

Neulich bin ich morgens auf dem Teppich aufgewacht, weil ich beim Zubettgehen so hagelvoll war. Ich war im Schlaf von der Matratze gerollt und hatte es nicht mal gemerkt. Als ich aufwachte, war die Naht an meinem Bein an zwei Stellen aufgeplatzt. Ich hatte Glück an diesem Tag. Die Wunde hätte auch aufreissen können wie ein Zippverschluss.

Ich fand mich also in diesem Zustand wieder und beschloss, etwas zu unternehmen. Jetzt trinke ich jeden Abend, aber nur wenig. Einen anderen funktionierenden Trick habe ich nicht gefunden. Ausser das mit den Tabletten natürlich. Zur Beruhigung der Nerven, aber ich kann dir sagen, sie helfen genauso gut gegen den Durst. Ich bin davon ein bisschen benebelt, doch es funktioniert. Jedenfalls trinke ich heute, Pferdegebiss hin oder her, vor sechs Uhr abends nichts.

»Sollen wir eine kleine Ausfahrt an die Küste machen?«, fragt sie und öffnet die Autotür.

Ich bin schon fix und fertig von alldem. Habe keine Lust, den Mund aufzumachen, nicht einmal um sie zu bitten, mich nach Hause zu fahren.

Pünktlich zum Sonnenuntergang erreichen wir die Küste. Sie parkt das Auto gegenüber von Sidi Abderrahman und nimmt den Joint, den sie unter dem Radio abgelegt hatte.

Ich halte ihr mein Feuerzeug hin, weil ich absolut keine Lust habe, mir anzusehen, wie sie hektisch überall nach ihrem eigenen sucht. Statt es zu nehmen, gibt sie mir den Joint, damit ich ihn anzünde. Bloss um ihn gleich wieder an sich zu nehmen.

»Ich habe ganz vergessen, dass du nicht kiffst.« Dann sieht Pferdegebiss mich an und sagt mit glücklichem Lächeln: »Ich habe das Geld bekommen. So viel, wie ich beantragt habe.« Und fügt nach einem langen Zug aus dem Joint an: »Im April fangen wir mit den Dreharbeiten an.«

»Schön. Bleibst du so lange hier?«

Feiner Sprühregen setzt ein. Ich kurble die Scheibe runter, um das Meer zu riechen. Merkwürdigerweise wird mir nicht schwindlig. Und merkwürdigerweise sehe ich die Welt in diesem Moment durch die Augen einer Kranken. Als würde ich bald sterben.

Pferdegebiss spuckt den Tabak, der ihr an der Zungenspitze kleben geblieben ist, auf den Boden, antwortet: »Nein, im März bin ich für zwei Wochen weg.«

Ich wusste schon nicht mehr, dass ich was gefragt hatte. Sie nimmt den riesigen Weinschlauch, den sie als Handtasche benutzt. Er ist von der gleichen Farbe wie ihre Jacke. Und wie ihre Schuhe. Sie trägt, seit ich sie kenne, immer dasselbe: dieselbe Jacke, dieselbe Bluejeans, dasselbe helle T-Shirt und dieselben Lederstiefel. Unförmige Dinger mit breiten Fransen, die rundum runterhängen. Scheusslich, aber jedem das Seine.

Sie wühlt in ihrer Handtasche, schiebt Sachen darin hin und her. Zieht schliesslich ein Päckchen heraus und hält es mir hin. Glänzendes schwarzes Geschenkpapier mit roten und gelben Blüten. Und darum gewickelt goldenes Garn.

»Was ist das?«

Sie nervt mich so. Ich habe ihr Lächeln mit diesem überdimensionierten Mund satt.

»Eine Kleinigkeit. Für dich. Mach es auf.« Und weiter: »Ich wollte mich bei dir bedanken. Das, was du mir erzählt hast, hat mir beim Schreiben der Geschichte sehr geholfen.«

Ich kriege das Papier nicht auf. Es ist kein normales Papier. Eher eine Art Plastik. Ich ziehe am goldenen Garn. Auch das ist widerspenstig. Ein hoffnungsloser Fall. Das alles bringt mich auf die Palme. Ich nehme das Papier in den Mund und ziehe kräftig mit den Backenzähnen daran. Ein Stück Verpackung bleibt mir zwischen den Zähnen hängen. Ich spucke es zum Fenster hinaus. Verdammt, was sind das für Deppen, die solches Papier herstellen? Ich schleudere das Scheisspäckchen gegen das Handschuhfach, es fällt mir vor die Füsse.

»Verdammt, ich hab das alles so satt!«, schreie ich und drücke die Tür auf. Rufe »bah« und schliesse sie wieder, ich schaffe es nicht, auszusteigen. Ich möchte nach Hause.

Pferdegebiss sieht mich an. Sagt nichts. Sie scheint sich zu fragen, ob ich verrückt geworden bin. Während sie den Joint, der im Aschenbecher ausgegangen ist, wieder anzündet, sagt sie: »Ich rauche fertig, dann fahren wir zurück.«

Wir erreichen das Viertel. Vor dem Tabakwarenhändler hält sie an, geht rein, kommt mit einer blauen Plastiktüte wieder raus, legt sie sich auf die Knie und fährt wieder an.

Wir erreichen mein Haus. Sie stellt den Motor ab, aber wir bleiben stumm. Was mich betrifft, habe ich ihr eh nichts mitzuteilen. Sie rückt meinen Stock ein wenig zur Seite, um das vor meinen Füssen liegende Geschenk aufzuheben. Richtet sich dann wieder auf, sieht mich an und hält es mir zusammen mit einer blauen Riesenschere hin, die sie aus der gleichfarbigen Tüte genommen hat.

»Wenn es auch so nicht aufgeht, schmeiss mir das Scheisspäckchen einfach runter.«

Ich nehme es, meine Lippen können sich ein Lächeln nicht verkneifen.

Ihre Lippen lächeln zurück, während sie sagt: »Pass auf dich auf.« Und während ich mich an der Tür festhalte, um hochzukommen, fügt sie hinzu: »Ruf mich an, wenn du was brauchst, egal was.«

Ich hebe die Hand, so halb zum Abschied, halb zur Bestätigung, dass ich sie gehört habe. Mache die Tür zu und nehme den Aufstieg Richtung Zuhause in Angriff.

Im ersten Stock treffe ich auf Samira. Sie fasst mich am Arm, und während wir gemeinsam die Stufen hochgehen, fragt sie: »Was ist das?«, und deutet mit dem Kopf auf das Geschenk.

»Eine junge Frau hat es mir gegeben. Du kennst sie nicht.«

Ich habe keine Lüge parat, die ich ihr auftischen könnte. Ausserdem ist es egal. Was soll der Schwachsinn, ihr die Sache vorzuenthalten. Als befasste ich mich mit Staatsangelegenheiten. Es kommt in meinem Nietenleben immer wieder vor, dass ich wegen irgendwelcher Lappalien lüge.

»Ich erkläre es dir, sobald wir oben sind«, füge ich hinzu und stütze mich noch stärker auf sie.

Wir sind in meinem Zimmer. Kaum oben angelangt, habe ich mich auf die Matratze fallen lassen, und Samira hat mir eine Tablette gegeben.

»Also, wer ist diese junge Frau?«, fragt sie und versucht, das Päckchen mit den Fingern aufzumachen.

»Hol bitte die Flasche, die noch im Schrank steht.«

Seit dem Unfall halte ich mir zu Hause einen kleinen Weinvorrat. Kaufe immer gleich zwei Flaschen. Samira zieht eine Augenbraue hoch. Sie vermutet natürlich, dass ich Zeit schinden will, damit sie ihre Frage vergisst. Aber sie legt das Päckchen hin und steht auf. Bringt die Flasche und füllt zwei Gläser. Ich nehme einen Schluck, das Glas ist klein, und ich leere es in einem Zug. Wie gut das tut.

»Also, wer ist diese Frau?«, fragt sie nochmals und nimmt die Schere, um das Garn durchzuschneiden.

*

Ich habe Samira von der Sache mit Pferdegebiss erzählt, ohne zu sehr in die Einzelheiten zu gehen. Während ich ihr von Hamid, vom Tag, an dem wir uns im Verschlag trafen, und vom Film berichtete, schwieg Samira, das Geschenk in den Händen. Sie blickte nicht zu mir rüber, aber ich weiss, dass es ihr nicht passte. Ihre Lippen verzogen sich mal in die eine, dann in die andere Richtung.

Nach allem, was passiert ist, weiss ich selber nicht, warum ich ihr nichts gesagt habe. Wobei, was hätte ich ihr schon erzählen sollen? Dass ich mich mit einer jungen Frau traf, die mit mir reden wollte, weil ich ihr bei einem Film helfen sollte? Sehe ich etwa aus wie jemand aus der Filmwelt?

Ich habe Samira nicht misstraut, mir war schlicht nicht klar gewesen, dass sie mir so beistehen würde.

Ich wusste nicht, dass sie sich um den Verkauf meiner beiden Armbänder, der Halskette und der Kopftücher kümmern würde, damit ich meine Miete, Hussin, das Krankenhaus und all die Scheisse, die auf meinen Schultern lastet, bezahlen konnte.

Ich wusste nicht, dass sie für mich kochen würde, meine Wäsche waschen, dass sie jeden Tag bei mir vorbeischauen würde.

Und woher hätte ich wissen sollen, dass sie, als ich nichts mehr zu verkaufen hatte, Schaïba anrufen würde, um Geld zu borgen, und dass sie mir anbieten würde, bei ihr zu wohnen, falls ich Schwierigkeiten hätte?

Woher hätte ich wissen sollen, dass sie mir so nah ist? Übrigens kann es gut sein, dass sie es selber nicht wusste.

Und jetzt, da ich mit dem Erzählen fertig bin, zieht sie eine Grimasse wegen der Stute.

Vielleicht weiss sie es nicht, aber eine Mutter, die mich überwacht und die Beleidigte spielt, habe ich schon. Eine zweite brauche ich nicht. Wenn ihr das nicht passt, soll sie sich ebenfalls verpissen.

»Nun, für mich klingt es ganz danach«, sagt sie und streckt mir den Inhalt des Päckchens hin, »als gäbe es hier weder einen Film noch sonst was. Da hat sich einfach eine Verkorkste in dich verguckt, mehr nicht.« Und dann weiter: »Hättest du mir Bescheid gesagt, hätten wir wenigstens richtig was rausholen können, nicht nur diesen Schnickschnack.«

Ich begutachte das Geschenk. Ein graues Kopftuch mit ganz zarten rosa, gelben und grünen Blüten. Silbern eingefasst. Dazu eine grosse Haarspange in Form einer Blume. Und eine Handtasche. Grau, nur auf der Seite mit einer Blüte verziert. Rosa. Sehr chic.

Ich nehme die Sachen. Gebe keine Antwort. Zwischen Samiras Gerede und diesem Geschenk besteht kein Zusammenhang. Ich glaube, sie ist einfach eifersüchtig.

»Egal, ich habe jedenfalls nichts mehr mit ihr zu tun. Heute war unser letztes Treffen«, sage ich und schenke mir noch ein Glas ein.

FEBRUAR

Montag, den 7.

Pferdegebiss hat mich seither mehrmals angerufen, aber ich bin nie rangegangen. Wenn ich etwas beschliesse, ändere ich meine Meinung nicht mehr.

Ich liege vor dem Fernseher, unter zwei Decken. Eben bin ich aus dem Bad zurückgekommen. Statt der Dschellaba trage ich meinen neuen Morgenmantel. Er ist grün und weich wie ein Schaf. Mein Kopf steckt unter einem dieser Turbanhandtücher, die aussehen wie ein Hut. Ich habe das neueste Modell, mit Klettverschluss.

Es ist furchtbar kalt. Ich habe mir eine Zigarette angezündet und schenke mir ein Glas ein. Es ist wohl ungefähr sieben oder acht Uhr abends, keine Ahnung. Ich bin ruhig. Und meinem Bein geht es besser. Manchmal habe ich noch Schmerzen, aber es geht viel besser.

Ich habe mich in letzter Zeit mal richtig ausgeruht. Sah fern, ass wenig, schlief. Und hörte auf, mich als Protagonistin zu sehen. Selbst in einem Film legt sich die Heldin ins Bett, wenn sie krank ist.

Ausserdem habe ich beschlossen, der Welt rundum keine Beachtung mehr zu schenken. Sie ist mir so egal, dass ich meinen Mann neulich allein am Telefon habe rumbrüllen lassen, als er anrief, um mich anzuschnauzen, weil ich ihm seit meinem Unfall kein Geld mehr geschickt habe. Soll er doch aus dem Hörer rauskriechen und zu mir kommen, wenn er kann.

Weisst du, was er gemacht hat, als ich ihm von meinem Unfall mit dem Motorradfahrer erzählt habe? Gar nichts. Er blieb stumm, murmelte rasch: »Möge Gott dich heilen«, und legte auf. Ich bin sicher, dass er dabei nur an eins dachte: an das Geld, das ich ihm jeden Monat schicke – würde ich ihm den Geldhahn zudrehen oder nicht?

Jetzt kann er mich echt mal.

Ich nehme einen langen Zug von meiner Zigarette.

Mouy habe ich seit dem Krankenhaus nicht mehr angerufen. Ich kann nicht. Der einzige Kontakt, den wir noch haben, sind die Schecks für meine Tochter.

Und seit fast zwei Wochen ist keines der Mädchen länger als fünf Minuten bei mir geblieben. Kein einziges. Die können mich mal! Die und ihre lächerlichen Besuche.

Nur Samira kommt weiterhin jeden Tag.

»Steh auf, du kriegst Besuch!« Mensch, die Frau ist nicht totzukriegen! Samira tritt ein und gibt jemandem ein Zeichen, ihr zu folgen.

Hinter ihr steht Pferdegebiss. Warum zur Hölle tauchen die beiden zusammen auf?

»Salam alaikum«, sagt Pferdegebiss, macht ein paar Schritte auf mich zu und streckt mir die Hand entgegen.

»*Salam*«, grüsse ich zurück, setze mich auf und werfe einen prüfenden Blick auf den Zustand des Zimmers. »Willkommen.«

Ehrlich gesagt weiss ich nicht, ob ich sie anlächeln soll. Ich wollte sie nicht wiedersehen, aber nun, da sie hier ist, weiss ich eigentlich gar nicht mehr, warum.

»Was ist denn das für ein Empfang?«, sagt Samira. Und deutet auf die freie Matratze, damit Pferdegebiss dort Platz nimmt.

Seit meinem Unfall fühlt sich Samira bei mir wie zu Hause.

Jetzt holt sie geschäftig ein Glas, schiebt mich ein wenig zur Seite, um sich neben mich zu setzen, nimmt die Weinflasche und schenkt ihr ein.

Samiras Lächeln ist so breit wie ihr Hintern auf meiner Matratze. »Du kriegst richtig Kopfschmerzen, weil du nicht weisst, warum wir zusammen da sind, was?« Sie lacht und schüttelt den Kopf, so dass ihre Stirnfransen wackeln.

Die sind brandneu. Normalerweise mag ich ihr Haar, aber jetzt sieht sie aus wie ein Fussballer, wie dieser Hadji*. Vorne Stirnfransen und hinten lang. Der hatte auch oben dunkles und unten helles Haar. Optisch eine Katastrophe.

Samira sieht Pferdegebiss an: »Ich hab's dir gleich gesagt, dass sie dumm aus der Wäsche schauen wird, wenn sie uns sieht. Nun, leg los!«

Pferdegebiss lacht. Sie nimmt eine Zigarette, zündet

sie sich an und erklärt mir nach dem ersten Zug: »Da ich dich nicht erreichen konnte, habe ich auf dem Markt vorbeigeschaut, um zu sehen, ob du vor Ort bist. Schon seit mehreren Tagen, ich habe mich jedes Mal gefragt, ob es diesmal klappt.« Pferdegebiss tippt ihre Zigarette am Glas ab, das ich als Aschenbecher benutze, und fährt fort: »Da ich dich unbedingt vor Freitag sehen wollte, war ich vorhin nochmals auf dem Markt. Und habe gewartet, bis Samira allein war, um sie anzusprechen.«

Woran sie sie erkannt hat, brauche ich nicht zu fragen. Ich erinnere mich noch daran, wie ich ihr Samira zeigte, als wir bei einer unserer Ausfahrten am Markt vorbeikamen.

Samira unterbricht sie: »Schon gut, wie wir uns begegnet sind, interessiert niemanden.« Sie sieht Pferdegebiss an und fügt hinzu: »Los, sag ihr, warum du hier bist.«

Pferdegebiss sieht mich an. »Seit meiner Rückkehr habe ich alles Mögliche erledigt, aber vor allem habe ich nach Schauspielern gesucht. Inzwischen habe ich für jede Rolle jemanden, ausser für die Hauptrolle.« Und dann sagt sie: »Ich möchte, dass du dich mal probehalber für mich vor die Kamera stellst. Je mehr Mädchen man mir schickte, desto deutlicher sah ich dich in dieser Rolle. Ich bin sicher, dass du eine gute Leinwandpräsenz hättest und die Rolle besser als jede andere spielen würdest.«

Ich fühle mich, als hätte mich jemand geohrfeigt.

Oder mir einen Eimer Wasser über den Kopf geschüttet. Whaaaaa! Was ist denn das für ein Plan?

Pferdegebiss fährt fort: »Wir können Probeaufnahmen machen, das ist eine einfache Sache. Du kriegst einen kurzen Text, lernst ihn auswendig, stellst dich vor die Kamera, und das war's schon.«

»Na, wie findest du das? Gut, dass ich sie dir nach Hause gebracht habe, oder?«, sagt Samira, schnalzt mit der Zunge und zwinkert mit einem Auge.

Donnerstag, den 10.

Samira und ich sitzen im Taxi und fahren in die Nähe des Jus de Bordeaux, der Milchbar kurz nach der Medina, wenn man in Richtung Boulevard Zerktouni unterwegs ist. Wenn man nach einem durchfeierten Abend Hunger hat, gibt es keinen besseren Ort, um was zu futtern. Du kriegst dort alles, was du willst. Jetzt gerade bin ich allerdings nicht hungrig, dabei habe ich heute noch nichts gegessen.

Ich habe mit Pferdegebiss einen Termin in einem Büro, damit sie mich filmen. Samira erzählt schon die ganze Zeit Witze. Seit wir das Haus verlassen haben, war sie keinen Moment still.

»Hast du eigentlich Munddurchfall?«, frage ich.

»Und du, bist du eifersüchtig, weil du unter Verstopfung leidest?«, gibt sie zurück. Dann beugt sie sich zum

Fahrer vor. »Wir sind Schauspielerinnen. Heute spielen wir in einem neuen Film mit«, sagt sie und bezieht sich selber ins Casting ein.

»Mmm«, murmelt der Fahrer und betrachtet uns durch den Rückspiegel.

Ich sehe seinen Blick im Spiegel. Du Wichser! Du denkst gerade, dass wir nicht danach aussehen, als würden wir in Filmen mitspielen? Zum Glück habe ich keine Zeit, etwas zu sagen.

»Hier ist es.« Ich zeige auf das Trottoir, damit er anhält.

Auf der rechten Strassenseite ist ein Méditel-Shop. Pferdegebiss hat gesagt, ich soll sie anklingeln, sobald ich da bin. Das mache ich nun, während wir vor dem Shop stehen. Die Scheibe glänzt so sauber, dass wir uns darin betrachten können wie in einem Spiegel. Wir sehen wirklich top aus.

Ich habe meine schwarze Dschellaba angezogen, die gute, nicht die für die raschen Besorgungen. Dazu ein rotgeblümtes Kopftuch. Und die Haare trage ich offen. Das ist schlicht, aber stilvoll. Samira hat ihre Satindschellaba mit dem Leopardenmuster angezogen und sich das Haar mit einer neugekauften grossen, vergoldeten Spange zusammengebunden. Ihre Stirnfransen sind ein wenig nachgewachsen, es sieht schon besser aus.

Wir sind hübsch. Bleibt nur noch, zu sehen, ob ich den Scheisstext auf die Reihe kriege. Pferdegebiss hat mir eine Seite zum Auswendiglernen gegeben. Sie hat zwar gesagt, dass es kein Problem sei, wenn ich den Text nicht auswendig könne, aber ich habe geübt und geübt, bis ich alles im Schädel hatte. Die Frage ist nur, wie lange es dortbleibt.

Pferdegebiss kommt über die Strasse gelaufen. Sie hat ihren Schopf wieder wie neulich zu einem Pferdeschwanz gebunden. Mir ist schlecht. Ich hätte zu Hause was essen sollen.

»Salam«, sagt sie. Und begrüsst auch Samira: »Gut, dass du mitgekommen bist.«

Samira grinst über beide Ohren. Die Unglückliche freut sich. Wir biegen in eine Seitengasse ein und gelangen zu einem Haus auf der rechten Strassenseite. Es sieht ganz gewöhnlich aus.

Ohne stehen zu bleiben, zeigt Pferdegebiss auf ein Schild. »Hier ist es.«

Wir gehen so schnell daran vorbei, dass ich keine Zeit habe, zu lesen, was da steht, weil es auf Französisch ist. Aber für das Logo darüber hat die Zeit gereicht: ein springendes blaues Pferd und Sterne, die ihm hinterherlaufen. Ich stupse Samira mit dem Ellbogen in den Bauch und zeige auf das Schild und auf Pferdegebiss, die sich sozusagen darin spiegelt. Samira legt einen Finger auf den Mund, um mir zu bedeuten, dass ich schweigen soll, aber auch sie muss ein Lachen zurückhalten.

»Es ist im sechsten Stock«, sagt Pferdegebiss und zeigt auf den Aufzug.

Wir stehen wie die Sardinen in der Büchse. In diesem weissen Licht sehe ich Samiras Mitesser. Der Aufzug hält gegenüber einer grossen, offenen Wohnung an. Wir gehen an einem Schreibtisch hinter einer Theke vorbei, an dem eine Dame vor einem Rechner sitzt. Man sieht sie kaum. Sie blickt weder auf, als wir vorbeigehen, noch grüsst sie. Wir gehen weiter durch einen Flur.

Zu unserer Linken gibt es mehrere geschlossene Türen und eine Nische, die an eine Küche erinnert. Darin steht eine alte Frau, die, glaube ich, Tee zubereitet.

Samira und ich gehen nebeneinanderher. Wir stossen mehrmals zusammen, weil der Flur eng ist und wir uns umsehen. Alles ist gelb hier. Die Wände, die Bodenfliesen, alles.

Pferdegebiss läuft schnell. Ausser der Putzfrau und der Stummen im Eingangsbereich sind wir noch keiner Menschenseele begegnet.

Der Flur endet mit einem Zimmer, in das wir eintreten. Dort sitzt eine Dame an einem Schreibtisch, der weniger lang ist als mein Unterarm. Vor ihr eine Menge Fotos und Blätter.

Sie hebt den Kopf, steht auf und streckt uns die Hand entgegen. »*Salam.* Dschmiaa?«

Samira weist in meine Richtung, um ihr zu zeigen, wer Dschmiaa ist. Ich strecke ihr die Hand hin.

Sie sagt: »Lamia. Ich bin Casting Director. Ich führe die Besetzungsgespräche für den Film.«

»Salam«, antworte ich.

Sie lädt mich in einen Nebenraum ein und lässt mir den Vortritt.

Ich fürchte, ich hab den Text vergessen.

Die Wände sind weiss. In der Mitte stehen eine Kamera und drei Stühle. Das ist alles. Es sieht aus wie im Krankenhaus.

Ich habe den Text vergessen, so viel ist sicher.

Hinter den Stühlen gibt es ein grosses Fenster, dahinter einen Balkon mit Blick auf das Wohngebäude gegenüber. Pferdegebiss und Samira folgen uns.

»Gut, wir beginnen mit einfachen Dingen. Den Text, den ich dir gegeben habe, brauchen wir erst mal nicht«, erklärt mir Pferdegebiss. »Zuerst stellst du dich hierhin, schaust Richtung Kamera. Sagst deinen Namen, Vornamen, dein Alter, drehst dich nach rechts, nach links, schaust dann in die Kamera und lächelst. Geh mal hin.«

Pferdegebiss zeigt auf eine Stelle nicht weit von der Wand. Sie selbst rückt einen Stuhl zur Seite und setzt sich, die junge Frau namens Lamia postiert sich neben der Kamera.

»Meinen echten Namen und mein wahres Alter, oder?«, frage ich zur Sicherheit und streiche mit der Hand übers Haar, um es zu glätten.

Sie nickt.

Nichts leichter als das: »Bent Larbi Dschmiaa, fünfunddreissig.«

Dann drehe ich mich nach rechts, nach links und blicke wieder geradeaus. Ich glaube, es war gut.

Pferdegebiss steht auf, kommt zu mir und sagt: »Jetzt spielen wir eine einfache Szene. Tu so, als hätte deine

Mutter dich angerufen, aber du hörst sie nicht. Du läufst gerade durch eine Strasse, dein Handy klingelt, und deine Mutter ist dran. Aber du verstehst kaum, was sie sagt.«

»Und der Text, den ich auswendig gelernt habe?«

»Vergiss ihn einstweilen.«

Heute ist mein Glückstag.

»Du läufst also, das Handy klingelt, und deine Mutter ist dran, okay?«

»Mouy?«, plappere ich nach.

»Ja, deine Mutter?!«, antwortet sie, und es klingt wie eine Frage.

Ich habe überhaupt keine Lust, mit Mouy zu sprechen. Nicht einmal zum Schein.

»Ach, weisst du was, tu so, als ob du mit deiner Schwester sprechen würdest«, korrigiert sie sich. »Auch wenn du keine hast. Oder als ob du mit Samira sprechen, sie aber nicht hören würdest.«

Sag ich doch, heute habe ich Glück.

»Alles klar, und was soll ich zu ihr sagen?«

»Was du willst. Verhalte dich so wie im echten Leben.« Und dann fragt sie noch: »Ist das so in Ordnung, legen wir los?«

Ohne Text, den man lernen muss, ist das sehr einfach. Ich posiere ein bisschen vor der Kamera, und damit hat es sich.

Pferdegebiss bedeutet mir mit einem Handzeichen, dass ich beginnen kann. An der Kamera leuchtet seitlich ein roter Knopf auf.

»Bist du's, Samira? Wo bist du?«, sage ich, achte dabei auf eine deutliche Aussprache und blicke direkt in die Kamera. Ich setze ein makelloses Lächeln auf, klemme die Handtasche unter der Achsel fest und fahre fort: »Nein, ich kann jetzt nicht reden. Wir hören uns später.« Ich mache ein paar Schritte nach rechts, als würde ich auf einer Strasse laufen. »Nein, ich kann dich kaum hören. Es ist so laut hier.«

Ich stecke einen Finger ins andere Ohr und blicke nach oben. Gebe mir Mühe, dabei den kleinen Finger schön von den anderen abzuspreizen. Wie in einem Film, wenn die Tochter aus gutem Haus jemanden anruft. Halbe Drehung!

Pferdegebiss kaut an ihren Haaren herum. Samira unterdrückt ein Lachen. Was gibt's hier zu grinsen? Um diese Gans werde ich mich später kümmern.

Nach kurzem Warten, als würde am anderen Ende jemand eine Antwort geben, sage ich: »Nein, wir hören uns später. Ich kann jetzt nicht reden.« Dazu blicke ich in die Kamera und werfe mich nach allen Regeln der Kunst in Pose.

Samira stört mich. Ich kann nichts anderes mehr sehen, als wie sie dasitzt und grinst. Ihr Hintern quillt rundum über den Stuhlrand hinaus, sie hat die Füsse unter der Dschellaba gekreuzt und versteckt ihre schiefen Zähne hinter den patschigen Wurstfingern einer Hammam-Masseuse. So ein Aas!

Pferdegebiss sitzt stumm da und sieht mich an.

Ich muss auf meine Hände achtgeben, weil ich beim Reden gern zu wild gestikuliere.

»Bist du's, Samira? Ja, ich höre dich. Ich bin in letzter Zeit recht beschäftigt. Darf ich dich später zurückrufen – sobald ich frei bin?«

»Pfffff!«

Ein furchtbares Weibsstück, diese Samira!

»Was lachst du so, du Kuh?«, frage ich und stemme die rechte Hand in die Hüfte. Ich hätte Lust, ihr eine zu pfeffern.

»Selber Kuh, so redest du doch nie mit mir!« Sie beginnt mich nachzuahmen, flötet, die Hand am Ohr, als hielte sie ein Handy in der Hand: »Bist du's, Samira? Nein, ich kann jetzt nicht mit dir reden. Ich bin beschäftigt.«

Sie redet zuckersüss wie eine Nutte, zieht jedes Wort in die Länge und stülpt ihre Schwanzlutscherlippen vor, als würde ein Typ sie von hinten umarmen. Was für eine Gans!

Ich schreie: »Was laberst du eigentlich? Für wen hältst du dich, dass du die Klappe so weit aufreisst?«

Sie wird noch merken, was es heisst, so mit mir zu reden. Ich mache ein paar Schritte in ihre Richtung. Auch sie steht auf. Ich stelle mich breitbeinig hin. Sie ebenfalls, aber wenn sie glaubt, mich damit einzuschüchtern, irrt sie sich. Noch ein Wort, und ich schlage ihr die Fresse ein.

»Phantastisch! Genau das brauchen wir.«

Pferdegebiss hüpft, legt mir und Samira je eine Hand auf den Brustkorb. Keine Ahnung, wo sie plötzlich hergekommen ist! Sie steht zwischen uns, dreht sich zur jungen Frau an der Kamera.

»Ich möchte das nochmals sehen.« Und an mich gewandt: »Genau so muss es sein. Spiel einfach drauflos, ohne zu überlegen. Weisst du, wie gerade eben mit Samira. So muss es sein.« Dann sagt sie lachend zu Samira: »Wirklich gut, dass du mitgekommen bist, im Ernst.«

Was soll das, »genau so muss es sein«? Was will diese Ziege? Dass Samira und ich uns streiten? Ist das ihr Ziel?

Pferdegebiss steht hinter der Kamera und blickt auf ein kleines Display, das seitlich aus der Kamera ragt, eine Art Fernseher.

»Schaut mal«, sagt sie und winkt Samira und mich herbei.

Im Fernseher sind wir beide gerade drauf und dran, einander anzugreifen. Wir sehen aus wie zwei Hexen, das ganze Spektakel ist uninteressant. Wir schreien.

»Siehst du, phantastisch! Schau.«

Phantastisch? Wie bitte? Samira steht da, ich stehe vor ihr. Die Fäuste in die Hüften gestemmt. Und mir steht ein Haarbüschel vom Kopf ab wie eine Antenne.

»Spinnst du, oder was?«, sage ich zu Pferdegebiss. »Glaubst du, du kannst mich so filmen? Willst du mich blamieren?« Dann sehe ich Samira an und kichere. »Sie spinnt.«

»Okay, weisst du was? Lass uns eine rauchen«, meint Pferdegebiss und öffnet die Balkontür.

*

Wir stehen auf dem Balkon. Hätten sie nicht so sehr darauf bestanden, dass ich bleibe, wäre ich vorhin abgehauen. Die Frau will mich mit zerzauster Frisur filmen, ist so jemand etwa normal?

»Hier, nimm.«

Die alte Frau, die vorhin in der Küche stand, hält mir ein Tablett mit vollen Teegläsern hin. Sie hat ein zerknittertes Gesicht und trägt eine weisse Bluse.

Ich nehme ein Glas.

Hingesetzt habe ich mich nicht. Auf dem Balkon gibt es nur drei winzige Stühle. So klein, dass nicht mal ein halber Schenkel darauf Platz fände. Und dazu sind sie auch noch niedrig. Also bleibe ich stehen.

Pferdegebiss nimmt ein Glas und sagt mit einer Verneigung, als hätte sie einen König vor sich: »Gott behüte dich, Mouy Mina.«

Die alte Frau lächelt, den Mund weit offen. Ein zahnloser König. Dann verschwindet sie wieder dorthin, woher sie gekommen ist.

»Es muss sein wie im richtigen Leben. Es ist ein Film, aber es muss sein wie im Leben. Damit die Leute die Geschichte glauben. Damit sie glauben, dass das wirklich passiert ist.«

»Willst du mich blamieren? Mich so im Fernsehen zeigen? So was kommt nicht in Frage.«

Samira findet das auch. Sie sagt nichts, aber man sieht ihr an, dass sie es auch denkt. Wenigstens jemand versteht mich.

»Pass auf, Szenen wie die soeben kommen im Film nicht vor. Auch keine, in denen du hässlich aussiehst oder dir nicht gefallen wirst«, antwortet Pferdegebiss. »Ich meinte vorhin, dass es echt war, als du mit Samira geredet hast. Es war echt in der Kamera, und das hat man gesehen, verstehst du, was ich meine?«

»Natürlich war es echt. Ich hätte ihr ja fast das Fell über die Ohren gezogen.«

Samira schweigt. Sie ist schon fertig mit ihrer Zigarette und hat die Arme vor der Brust verschränkt.

»Ich meine, dass es real war. Wenn du du selber bist, passiert was Grossartiges in der Kamera. Hör mal, es gibt haufenweise Schauspielerinnen. Es gibt gute, und es gibt mittelmässige. Es gibt schöne, hässliche, dicke – kurz, es gibt haufenweise Schauspielerinnen. Jede wird entweder deswegen für einen Film ausgewählt, weil der Regisseur unbedingt mit ihr und keiner anderen drehen will oder aber weil sie den anderen was voraushat. Bei dir trifft beides zu. Ich möchte, dass du im Film mitspielst. Du hast eine Kraft, die … die den ganzen Raum ausfüllt. Den ganzen Bildschirm.«

Samira nickt eifrig. Sie denkt, dass ich zusagen sollte.

»Du wirst geschminkt, wirst eingekleidet. Das wird eine tolle Sache, du wirst sehen. Wie bereits gesagt, wird der Film sowieso nicht in Marokko laufen, sondern nur im Ausland, wo den Leuten klar ist, dass es ein Film ist und du die Rolle so spielen musst, als würden diese Dinge in deinem Leben passieren.«

Sie verstummt, und wir paffen weiter. Allmählich ziehen Wolken auf. Einen Moment lang verweilen wir so. Dann drücke ich meine Zigarette im Aschenbecher aus, der am Boden steht, und richte mich beim Reingehen wieder auf.

»Na dann, los geht's.«

Ich mache meine Handtasche auf. Die anderen drei sehen mich an. Ich nehme Spiegel und Lippenstift heraus, ziehe mir in aller Ruhe die Lippen nach, bringe mein Haar in Ordnung.

Dann marschiere ich in die Mitte des Raums, blicke über die Schulter zurück und sage: »Worauf wartet ihr noch, warum geht ihr nicht zur Kamera? Braucht ihr eine offizielle Einladung?«

Lamia stellt sich hinter ihre Kamera, Pferdegebiss setzt sich auf der Seite hin, und Samira lässt sich wie ein fauler Hund auf den Stuhl ganz hinten fallen.

Ich fange an, schreie: »Bist du's, Samira? Hör mal, ich kann jetzt nicht reden«, und halte mir das andere Ohr zu. Schneide eine Grimasse, die rechte Körperseite der Kamera zugewandt, in völlig schiefer Haltung, und füge an: »Ich rufe dich später zurück! Wie? Ich rufe dich später zurück. Warum? Ich höre dich nicht. Hallo? Pff.«

Ich versuche Samiras Antwort zu verstehen, aber das Scheissnetz ist wieder mal viel zu lahm.

So rede ich weiter: »Ich habe gesagt, dass ich später zurückrufe. Ja, genau, genau. Na dann, weg mit dir. Tschüss.«

Ich lege auf. Sehe Pferdegebiss an: All ihre Zähne sind sichtbar. Ich glaube, ich habe es gut gemacht.

Sie sagt: »Phantastisch! Das war sehr gut. Lass uns einen letzten Versuch mit dem richtigen Text machen.«

Montag, den 28.

Mein Schicksal ist in letzter Zeit merkwürdig. Falls es unter den Toten einen gibt, der über mich wacht, habe ich keine Ahnung, wer es sein könnte.

In Casablanca und ganz Marokko geht nun auch alles drunter und drüber, seit dieser Tunesier sich mit Benzin übergossen hat. Schon seit zwei Sonntagen wird das Stadtzentrum nie leer. All die Leute, die Mangel leiden, nichts zu beissen haben, Krieg gegen ihre Frauen führen, mit ihrer Beschneidung nicht zufrieden sind, sie alle gehen auf die Strasse. Jeder mit seiner Forderung.

Mich nervt das. Es gibt hier keine Ordnung mehr. Als ich die Leute zusammenströmen sah, dachte ich, dass sich daraus vielleicht mehr Arbeit ergeben würde oder so. Aber in Wirklichkeit gibt es weder Arbeit noch sonst was. Es gibt nur Ärger, wie immer.

Gestern, es war Sonntag, stand ich friedlich auf dem Trottoir und wartete. Ein bisschen abseits des Marktes, in der Strasse, die zur Avenue führt. Um meine Geschäfte am Laufen zu halten und gleichzeitig zu sehen, was bei den Demonstranten passierte.

Wenn ich einen Bullen oder einen *Cimi** erblickte, ging ich ein paar Schritte weiter, damit sie mir nicht auf den Sack gehen konnten. Bei dem Durcheinander rundum rasten sie sofort aus. Ich habe keine Lust, einen verirrten Knüppelhieb abzubekommen, ich bin ja gerade erst vor ein paar Tagen auf den Strich zurückgekehrt.

Jedenfalls stand ich in der Strasse, als sich mir eine Gruppe junger Männer näherte. Ich mag es nicht, wenn sie in Meuten herumziehen. Ihnen ist weder Religion noch Familie heilig. Da gilt es, die Augen offen zu halten, man weiss nie, was passiert.

Samira hätte sich neulich fast zu Hackfleisch machen lassen. Drei Jungs waren zu ihr gekommen. Einen davon nahm sie mit rauf, und als er fertig war, sagte er, das Geld sei unten bei seinem Kumpel. Samira ärgerte sich, ging aber trotzdem mit runter. Sie hatte vor, das Geld zu nehmen und die beiden anderen zum Teufel zu schicken, falls sie noch mehr von ihr wollten. Doch unten weigerten sich die drei zu bezahlen.

Sie schaute also demjenigen, der mit raufgegangen war, in die Augen und sagte: »Her mit meinem Geld, du

Dreckschwein. Her mit meinem Geld, oder ich bringe Schande über dich und deine ganze Sippe.«

»Ach ja? Wer soll zu dieser Stunde schon auf dich aufmerksam werden, du Drecksnutte.« Er blickte in der leeren Strasse nach links und nach rechts. Ausser Samira und seinen beiden Freunden war weit und breit niemand.

Samira wurde wütend, sagte zunächst leise und dann, als der Bengel nicht reagierte, immer lauter: »Her mit meinem Geld, her mit meinem Geld, her mit meinem Geld!« Beim fünften oder sechsten Mal startete sie ihre Sirene.

Gewöhnlich kriegen Rotzlöffel dieser Art es mit der Angst zu tun, wenn man zu schreien anfängt. Aber diese giftigen Zwerge an dem Abend rührten sich nicht, stattdessen hauchte ihr derjenige, der mit raufgegangen war, mit fiesem Lächeln ins Gesicht: »Weisst du noch, wie ich dir's vorhin im Zimmer besorgt habe? Das mach ich gleich noch mal hier unten. Dort, im Winkel unter dem Vordach.« Er zeigte auf das Portal des Hauses neben dem neueröffneten Restaurant und fügte an, während er sich schon die Hose aufknöpfte: »Und diesmal machen es mir meine Kumpels nach.«

Noch bevor er seinen Satz beendet hatte, musste er feststellen, dass Samira Reissaus genommen hatte und laut schreiend zu unserem Haus lief. Es war etwa ein Uhr nachts.

Die drei setzten ihr grölend nach, beschimpften sie: »Drecksnutte, wir kriegen dich, wir schlagen dir die Fresse ein!«

Samira zog die Dschellaba mit beiden Händen bis zur Taille hoch, liess die Sandalen fallen und legte einen Spurt hin, wie sie nach eigener Aussage schon lange keinen mehr hingelegt hatte. Erst vor unserem Haus, wo auf dem Platz ein Nachtwächter postiert ist, drehte sie sich um, beschimpfte sie und schmiss Steine nach ihnen. Die drei flüchteten sich in die Richtung, aus der sie gekommen waren. Samira stieg mit zerrauftem Haar die Treppe hoch. Sie weckte mich, und wir tranken meine Flasche leer, während sie die Scheisskerle mit allen ihr bekannten Beleidigungen betitelte. Wenn die sie erwischt hätten … Besser gar nicht dran denken.

Jedenfalls bog ich gestern, als diese Bengel auf mich zukamen, wie eine dumme Gans links in die schmale Strasse ein, weil ich sehen wollte, ob sie mir folgen würden oder nicht. Sie folgten mir. Ich ging schneller, um sie abzuschütteln. Wie ich wusste, macht die Strasse einen Bogen und endet schliesslich in der belebten Avenue. Bis dorthin konnte ich aber noch nicht sehen. Es ist eine besondere Strasse: Man läuft ganz normal auf dem Asphalt, und dann führt der Weg plötzlich unter einem Haus durch. Wie ein Tunnel. Als ich die Biegung erreichte, sah ich, dass die Strasse am Ende abgesperrt war. Also kehrte ich kurzerhand um, es war ja helllichter Tag, und die Jungs konnten veranstalten, was sie wollten, weit kommen würden sie ja nicht.

Einer von ihnen sah mich an und sagte: »Komm mal rüber. Wohin gehst du?«

Ich drehte den Kopf und sah sie mir genauer an. Es waren keine von diesen Hunden, die in Meuten herumziehen, sie waren sauber und gut gekleidet. Sicher Studenten. Aber nicht dass sie deswegen wohlwollend gelächelt hätten. Sie sahen mich an wie ein stinkendes Stück Scheisse, wenn ich das so sagen darf. Ich ging weiter, ohne zu reagieren. Sie kamen über die Strasse und stellten sich mir in den Weg. Umzingelten mich. Sie waren zu viert. Vorne sah ich eine violette Dschellaba vorbeihuschen. Ich versuchte, sie auf mich aufmerksam zu machen, aber sie war rasch verschwunden. Als mir klar wurde, dass ich in der Klemme sass, gab ich mich ganz sanftmütig, um sie für mich einzunehmen, ich stützte die Hände in die Hüften, reckte ihnen die Brust entgegen und sagte: »Wer von euch möchte was Süsses kosten?«

Sie grinsten einander an und riefen alle gleichzeitig: »Du Luder!«

»Die Lektion, die wir dir jetzt verpassen, wirst du so rasch nicht vergessen.«

»Das wird dich lehren, rumzulaufen und mit dem Po zu wackeln.«

»… die Menschen zu verderben …«

»… Teufel …«

»… rechten Weg …«

Ich konnte nur noch Bruchstücke verstehen, weil sie alle gleichzeitig redeten.

Als ich schon drauf und dran war, loszuschimpfen und einen von ihnen wegzustossen, um verduften zu können, da ertönte hinter ihnen auf einmal eine mächtige Stimme: »Was macht ihr da? Wir sind zum Demonstrieren gekommen und nicht um uns mit solchen Dingen zu beschäftigen.«

Die Kerle erschraken und drehten sich um. Der Mann war um die fünfzig, trug eine graue Anzughose und ein weisses Hemd. Mir fiel sofort auf, dass es blitzblank war. Sein Haar war zur Hälfte schwarz, zur Hälfte grau. Dazu kam ein getrimmtes Bärtchen, tiefschwarz. Er sah keine Sekunde zu mir rüber. Sein Gesicht drückte nichts Besonderes aus. Kaum hatte er ausgeredet, kehrte der Mann uns den Rücken zu und ging davon. Aber es genügte schon, damit diese Hunde den Schwanz einzogen und ihm nachtrotteten. Ich weiss nicht, ob er ihr Chef oder Imam oder was auch immer war, keine Ahnung, wie diese islamischen Vereine funktionieren.

Als Letzte ging schliesslich die violette Dschellaba an mir vorüber, die zuvor vorbeigehuscht war. Sie war es, die diesen Knacker gerufen hatte. Als unsere Blicke sich begegneten, schlug sie die Augen nieder.

Es war Halima. Halima, die bei mir im Zimmer gewohnt hatte.

Ich hatte keine Zeit, irgendwas zu ihr zu sagen. Weil all das, was ich dir erzähle, ratzfatz passierte. Zudem, was hätte ich schon sagen sollen. Also eigentlich wurde mir bei ihrem Anblick ein wenig mulmig. Aber das ist nicht schlimm, sie weiss vielleicht gar nicht, dass ich es war, die Hussin darum gebeten hatte, sie rauszuschmeissen.

Ausserdem hat letztendlich jeder sein Schicksal. Ich glaube langsam an diesen Quatsch. Wer hätte zum Beispiel gedacht, dass ich in einem Film mitspielen werde? Wer hätte gedacht, dass ich sogar die wichtigste Rolle bekommen und dafür gut bezahlt werde? Wer? Niemand.

Vielleicht gibt es im Leben Dinge, die grundlos geschehen. Vielleicht ist aber auch alles, was passiert, schon so geplant, vorgezeichnet, vorbestimmt – alles, wirklich alles. Wie in einem Film.

MÄRZ

Dienstag, den 15.

Der Tag ist zu Ende, und ich habe noch keinen Tropfen angerührt, habe nur von diesen Tabletten genommen, die einen etwas benebeln. Ich sitze allein in meinem Zimmer.

Vor mir liegt das Drehbuch.

Als dieser Typ, der mit Pferdegebiss zusammenarbeitet, es mir überreichte – das war vor etwa zehn Tagen –, erklärte er mir, ich müsse meinen Part auswendig lernen, also alle mit »Hasna« markierten Stellen. Weisst du, wie viele Male in diesem Heft »Hasna« steht? Ein-, zweitausendmal. Keine Ahnung, wie ich das alles in den Schädel bekommen soll.

Dafür hatte ich keine Mühe, mir die Geschichte zu merken, weil sie einfach ist. Sie ist wie ein Film. Man braucht ihr bloss zu folgen.

In der Geschichte heisse ich Hasna. Ich gehe auf den Strich und habe einen Freund. Er heisst Brahim. Ich war nie verheiratet und habe keine Kinder. Mit Eltern und Familie rede ich nicht mehr. Ich habe keine Freundinnen, ich habe niemanden. Und lebe praktisch auf der Strasse. Ich stecke also in einer beschissenen Situation.

Der Kerl, mit dem ich zusammen bin, ist ein richtiges Arschloch! Du kannst dir gar nicht vorstellen, was für ein Riesenarschloch. Wir beschliessen, zusammen einen Juwelier auszurauben – um uns endlich aus der Scheisse zu befreien, sozusagen. Ich gebe ihm den Tagesablauf des Juweliers, eines alten Knaben aus derselben Strasse, in der ich anschaffe. Beschreibe meinem Freund seine Gewohnheiten, damit er den Einbruch macht. Und dann schnappt sich dieser Wichser alle Halsketten, Armreife und Armbänder, dampft ab und lässt mich wie eine Gans auf dem Trottoir zurück. Danach passieren eine Menge Dinge. Mit der Polizei, den Nachbarn … Ein schreckliches Durcheinander. Ermittler kommen, befragen die Leute. Auch ich werde befragt, aber sie wissen nicht, dass ich am Coup beteiligt war. Und daneben passieren auch andere Dinge: Ich lerne einen Typen kennen, der Muad heisst und dem ich gefalle, einer meiner Kunden begeht Selbstmord, ich werde überfallen. Auch dort ein unsägliches Durcheinander.

Schliesslich tun Muad und ich uns zusammen und machen uns auf die Suche nach diesem Drecksack. Wir haben Glück, weil wir ihn – was ihm recht geschieht – tot in der Mansarde finden, in der er sich versteckt hatte. Da niemand wusste, wo er sich aufhielt, hatte ihn niemand gefunden. Aber wir finden ihn, nehmen alles Gold und hauen ab. Dann sieht man uns im Auto auf einer einsamen Strasse, nur wir zwei, Musik läuft, auf meinem Schoss die mit Gold gefüllte Tasche, wir sind glücklich. Aber das ist noch nicht das Ende.

An der algerischen Grenze halten wir an einer Tankstelle, um aufzufüllen, ich steige zum Pinkeln aus, und als ich zurückkomme, da hat sich dieser Wichser aus dem Staub gemacht und mich allein im Nirgendwo zurückgelassen. Und damit endet der Film.

Diesen Teil finde ich ehrlich gesagt schwach, und als Autorin des Drehbuchs hätte ich vorher aufgehört, dann, wenn wir noch im Auto sitzen. Aber dämlich wie sie ist, wollte Pferdegebiss das nicht, und nun geht die Geschichte halt so.

Der Junge, der mir das Heft gegeben hat, sagte, ich solle es von jetzt an überallhin mitnehmen. Ich solle in meiner Freizeit nichts anderes tun, als darin zu lesen. Beim Essen, wenn ich irgendwo warte, auf dem Klo – die ganze Zeit, bis es mir förmlich zum Hals raushängt. Als hätte ich zu viel gegessen. Als könnte mir jeden Moment statt Nahrung Text aus dem Mund quellen.

Und so mache ich es auch. Ich nehme bei jeder Gelegenheit das Heft zur Hand und lese. Lese, lese, lese. Die ganze Zeit. Anfangs war es etwas anstrengend, weil ich seit der Grundschule ausser Schildern nichts mehr gelesen habe, aber jetzt geht es. Ich hab's wieder gelernt.

Wenn ich nicht lese, dann übe ich im Kopf. Meinem Beruf widme ich mich nur gerade so viel, wie nötig ist, um bezahlen zu können, was es diesem und jenem zu bezahlen gibt.

Ausser meinem Mann – ich glaube fast, es ist mir gelungen, ihn für den Moment loszuwerden. Er weiss nicht, dass ich wieder arbeite. Wenn er anrief, erzählte ich ihm jedes Mal, ich könne nichts geben, meine Lage sei übel. Jedes Mal hörte ich erst auf, ihm meine verkorkste Situation darzulegen, wenn ich schon Gefahr lief, den bösen Blick auf mich zu ziehen. Sicher ist sicher. Ich habe mir sogar noch mehr einfallen lassen: Bei unserem letzten Gespräch sagte ich, *er* müsse mir Geld schicken, damit ich meine Medikamente bezahlen könne, und Mouy müsse er Geld für seine Tochter schicken. Seither hat er nicht mehr angerufen. Ich habe Ruhe.

Weisst du, ich erzähle niemandem, dass ich in einem Film mitspielen werde. Sonst geht mit den Leuten die Phantasie durch. Als würde ich damit Milliarden verdienen. Obwohl es zugegeben nicht so schlecht ist, was ich kriege. So reich wie der König werde ich davon nicht, aber ich habe mich gut geschlagen.

Der Anruf kam an einem Morgen, als ich gerade aufgewacht war. Am anderen Ende der Leitung war ein Typ, von dem ich noch nie was gehört hatte. Er sagte, er rufe von der Produktionsfirma an. Ich solle am Nachmittag bei ihm vorbeikommen, am selben Ort, wo ich mich beim ersten Mal hatte filmen lassen. Ich sagte zu, aber da ich diesen Kuppler nicht kannte, rief ich Pferdegebiss an, um mich nach ihm zu erkundigen. Es stellte sich heraus, dass sie ihn kennt. Sie wusste, dass er mich anrufen wollte, um über Geld zu reden, mir zu sagen, wie viel ich für den Film bekommen würde.

Ich zog mich an, machte mich zurecht und fuhr hin. Allein, ohne Samira. Ich hatte gesehen, dass sie beschäftigt war, und so fragte ich sie gar nicht. Es war ehrlich gesagt auch besser so.

Als ich ankam, wies mich die Stumme vom Empfang in einen der Räume, deren Türen beim ersten Mal geschlossen gewesen waren. Auch das Zimmer war gelb, wie der Flur. Darin sass ein Mann. Ich trat ein und blieb stehen, bis er mich aufforderte, Platz zu nehmen. Er trug eine Brille, war gross gewachsen, eher hager. Und blickte so ernst wie ein Schuldirektor. Ich fühlte mich gestresst, setzte mich hin und brachte kaum ein Wort heraus. Er sagte, man gebe mir zwei Millionen, er werde einen Vertrag aufsetzen. Danach ging ich wieder. Das war alles. Bevor ich begreifen konnte, was sich abspielte, war es schon vorbei.

Als ich Pferdegebiss erzählte, welchen Betrag man mir angeboten hatte, machte sie ein komisches Gesicht, und als ich ein wenig nachbohrte, um herauszufinden, warum sie diese Miene zog, wurde mir klar, dass ich mehr hätte rausholen können. Sobald es nämlich mit den Dreharbeiten losgeht, werde ich in einem Hotel wohnen und nicht mehr arbeiten gehen dürfen. Bis dahin darf ich. Aber sobald es mit dem Film losgeht, muss ich aufhören.

So diskutierten wir, einigten uns auf einen Betrag, den ich verlangen konnte, und dann rief ich den Typen nochmals an, um zu verhandeln. Ich war erbarmungslos. Forderte fünf Millionen. Letztlich kamen wir einander entgegen und fanden uns in der Mitte. So habe ich dreieinhalb Millionen lockergemacht und angefangen, für sie zu arbeiten.

Mittwoch, den 23.

Ich hätte nie gedacht, dass ich ein solches Ass bin. Keine Ahnung, woher ich das habe. Nicht dass du denkst, der Text würde sich von selbst in meinem Kopf festsetzen. Davon kann keine Rede sein. Es klappt einfach, weil ich so schufte. Wenn ich nicht auf dem Markt anschaffe, pauke ich Text. Ich habe sogar ein ganzes Übungssystem entwickelt.

Da es unpraktisch ist, mit einem so grossen Heft unter dem Arm rumzulaufen, habe ich zunächst mal alle Seiten rausgerissen. Mit Blättern spaziert es sich besser als mit einem Heft. Ausserdem erspare ich mir das allgemeine Gespött. Am Anfang habe ich einmal – frag nicht, wie ich auf die Idee kommen konnte – das ganze Heft mitgenommen. Es fiel allen sofort auf. Die ganze Nachbarschaft machte sich über mich lustig: »Oh, musst du Anatomie büffeln?«, »Genügt dir dein eigenes Sitzpolster nicht?«, »Haben dir deine Dienste eine

Anstellung bei der *mokataa** eingebracht?« Aber sollen sie sich nur amüsieren. Jetzt reissen alle den Mund auf, aber wir werden ja sehen, wer am Ende lacht. Ich werde Geld scheffeln und sie Bauklötze staunen.

Hier, zu Hause, habe ich alle Blätter aufgestapelt. Sie liegen schön geordnet da. Wenn ich runtergehe, um mir jemanden zu holen, verstaue ich kurzerhand das ganze Bündel unter dem Tisch. Und verdecke alles mit einem Plastiktischtuch, das bis zum Boden reicht.

Wenn ich Lust habe, draussen zu üben, nehme ich einfach das entsprechende Blatt mit. Sobald ich nicht mehr weiterweiss, falte ich es rasch auf, lese und stecke es wieder zurück in den BH. Bisher hat niemand was bemerkt.

Wobei ich ohnehin meistens zu Hause bin. Seit ich für den Film büffle, mache ich meine Zimmertür zu, damit ich meine Ruhe habe. Ich verlasse das Haus, nur wenn ich muss. Sobald ich genug für den Tag zusammenhabe, verkrieche ich mich wieder im Zimmer.

»Sesam? Sesam? Sesam, öffne dich!«, wispert Samira vor der Tür. »Sesam, verdammt noch mal, wann beliebt es dir endlich, die Tür aufzumachen?«

Kaum hat sie einen Moment Zeit, kommt sie vorbei, und wir üben zu zweit. Sie schnappt sich den Text, kratzt ihre ganze Konzentration zusammen, um alles zu entziffern, und liest die anderen Figuren. Ich hingegen sage, was ich mir vom Part von Hasna merken konnte. Wenn ich ein Wort vergesse oder einen Satz oder etwas, was danach kommt, sagt Samira, was es ist.

Ich habe ihr versprochen, dass ich sie mal ans Set mitnehme. Anfang April soll es losgehen. Und ein bisschen länger als einen Monat dauern. Fünf Wochen.

Ich mache die Tür auf, und ein kalter Luftzug dringt ins Zimmer. Es ist Zeit für was Wärmendes.

»So, wo waren wir stehengeblieben?«, fragt Samira und schwenkt theatralisch den Arm.

»Komm rein, wir trinken einen Schluck, dann fällt es uns wieder ein«, antworte ich.

»Wie ist es denn gelaufen? Warst du heute dort?«

»Setz dich erst mal«, sage ich und nehme die noch verbliebene Flasche aus dem Schrank.

Heute war die Anprobe. Am üblichen Ort. Ich habe mir von Samira eine Dschellaba geliehen, als kleine Abwechslung, und mich für das Kopftuch entschieden, das Schaïba mir geschenkt hat, als ich krank war. In der Zeit, als ich noch mit ihm redete. Unterdessen habe ich nämlich beschlossen, mich nicht mehr mit diesem Stück Scheisse abzugeben. Erinnerst du dich, dass dieser Wichser mit Hadschar mitging, um mir eins auszuwischen, weil ich seinen Anruf nicht angenommen hatte? Erinnerst du dich, dass er mir, als ich krank war, über Samira Geld zukommen liess?

Nach dieser Hilfe dachte ich: Schwamm drüber wegen der Sache mit Hadschar. Kann ja jeder mal einen Fehler machen und Mist bauen. Und da diese Schlampe jede Gelegenheit nutzt, mir eins auszuwischen, ging ich davon aus, dass sie sich an einem Abend an ihn rangemacht hatte, an dem er ordentlich voll war. Und verzieh ihm.

Ich war also eigentlich schon drauf und dran, ihn anzurufen, um mit ihm zu plaudern und mich zu verabreden, doch er liess es nicht dazu kommen. Vor zehn Tagen traf ich ihn zufällig im Pommercy an. Wieder mit dieser Schlampe Hadschar. Danach erzählte mir Samira auch, dass die beiden ihr schon zweimal zusammen über den Weg gelaufen waren. Und dass die Schlampe immer ein breites Grinsen aufgesetzt hatte, wenn sie in Samiras Richtung blickte.

Ich bin mir aber sicher, dass sie nur deswegen angefangen hat, vor Schaïbas Nase mit dem Arsch zu wackeln, weil sie will, dass Samira zu mir kommt und es mir erzählt. Ich kenne die Methoden dieser Hure. Wenn sie sich an einen Typen ranmachen will, schmachtet sie ihn an, so im Stil von träge Hündin im Heu. Beim Laufen streckt sie den Hintern raus wie eine Gans. Ich will gern glauben, dass Buschaïb immer nur mitgegangen ist, wenn sie die Initiative ergriffen und sich an ihn rangemacht hat. Aber was ist los mit ihm? Hat er Hyänenhirn gefressen, um dermassen doof zu sein? Mir eine solche Blamage zu bereiten? Mit dieser unfähigen Nutte mitzugehen? Vor den Augen aller mitzugehen, obwohl er weiss, dass wir beide uns spinnefeind sind! Was zu viel ist, ist zu viel.

Jetzt habe ich den Faden verloren, wo war ich mit meiner Geschichte? Ah, genau! Ich habe gesagt, dass ich ins Büro gegangen bin, um die Klamotten anzuprobieren.

Als ich ankam, herrschte zum ersten Mal Betrieb. Es wimmelte von Leuten, und ich fühlte mich verloren. »Verläufst du dich, dann klammere dich am Boden fest«, sagen die alten Leute, und daran habe ich mich gehalten. Ich setzte mich auf einen der drei Stühle, die im Eingangsbereich aufgereiht sind.

Die Stumme war nicht an ihrem Platz, und ich wartete darauf, dass jemand auftauchen würde. Unzählige Personen liefen an mir vorbei. Manche kamen rein, andere gingen raus. Menschen jeder Farbe: Blondschöpfe, schwarze und milchkaffeebraune Gesichter. Ich hörte Arabisch, Französisch und etwas, was nach Berberisch klang, aber keins war. Es war wohl Holländisch. Und alle waren geschäftig.

Nach einer Weile kam eine junge Frau und fragte mich, ob sie mir helfen könne.

Ich sagte, ich sei für die Anprobe gekommen.

»Alles klar, und für wen?«

Ich sah sie an. Konnte ihre dämliche Frage nicht verstehen. Wie für wen? Für mich natürlich. So gab ich zur Antwort: »Dschmiaa.«

Sie sah mich belämmert an. Mir wurde klar, dass sie wohl etwas begriffsstutzig war, und streckte ihr meinen Personalausweis hin.

Sie nahm ihn, gab ihn mir zurück, ohne überhaupt einen Blick darauf geworfen zu haben, und sagte: »Und für welche Rolle?«

»Ich heisse Hasna. Ich spiele die Rolle des Mädchens,

das sich am Schluss von diesem Wichser Muad reinlegen lässt.«

Nun schaltete sie sofort. Sie schenkte mir ein breites Lächeln und sagte: »Oh, *salam,* ich heisse Jasmin.« Fügte dann an: »Komm mit.«

Sie stapfte durch den Flur, blieb vor einer Tür stehen und machte sie auf.

Rief in Richtung zweier Damen, die im Zimmer sassen: »Sie kommt wegen Hasna.« Zu mir sagte sie, dass diese Leute sich um mich kümmern würden. Dann zog sie wieder ab.

Der Raum war gross. Ein Wohnzimmer, nur dass es darin weder Matratzen noch einen Tisch, noch sonst was gab. Bloss an Ständern aufgehängte Kleidungsstücke. Und am Rand, direkt an eine Wand geschoben, die an ein grosses Fenster grenzte, stand ein langer Tisch, der mit Stoffen, Scheren und Stecknadeln übersät war, mit Nähsachen halt. Dort waren zwei Damen beschäftigt. Eine hünenhafte blonde Ausländerin mit kurzem, etwas strubbeligem Haar. Und ihr gegenüber, stehend, eine junge Marokkanerin.

Die Blonde war in den Fünfzigern. Sie stellte sich als Ludmilla vor. Diesen sonderbaren Namen konnte ich mir merken, weil vor langer Zeit auch in einer mexikanischen Serie eine Ludmilla vorgekommen war.

Ihre junge Kollegin hatte schwarze Locken. Sie ist Marokkanerin, deshalb heisst sie einfach Lamia. Sie trug Jeans und sah normal aus. Beide lächelten, legten den

Stoff auf den Tisch. Daraufhin gaben sie mir drei normale Dschellabas zum Anprobieren. Eine war schwarz, eine grün und eine rot mit gelben Blumenmotiven. Wir waren im Nu fertig. Die Dschellabas passten mir wie angegossen. Erst das, was nachher kam, jagte mir einen Schreck ein.

»Da«, sage ich zu Samira, »schau mal, ob du was verstehst.«

Ich gebe ihr den Stapel Dokumente, den man mir nach der Anprobe ausgehändigt hatte. Als ich hinging, wusste ich nicht, dass ich nicht nur zu den Schneiderinnen musste.

Sobald ich die letzte Dschellaba anprobiert hatte, sagte die Marokkanerin: »Komm mit, man möchte dich auch in der Produktion sehen.«

Wir gingen in ein Büro, das ich ebenfalls noch nicht kannte. Darin war wieder diese Jasmin. Dort wurde es dann richtig schlimm. Jasmin stellte sich neben mich und nahm unzählige Blätter aus einer rosa Aktenmappe. Sie zupfte eins ums andere raus, hielt es mir hin und legte es vor mich auf den Tisch, während sie erklärte, worum es ging. Weisst du, was die Wahrheit ist? Dass ich nur Bahnhof verstand.

Es waren ungefähr zehn Blätter, jedes bis an den Rand mit bunten Tabellen bedruckt. In jeder erdenklichen Farbe. Und jedes Blatt mit dreissig oder vierzig Zeilen, keine Ahnung. Und diese Jasmin sagte, ich könne darauf die Dispo sehen, Tag für Tag, Drehorte,

Schauspieler, Kulissen, die Dialoge aus dem Drehbuch, die gelernt werden müssen. Es war auf Französisch geschrieben. Ich stand da und wusste nicht, was ich tun sollte.

Das Einzige, was ich begriffen habe: Die gelben Felder mit der Ziffer 2 sind die Tage, an denen ich spiele. Ansonsten habe ich von diesem ganzen Scheiss nichts begriffen.

Ich liess mir jedoch nichts anmerken. Nach kurzer Zeit hörte ich ihr nicht mehr zu, nickte jedoch trotzdem. Ich liess sie reden, bis sie ausgeredet hatte. Störte sie nicht. Als sie fertig war, sagte ich, das passe alles, und fügte schnell an – bevor sie einen nächsten Satz begann –, sie müsse mich entschuldigen, aber ich müsse nun los zu einer Tante väterlicherseits, die krank sei. Dann bin ich abgezischt.

Immerhin beruhigend, zu wissen, dass auch Samira nichts versteht.

»Na?«, frage ich aufs Geratewohl, während ich mir eine Zigarette anzünde.

»Was soll dieser Scheiss?«

»Keine Ahnung«, sage ich lachend.

»Vielleicht könntest du die Stute bitten, es dir zu erklären?«, schlägt sie vor und sieht mich an.

»So was habe ich auch gedacht.«

Keine Ahnung, wie ich das alles schaffen soll. Ehrenwort, ich habe keine Ahnung.

APRIL

Montag, den 11.

Es geht los, der Dreh beginnt. Der *tournage,* wie es auf Französisch heisst.

Pferdegebiss und ich sitzen in der Eingangshalle eines Hotels namens d'Anfa. Nicht weit vom Stadtzentrum, in Maârif, in der Gegend des Twin*. Hier sind wir bis zum Ende des *tournage* untergebracht.

Es ist noch früh. Gerade mal neun Uhr, und wir haben schon gefrühstückt. Sind angezogen, geduscht. Meine Füsse tanzen unwillkürlich herum. Ich schaffe es nicht, ruhig zu sitzen. Wir warten auf das Auto, das uns zum Drehort fahren wird. Heute ist der erste Tag, deshalb fahren wir zusammen hin. Danach werde ich jeweils allein gehen, hat sie gesagt. Man wird mir ein Auto mit Fahrer schicken. Der bringt mich jeden Tag hin. Und jeden Abend, sobald ich fertig bin, wieder zurück, egal wie spät es ist. Chic, was?

Heute drehe ich vier Szenen. Gestern Abend sagte Pferdegebiss, ich bräuchte mir keine Gedanken darüber zu machen, wie ihre konfusen Tabellen funktionieren. Sie werde mir jeden Abend sagen, was ich für den nächsten Tag lernen müsse. Wenigstens in dieser Hinsicht kann ich beruhigt sein.

Pferdegebiss und ich sitzen auf einer braunen Couch. Auch ein Ausländer sitzt bei uns. Blond, mit Brille, auch er ein Hüne. Er studiert Blätter, die er aus einer Aktenmappe genommen hat. Pferdegebiss hat mir gesagt, was seine Aufgabe ist, aber ich weiss es nicht mehr. Chef von irgendwas. Offen gestanden war ich auch gerade etwas abgelenkt. Ich musste mir die Einrichtung ansehen.

Wir sitzen in einer Lobby, einer richtig tollen Lobby! Gross wie ein Fussballfeld. Die Decke reicht bis in den Himmel, und die Treppe, die ins nächste Stockwerk raufführt – ausgelegt mit rotem Spannteppich, golden gesäumt –, ist bestimmt zwei Meter breit. Die Sofas sind gross wie Kähne. Wenn du sehen könntest, wie das aussieht mit Menschen drauf. Die reinsten Ameisen.

Egal wohin wir gehen, Pferde verfolgen uns. Mitten im Eingang steht eine grosse Statue aus Eisen. Ein Reiter auf einem Pferd, der einen *selham** und einen Turban trägt und ein Gewehr in der Hand hält. Er ist auf dem Weg zu einer *fantasia**. Sicherlich anlässlich eines grossen *mussem**. Pferdegebiss schenkt ihm keine Beachtung. Allem anderen übrigens ebenso wenig.

Sie ist mit ihren Unterlagen beschäftigt. Und damit, Haare zu kauen. So wie sie dreinblickt, ist bei ihr die Nacht wohl kurz ausgefallen. Das arme Ding wirkt ziemlich nervös. Ich bin es ehrlich gesagt auch.

Aber das liegt nicht daran, dass ich Bammel hätte,

sondern an Übermüdung. Klar habe ich ein bisschen Bammel, aber ich habe mich vor allem ein wenig vergessen gestern.

Weisst du, sie haben mich in einem Zimmer einquartiert, wie du es in deinem Leben noch nie gesehen hast.

Schon nur die Methode, wie man es aufschliesst, weckt die grössten Erwartungen. Es braucht dazu eine Karte wie jene, mit denen man das Handy auflädt. Als der Gepäckjunge sie in den Schlitz schob, sah ich ihm diskret zu. Ich merkte mir die Bewegung, und kaum war er weg, ging ich wieder raus und übte so lange, bis ich die Technik beherrschte.

Danach machte ich es mir gemütlich.

Das Zimmer ist geräumig und hat ein Fenster, durch das man die Stadt wie auf einer Kinoleinwand sieht. Und ein Bett von der Grösse einer Wiese. Du könntest Samira, meine Tochter und mich hineinstecken, und es bliebe bei Bedarf immer noch Platz für weitere Personen.

Aber vor allem zu zwei Dingen brauche ich gar nichts zu sagen.

Erstens zum Kühlschrank. Er ist schwarz und klein. Keine zwei Rial würde man für so was ausgeben wollen. Doch sobald man ihn aufmacht, ändert man augenblicklich seine Meinung. Cola, Fanta, Orangensaft und alles Mögliche an Flaschen. Bier, Whisky, Wodka, Wein – bitte schön. Du denkst an egal welches Getränk und findest es darin.

Das Zweite, was mir gefällt – und da ging mir durch den Kopf, dass diese Filmleute echt Profis darin sind, sich ein schönes Leben zu machen –, ist das Badezimmer. Wanne, Dusche, Handtücher, Seifen, Shampoos, Bodylotion. Wenn dich all das nicht in Versuchung führt, kann man nur eins daraus schliessen: Du magst Schmutz.

Ich musste nicht zweimal überlegen.

Liess im Zimmer alle Hüllen fallen. Bediente mich dann aus deren Kühlschrank, kehrte ins Badezimmer zurück, und die Party konnte beginnen!

Einen Schluck trinken, kurz mal planschen. Wieder einen Schluck trinken, wieder planschen. Und immer so weiter.

Ich musste an einen Jungen denken, den ich mal mit raufgenommen hatte und an dessen Geschichten ich keine Sekunde glaubte. Sein Name war Fettah, daran kann ich mich gut erinnern. Er arbeitete als Fahrer für einen Italiener, und einmal ging dieser mit ihm in ein schickes Hotel wie meins hier. In Jdida. Er nahm ein Zimmer für sich und eins für den Fahrer. Als Fettah an der Tür den Zimmerpreis sah – sechsundzwanzigtausend Rial –, traf ihn erst einmal fast der Schlag. Und dann blieb er die halbe Nacht wach, um es voll auszukosten.

Nun, genau das habe ich gestern gemacht. Kein Wunder, dass ich heute Morgen nicht frisch bin.

*

So. Wir sind bereits am Drehort angelangt. Ein altes Gebäude aus französischen Zeiten, beim Marché Central. Es ist ziemlich hoch, wie die anderen Häuser im Viertel auch. Die Sonne beginnt schon zu brennen. Es wird ein heisser Tag.

»Bist du bereit?«, fragt Pferdegebiss, als wir aus dem Auto steigen, und sieht mich an.

»Kleinen Moment nur, ich muss mir etwas Nikotin in die Brust jagen«, sage ich und zünde mir eine Kippe an.

Heute geht es um Szenen in der Wohnung dieses Typen, Hasnas Brahim. Übrigens, ich habe es dir noch gar nicht erzählt, aber wir haben uns schon getroffen. Weisst du, wer es ist? Frag nicht, warum ich es dir nicht schon längst erzählt habe. An dem Tag, an dem ich es erfuhr, war ich vor Überraschung komplett neben der Spur. Es ist Kaïs Joundy! Stell dir vor, der Schauspieler aus *Tod für zwei!* Ein Typ zum Anbeissen. Sagenhaft!

Wobei, ehrlich gesagt finde ich, dass er für die Rolle ein bisschen zu wenig auf den Rippen hat. Sie hätten besser einen etwas stattlicheren Kerl genommen. Wie diesen Wichser Schaïba beispielsweise. Ein Idiot zwar, aber er gibt ziemlich was her. Oder sonst einen im Stil von Hamid, meinem Mann. Mit dichtem Haar und tiefem, schwarzem Blick. Damit man richtig darin versinken kann, wenn man ihn sieht.

Als ich das zu Pferdegebiss sagte, antwortete sie, er sei ein guter Schauspieler und sie würden ihn gut herrichten, ich würde dann schon sehen, was er zu bieten habe.

Ich habe ihn neulich bei Pferdegebiss getroffen, in einem Studio, das ihrer Tante gehört, im Gebäude neben der Garage. Vom Balkon aus kann man den Markt, den Park, den Taubenplatz sehen, man sieht alles, was im Viertel läuft, alle Bekannten. Ich erspähte den Lebensmittelhändler Baschir, diesen elenden Schuft, der uns mit seinen Bierpreisen über den Tisch zieht, erinnerst du dich? Der hat ordentlich was an Spucke abgekriegt! Es ging so blitzschnell, dass die anderen beiden nichts mitgekriegt haben. Geschieht ihm recht!

Pferdegebiss, Kaïs und ich wiederholten die Texte viele Male. Das funktioniert so, dass Pferdegebiss sagt, was in der Szene passiert, und du tust, was sie dir sagt. In einer Szene beispielsweise, die wir heute drehen sollen, schlägt Brahim Hasna, weil sie mit einem anderen ins Bett gegangen ist. Dann gibt sie zurück, die beiden beginnen einander anzuschreien und zuzuschlagen. Um dich anzuleiten, was du tun musst, sagt Pferdegebiss Dinge wie: »Wenn er dich schlägt und dich die Wut packt, dann denk an einen Moment in deinem Leben, in dem du dasselbe gefühlt hast. In dem du so wütend warst, dass du dir die Zunge blutig gebissen hast und die Fäuste zusammenkrampfen musstest wie eine Dämonin, weil du deine Finger sonst so tief in dein Gegenüber gekrallt hättest, dass ihm der Darm oder die Augen rausgequollen wären.« Pferdegebiss konnte sich nicht so ausdrücken, aber ich verstand sie. Und weiss, dass man sich so fühlt, wenn man eine Riesenwut hat.

Als »Kaïs Brahim« und ich die Szene übten, dachte ich an nichts. Jedes Mal, wenn ich mich konzentrieren wollte, sah ich, dass Pferdegebiss mich anschaute, ich schaute Kaïs an, fand das alles stupide und war davon abgelenkt. Also mussten wir nochmals von vorn beginnen. Pferdegebiss liess uns wiederholen und wiederholen, bis ich langsam auf hundertachtzig war.

Am Ende verdrehte ich dem Lümmel das Handgelenk, weil ich es satthatte, ständig von ihm geschlagen zu werden, und schmiss ihm meinen Text mitsamt der Bierflasche ins Gesicht: »Du Arschgeige, es gibt genug andere Männer auf der Welt, so was brauche ich mir nicht bieten zu lassen!«

Kaïs guckte ziemlich dumm aus der Wäsche. Pferdegebiss lachte. Und sagte, so müsse es sein, ich sei bereit. Danach haben wir zu dritt Bier getrunken, und es wurde ein guter Abend.

*

Ich bin fertig mit der Zigarette. Pferdegebiss sagt, es sei Zeit reinzugehen und ab jetzt werde sich Dschaafar – einer ihrer Mitarbeiter – um mich kümmern. Sie selber müsse in die andere Richtung, um sich zu vergewissern, dass am Set alles bereit sei. Kaum ist sie mit ihrem Satz fertig – wir stehen immer noch draussen –, taucht ein schlechtrasierter Typ in Jeans auf, mit einem Haarschopf wie ein Schaf. Seine Haut ist ziemlich dunkel. Trotz der

Hitze trägt er eine schwarze Lederjacke, die nicht weniger glänzt als sein gegeltes Haar. Er findet sich toll.

»*Salam.* Dschmiaa? Kommst du mit?«, sagt er, nickt dazu. Und macht kehrt.

Sein Arsch ist in eine Bluejeans gezwängt. In der Hand hält er ein grosses Walkie-Talkie, wie man es von der Polizei kennt. Wir fahren im Haus mit dem Aufzug hoch.

»Hier ist es. Ich bringe dich in die Kostümabteilung.«

Die Wohnung ist voller Menschen. Alle sind mit etwas beschäftigt. Diejenigen, die nicht zu beschäftigt sind, um uns überhaupt wahrzunehmen, deuten zur Begrüssung ein Nicken an. Der Playboy vor mir nickt ebenso andeutungsweise zurück. Wir erreichen die Kostümabteilung. Dort sind die hünenhafte Schneiderin und das Mädchen, das bei ihr war, Lamia.

»Wie lange braucht ihr etwa?«, fragt er sie mit einem Blick auf seine Uhr. »Es ist Viertel vor elf.«

Die Marokkanerin und die Ausländerin tauschen sich kurz aus, dann wendet die Marokkanerin sich an ihn: »Sagen wir zwanzig Minuten. Elf Uhr fünf.«

»Okay, ich warte hier«, sagt er und zeigt auf die Tür. Er hält sich das rauschende Walkie-Talkie vor den Mund, um etwas zu sagen, und verlässt das Zimmer.

»Wie geht es?«, fragt mich die Blonde und sieht mich an.

Sie hat französisch gesprochen, aber jedes Wort schön betont. Damit ich sie verstehe.

»Gut, *hamdullah**«, antworte ich.

»Wir kleiden dich ein, das dauert nicht lange. Und dann bringt Dschaafar dich zum Schminken und Frisieren.«

Ehe ich mich's versehe, stehe ich schon in Slip und BH im Zimmer. Mensch, die haben aber einen Zacken drauf.

Durch die Tür höre ich die Stimme des Playboys: »Seid ihr so weit? Ist sie fertig?«

Die Marokkanerin ruft zurück: »Heute ist gerade mal der erste Drehtag, Dschaafar. Lass uns in Ruhe mit deinem Zeitplan.«

Sie kleiden mich ein und machen die Tür auf. Stumm bedeutet Dschaafar mir, dass ich ihm folgen soll.

Ich betrachte mich im Spiegel neben der Tür. Mir ist nicht mehr so heiss wie vorher. Die Dschellaba, die sie mir angezogen haben, ist leicht, rot. Dazu ein oranges Kopftuch. Nicht übel. Ebenfalls aus leichtem Stoff. Sie haben es mir um den Hals gebunden und dazu schöne Sandalen ausgesucht. Mit einem breiten schwarzen Riemen und einer ziemlich hohen Sohle, die aussieht wie aus Kork. Und rutschfest ist. Einzig der Lack auf meinen Zehennägeln ist unansehnlich.

Bevor ich rausgehe, sieht Lamia mich an und sagt, ebenfalls auf Französisch: »Na, dann viel Glück.«

Ich müsste dringend kacken.

*

Man hat mich zum Schminken und zum Frisieren gebracht – beides im gleichen Zimmer –, und jetzt stehe ich mitten auf dem Set. Es sind eine Menge Leute da. Pferdegebiss hat gesagt, dass wir wieder die Szene machen, die wir bei ihr im Studio geprobt haben, die mit dem Bier. Was glaubt sie denn, wie soll ich überhaupt irgendwas tun in diesem Chaos? Mit all diesen Apparaten und bei diesem Krach? Und mit all den Leuten, die reden, ohne dass man irgendwas davon versteht. Pferdegebiss ist verschwunden, seit Dschaafar mich nach dem Schminken und Frisieren zu ihr gebracht hat, damit sie einen Blick auf mich werfen kann. Es sei perfekt, hat sie gesagt und ist abgezischt. Dass ich nicht lache. Hätte ich nicht so gute Manieren, hätte ich der Friseurin gezeigt, wohin sie sich den Lockenstab stecken kann, statt andere Leute damit übel zuzurichten. Eine geschlagene halbe Stunde beugte sie sich über mich, aber der Unterschied zu vorher, als ich eintrat, lässt sich höchstens erahnen.

Das Make-up machte das zum Glück wieder wett. Sagenhaft, was dieses Mädchen alles an Produkten verwendete. Talent hat sie, aber sie ist ein furchtbares Weibsstück. Als sie fertig war, fragte ich, weil ich auf dem Frisiertisch Nagellack stehen sah, ob sie Nagellackentferner habe, und streckte ihr meine Hände und Füsse hin, damit sie den abblätternden Lack sehen konnte. Sie schaute meine Finger lange an, sagte, sie werde fragen, und ging raus. Fragen? Was gibt es da zu fragen? Willst du fragen, ob ich mich blamieren soll? Wen überhaupt fragen? Furchtbar!

Das Problem ist, dass sie zurückkam und sagte, wir würden sie so lassen. Es sei besser. Welche Wahl blieb mir da noch? Ihr das Fläschchen mit Gewalt entreissen und ihr das Fell über die Ohren ziehen? Wo ich neu hier bin und noch niemanden kenne? Diese Provinznutte!

»Dschmiaa, komm, wir machen eine Probe, damit die Leute die Einstellungen checken können.«

Wie eine böse Hexe ist vor mir plötzlich Pferdegebiss aufgetaucht. Ich habe sie nicht kommen sehen. Jetzt gilt es ernst.

Los, Dünnschiss, gib Ruhe!

Und du, Dschmiaa, zeig uns, was du kannst!

*

Dieser Mist ist anstrengend. Wenn du Filmschauspieler siehst, stellst du dir immer vor, wie sie gemütlich an einem Hotelpool sitzen und Orangensaft schlürfen. Du hältst es für cool. Nie würdest du denken, dass sie den Tag damit zubringen, endlos das Gleiche zu wiederholen. Es ist zum Verrücktwerden.

Jetzt sitze ich im breiten Sessel in meinem Zimmer und gönne mir ein Bier, aber ich bin den ganzen Tag auf den Beinen gewesen. Es ging fast ohne Unterbrechung immer weiter und weiter. Keine Ahnung, wie viele Szenen wir gefilmt haben.

Wir haben so viel gearbeitet, dass ich gar nicht dazu kam, alles auszukosten. Weder das Mittagessen noch den Kühlschrank auf dem Balkon. Dabei haben sie uns ein sagenhaftes Essen zubereitet. Da war alles dabei. Eine Fleischtajine mit Erbsen und Artischocken, eine Hähnchentajine mit Kartoffeln, alle möglichen Salate, Auberginen, Paprika, Gurken, Tomaten, Obst, Danone. Und am Schluss auf einem separaten Tisch noch Gebäck. Wirklich schade, dass ich es nicht auskosten konnte.

Ehrlich gesagt haben sie mich heute mit ihrem Quatsch ganz konfus gemacht. Zuerst gab es Tests. Falls du wissen möchtest, was da getestet wurde und was die Typen mit ihren Apparaten gemessen haben, frag sie selber. Ich habe keine Ahnung. Ich weiss nur, dass man uns auftrug, die Szene zum Schein zu spielen.

Am Anfang hatte ich meine liebe Mühe. Bei dem Zirkus, den sie beim Drehen veranstalten, kann man sich unmöglich in Ruhe konzentrieren. Plötzlich fangen alle zu schreien an wie auf einer Fischauktion.

Zuerst brüllt ein Typ irgendwas. Nach ihm ein anderer, der an einem winzigen Tisch sitzt, als sässe er eine Strafe ab. Daraufhin springt ein Durchgeknallter auf, hält dir eine lange, behaarte Stange vor die Nase, so ähnlich wie diese Staubwedel, mit denen man die Zimmerdecke säubert.

Als Nächstes ist der Kameramann an der Reihe, gefolgt von Pferdegebiss, die »Action!« sagt, damit du anfängst.

Und mitten in all diesem Geschrei stellt sich auch noch ein Störenfried mit einer schwarzen Tafel vor die Kamera und läuft, ebenfalls schreiend, rückwärts.

Wegen ihnen habe ich viele Male im falschen Moment angefangen. Das hat sie genervt. Aber die können mich mal, sie müssen einfach aufhören, alles zu verkomplizieren. Sagt einfach »los«, das reicht doch.

Obendrein kommandierte Pferdegebiss unaufhörlich herum: Mach dies, mach jenes, mach es anders, nicht so. Am meisten strapazierte sie meine Nerven mit ihren »Cut«. Manchmal kannst du nicht einmal im Stillen für dich *bismillah** sagen, schon schreit Pferdegebiss wieder durch ihr Megaphon, dass du aufhören sollst.

Ihr macht das nichts aus, es kümmert sie nicht die Bohne. Sie verschanzt sich den ganzen Tag hinter ihrem schwarzen Kasten, der aussieht wie die *Kaaba**, starrt auf den Bildschirm und macht einen auf Boss. Man sieht nur unten ihre Beine. Da die Ohren unter riesigen Kopfhörern stecken, schreit sie. Ein Bekiffter oder Besoffener könnte sie für Gott halten, weil sie nur Befehle erteilt und sich nie blicken lässt.

Bei ihr war noch so ein anderes Küken, ein richtiges Aas. Die Continuity, wie sie gerufen wird. Die wurde eigens dafür angestellt, den Leuten auf den Sack zu gehen. Darin besteht ihre Arbeit. Sie führt Buch, trägt eine Sonnenbrille und überwacht die Leute. Wenn dir ein klein bisschen Quatsch rausrutscht oder was nicht genau so im Dialog steht, kommt sie und putzt dich runter, wie in der Schule. Du hättest sehen sollen, wie es dem Jungen ergangen ist, der sich ums Szenenbild kümmert …

Aber ich denke, er hat es verdient, dieser Hochstapler! Das Szenenbild, das er ihnen produziert hat, ist ja so was von unansehnlich: Gewöhnlicher geht's nicht. Die Szene spielt in einem Zimmer, und der faule Hund hat sich auf das Minimum beschränkt. Hat einen winzigen kackfarbenen Teppich ausgelegt, ein Bett und einen Tisch hingestellt, darauf einen vollen Aschenbecher und Bierflaschen platziert. Das ist alles. Und während wir Schauspieler zwischen zwei Szenen eine Pause machten, kniete er sich, wohl um sein Gehalt zu rechtfertigen, neben das Bett und strich die Falten glatt. Oder stellte den Aschenbecher immer wieder anders hin. Nennt sich so was Arbeit?

Aber okay, davon abgesehen merkt man, dass das Profis sind. Jeder weiss, was er zu tun hat. Niemand trödelt rum. Du solltest mal sehen, wie gut sich der Kameramann mit der Kamera macht. Und dann dieser Typ mit dem Mikrofonwedel, ein richtiger Kerl. Es gibt auch einen Ausländer, auch er blond. Sagenhaft! Er hat mich von allen am meisten beeindruckt. Klein und schmächtig ist er und sieht aus wie ein Zicklein. Aber seine mageren Arme kriegen die grössten Scheinwerfer vom Fleck! Die sind zweimal so schwer wie er. Zum Tragen benutzt er eine grosse, schwere Stange. Ich war so fasziniert, dass ich wegen ihm sogar eine Szene vermasselt habe.

Während ich Kaïs Brahim zum Teufel jagte, sah ich, dass er gerade einen Strahler bewegte, und liess mich davon ablenken. Ich sah von ihm nur noch die Füsse unter einer riesigen Lampe. Da ich es merkwürdig fand, dass eine so zarte Person dermassen viel Gewicht rumschleppt, passierte es, dass ich, statt wie vorgesehen Kaïs Brahim anzuschnauzen, zum Zicklein rübersah und rief: »Sagst du das noch mal?« Dieser Satz kommt erst später im Dialog. Natürlich liess dieses Weibsstück von Pferdegebiss das nicht durchgehen. Sie verkündete, wir würden eine Pause machen. Mir kam das gelegen, so konnte ich zu Maaisu* rübergehen, wie ich das Zicklein nenne. Ich wollte die Stange aus der Nähe besichtigen, um zu sehen, ob sie aus Plastik oder aus Metall ist. Er streckte sie mir hin. Sie ist tatsächlich aus Metall.

Auch wenn es heute ein bisschen chaotisch war, muss ich zugeben, dass diese Leute wissen, was sie tun. Heute Morgen hatte ich nicht verstanden, was der Hüne genau leitet, ich dachte sogar, vielleicht sei er der Chef von Pferdegebiss, aber das stimmt überhaupt nicht. Für sie ist ein Chef das, was wir *maallem** nennen. Als Chef bist du ein Profi in deiner Funktion. Du bist die begabteste Person und weisst am meisten. Und damit du verstehst, wie genau jeder hier weiss, was er tut: Fast alle sind in irgendeinem Bereich *maallem.*

Hättest du mich heute begleitet, hättest du den Mund nicht mehr zugekriegt vor Staunen. Das war schon was Besonderes.

Samstag, den 30.

Noch zehn Drehtage, dann ist es schon vorbei. Jetzt ist vier Uhr morgens, und ich komme nicht aus den Federn. So früh bin ich mein Lebtag nicht aufgestanden.

Samira hat Glück. Mit ihrem Geschnarche könnte sie glatt den ganzen Maâmora* abholzen. Ihr Arm – der über den Bettrand hinausragt – bringt die Kaffeemaschine in Gefahr, die ich gekriegt habe, als man sah, dass der Zeitplan und ich inkompatibel sind. Wenn du sehen könntest, wie das Schlafzimmer jetzt aussieht! Als ob ich schon immer hier gewohnt hätte.

Der Kühlschrank ist zum Bersten gefüllt. Mit Danone, Brot, Siviana*, Mortadella, La Vache qui rit, Ananassaft. Und Gebäck in jeder Form und Farbe. Am Set sage ich immer, man soll mir ein bisschen was zur Seite legen, damit ich es nachmittags mitnehmen kann.

Der heutige Tag ist anders als sonst. Wir werden an einem speziellen Ort drehen. Beim Markt. Bei meinem Markt. In der Strasse, die zum Alpha 55* führt.

»Dschmiaa?« Tock tock tock. »Dschmiaa?«

»Oui?«, sage ich leise, um Samira nicht aufzuwecken, und gehe zur Tür.

Jetzt sagen sie nichts mehr, wenn sie bei mir übernachtet, aber nach unserem ersten gemeinsamen Abend hier haben sie mit allen Mitteln versucht, sie loszuwerden. Ich kann sie ein bisschen verstehen, weil Samira gleich für Ärger sorgte.

Am ersten Tag liessen die Esel vom Hotel sie zuerst nicht rauf. Sie trat in die reichgeschmückte Eingangshalle, und statt weiterzulaufen und irgendwas zu tun, blieb die Gans mit aufgerissenem Mund stehen. Vor allem das Pferd habe sie beeindruckt, hat sie gesagt. Während sie Bauklötze staunte, trat einer der Giganten, die den Eingang bewachen, zu ihr und fragte, wohin sie wolle.

So läuft es immer. Egal wohin du willst. Wenn die Hunde an der Tür dich nicht kennen oder du sie nicht schmierst, dann machen sie Stress. So läuft es im Nachtklub, mit den Bullen, in der Schule der Kinder, überall.

Samira sagte, sie sei mit jemandem verabredet. Der Typ wies sie darauf hin, dass nur Gäste reindürften. Samira blieb hartnäckig. Er wiederholte, was er schon gesagt hatte. Und dann antwortete Samira irgendwas, keine Ahnung, was genau. Aber es gefiel dem Kerl nicht, er packte sie am Arm. Sie wollte schon ihre Sirene starten und ihm die Blamage seines Lebens bereiten, als genau in diesem Moment Pferdegebiss vorbeilief. Der Typ hatte Glück. Wenn sie auf ihn losgegangen wäre, sässe er, Kraftprotz hin oder her, noch heute ganz hinten in dem Loch, in das er sich verkrochen hätte. Das Zimmer gefiel Samira sehr. Wir machten es uns bequem, tranken ein bisschen Wein, und danach ging sie.

Am nächsten Tag kam sie erneut. Wir tranken wieder Wein, und weil wir gut drauf waren, beschlossen wir nach einer Weile auszugehen. Der Dreh am nächsten Tag war erst auf elf Uhr angesetzt. Wir nahmen ein Taxi und fuhren an die Küste. Wir planten, es uns ein wenig gutgehen zu lassen, ein paar Gläser Wein zu trinken und dann mit Volldampf wieder nach Hause zu fahren.

Stattdessen lief ich mit Volldampf in Buschaïb hinein. Kaum betraten wir einen dieser Klubs am Meer, sah ich ihn. Er sass an einem Tisch voller Flaschen. Saïd und Belaïd, die siamesischen Säcke, die ihm wie Schatten überallhin folgen, sassen gemütlich da und amüsierten sich in der Gesellschaft einer Schar Mädchen, Billignutten. Ich stupste Samira mit dem Ellbogen in den Bauch, wies mit dem Kinn auf den Tisch und wollte wieder gehen, aber sie zog mich weiter. Ehe ich mich's versah, fand ich mich an der Bar wieder.

Wir setzten uns hin. Ein Pfeiler verdeckte uns. Ich nahm mir vor, mich so bald wie möglich zu verdrücken.

Dann tauchte Belaïd auf, weil er aufs Klo wollte. Es passierte, was passieren musste. Als er wieder zurück an seinem Platz war, dauerte es keine fünf Minuten, bis der Bär Buschaïb mit seiner Wampe bei uns aufkreuzte. Er hatte noch mehr zugenommen und erinnerte mit seinem Schnurrbart immer mehr an einen Kommissar. Er wollte uns unbedingt an seinem Tisch haben. Samira, dieses Aas, hatte Lust, sich auf fremde Kosten die Kante zu geben und zu feiern. Und ich Gans folgte ihr.

Als wir an seinen Tisch kamen, verscheuchte er die Mädchen, die bei ihnen sassen – es sah aus, als würde er einen Teppich ausklopfen. Wenn Blicke spucken könnten … Buschaïb verhielt sich, als wäre zwischen uns alles normal. Er wollte, dass ich mich neben ihn setze, legte den Arm um mich und die Hand oben auf den Schenkel. Wir tranken mehr, als vernünftig gewesen wäre. Das Problem ist, dass ich mich wegen der Dreharbeiten schon eine ganze Weile nicht mehr so hatte volllaufen lassen. Und so passierte zum zweiten Mal an diesem Tag, was passieren musste.

Buschaïb schickte seine Hand in Gegenden, in denen ich sie nicht haben wollte. Abscheu durchfuhr mich wie ein Blitz. Und sobald er mich unter der Dschellaba zu befingern begann, packte mich die blinde Wut. Ich konnte es nicht ertragen, dass er mich anfasste, als wäre alles sein Eigentum. Und so ging plötzlich alles drunter und drüber.

Aus einem gewöhnlichen Trinkgelage wurde ein Spektakel, wie man es lieber nicht zu Gesicht bekommt. Glas ging zu Bruch, Tische kippten. Samira rastete aus, Belaïd trennte. Buschaïb – wie er sich auf die Lippe beisst, wie seine Faust auf mein Gesicht zuschnellt. Wie ich ihm die Fingernägel in die Wange bohre. Zerrende Hände. Haare. Geschrei, Krach, Spucke und Blut. Und dann vermengte sich alles. Man stellte uns alle raus aufs Trottoir. Danach verging die Nacht im Nu. Vom Trottoir ging es in den Polizeiwagen, vom Polizeiwagen auf den Posten, vom Posten in die Zelle. Von der Zelle zu Samira, während der Muezzin zum Morgengebet rief. Und auf diesem ganzen Parcours: keine Spur von Schaïba. Schaïba war weitergezogen. Schaïba war gegangen, ohne einen Blick zurück auf den Schmutz zu werfen, den er hinterliess. Es war Güte gewesen, dass Schaïba mich an seinen Tisch geholt hatte. Schaïba fasst an, was er will. Berührt, wo er will. Schaïba hatte mir mit Geld ausgeholfen, als ich krank war. All dieses Fleisch, diese Schenkel, die überbordende Üppigkeit meiner Brust gehören ihm.

Aber als wir uns dann in die Wolle kriegten, ging Schaïba. Schmierte die Uniformierten und holte sich danach bei Hadschar oder keine Ahnung welcher Schlampe Befriedigung. Er zahlte Schmiergeld und schwankte unbehelligt zu seinem Auto. Die Summe war hoch genug, um sicherzustellen, dass sie uns nicht allzu spät in der Nacht laufen lassen würden, aber nicht hoch genug, um uns gar nicht mitzunehmen. Ein Arschloch!

Ich will nicht mehr Dschmiaa heissen, falls der Kerl mich je wieder zu Gesicht bekommt.

Das Erste, woran ich mich nach dem Morgennebel erinnere, ist Pferdegebiss, wie sie und ihre Zähne sich über mich beugen, in Samiras Zimmer. Mensch, da war dann nochmals die Hölle los. Es muss so vier Uhr nachmittags gewesen sein oder keine Ahnung. Jedenfalls zu spät zum Drehen oder sonst was. Es war nur noch Zeit, die Klappe zu halten. Zuzuhören und zu nicken. Sie stauchte mich zusammen. Nicht dass sie geschrien hätte oder so. Nein. Ihre Stimme war sanft, aber ihr ganzes

Gesicht drückte Ärger aus. Die Hände, die Arme, ihr ganzer Körper war so verkrampft, als träte gleich eine andere Person aus ihr heraus. Und eine sonst immer friedliche Ader mitten auf ihrer Stirn schwoll an. Als sie fertig war, sagte sie, wir würden uns im Hotel sehen, und zog ab. Ich blieb stumm. War gar nicht dort. In meinem Kopf herrschte Chaos. Und alles, was darin war, lastete schwer. Schon lange war ich nicht mehr in diesem Zustand gewesen, hatte ich nicht mehr vor dem schwarzen Bildschirm des Fernsehers gesessen. Vor dem Spiegelbild Hamids, der Geldscheine zählt, während mein Magen den Brustkorb hochwandert.

Ich hatte Schiss gehabt. War Pferdegebiss gegenüber stumm geblieben. War nur dazu fähig gewesen, mich auf die Ellbogen aufzustützen, um einen Blick in den Spiegel, auf meine Visage zu werfen. Ausser einer Kajalspur, die sich bis zum Mund hinzog, war darin zum Glück nichts schwarz. Du hättest sehen müssen, wie ich Samira zusammenstauchte, als sie aufwachte. Alles läuft schön in ruhigen Bahnen, und dann kommt sie mit ihren Scheissideen. Ich habe doch gerade erst angefangen, mir hier einen Platz zu erarbeiten. Und hatte mir geschworen, mich nicht mehr mit diesem Wichser abzugeben. Zum Glück war unsere ganze Energie in der Zelle zurückgeblieben, sonst wären zwischen uns beiden echt die Fetzen geflogen.

Und dann ging es vorbei, wie alles. Samira und ich beruhigten uns. Pferdegebiss kam nicht mehr darauf zu sprechen. Aber es war schwierig, diesen bekackten abendlichen Ausflug wiedergutzumachen.

Als ich am nächsten Tag ans Set zurückkehrte, konnte mich niemand mehr leiden. Wenn die Leute jemanden nicht leiden können, schreien oder schimpfen sie nicht herum, oder was auch immer ein normaler Mensch tun würde. Sie sehen die Person einfach böse an und reden nicht mit ihr, das ist alles.

An diesem Tag verrenkten sich alle schier die Hälse, um bloss in eine andere Richtung zu blicken, wenn ich vorbeikam. Pferdegebiss sagte, wegen mir seien die ganzen Dreharbeiten unterbrochen worden und sie hätten Geld verloren. Was die für ein Theater veranstaltet haben, echt jetzt. Ich sage dir eins, weil ich es jetzt erlebt habe: Zu viel Organisation macht dämlich.

Tock tock tock. »Dschmiaa? Bist du wach?«, tönt es nochmals auf Arabisch hinter der Tür.

Ich brauche ihn nicht zu sehen, ich weiss auch so, dass seine Lippen am Holz kleben, als hingen sie an meinem Busen. Es ist Maaisu, das Zicklein. Ich habe dem armen Kerl den Kopf verdreht. Jeden Morgen kommt er und weckt mich. Ich glaube, er hat Angst, ich könnte wegbleiben oder nochmals über Nacht verschwinden. Oder vielleicht hat ihn jemand darum gebeten, keine Ahnung. Er hat angefangen, Arabisch zu lernen. Die Wörter, die er braucht, kennt er schon alle: »Bist du wach?«, »Hast du Hunger?«, »Möchtest du etwas?« Für einen Ausländer spricht er gut.

Heute Morgen hat er Glück. Obwohl wir vor Sonnenaufgang aufstehen müssen und obwohl es schwierig ist, stehe ich nun schon an der Tür.

»Alles in Ordnung, du kannst gehen, ich bin wach.«

Neben mir sieht er aus wie ein kleiner Junge. Ich bin höher, breiter, tiefer, übertreffe ihn in allem. Sein Kopf ist nur wenig grösser als eine meiner Titten. Ihm ist das egal. Kaum hat er einen freien Moment, kommt er zu mir.

Er hat gesagt, er möchte sich von mir Arabisch beibringen lassen. Wer's glaubt! Aber das ist nicht mein Problem. Ich stelle nichts an mit ihm. Es hiess, ich dürfe während der Dreharbeiten nicht arbeiten. Also arbeite ich nicht.

Für mich ist das praktisch. Maaisu verwöhnt mich, ohne dafür eine Gegenleistung zu kriegen. Nicht mal einen Blowjob. Und Samira habe ich auch beteiligt. Jeden Tag bringt er uns was mit. Parfums hängen mir schon zum Hals raus, weil ich so viele bekommen habe. Ich glaube, er ist ein bisschen unterbelichtet.

»Alles in Ordnung. Wir sehen uns gleich am Set«, sage ich.

Ich spreche langsam. Gestikuliere dazu, damit er mich gut versteht. Er verabschiedet sich auf Arabisch und geht. Trotz allem ist auch er ein schlaues Köpfchen. Er lernt schnell.

*

Du müsstest die Leute um mich herum sehen. Wie sie alle die Mäuler aufreissen. Wirklich alle. Und weil Samstag ist, sind auch alle da. Es ist ungefähr zwei Uhr. Der Tag ist heiss. Und lang. Wir drehen seit sechs Uhr früh, und wir brauchen immer noch etwa zwei Stunden.

Ich stehe neben einem Laden, den man in ein Juweliergeschäft verwandelt hat. Es ist der Laden der Gans, die normalerweise Klamotten verkauft. Neben der Konditorei. Kaïs Brahim und ich warten darauf, dass die Crew uns auffordert loszulegen. Ich kann mich kaum konzentrieren.

Es ist zwar schon eine ganze Weile vorbei mit dem Durcheinander der ersten Tage und den Texten, die ich mir nicht merken kann. Aber heute bin ich überfordert.

Erstens wurde die Strasse abgesperrt. Keiner kommt rein, keiner kommt raus. Sie haben Barrieren aufgestellt und halten den Autoverkehr auf, damit wir in Ruhe drehen können. Ich bin es nicht gewohnt, die Strasse so zu sehen. Normalerweise geht es zu wie in einem Suk, jetzt haben sie zwar ein klein wenig Chaos übrig gelassen, aber die Ordnung, die sie geschaffen haben, bringt mich aus dem Konzept. Dazu die Bullen, es gibt zu viele hier. Wohin du auch blickst, überall stehen welche. Vorgestern hat sich in einem Café in Marrakesch ein Durchgeknallter in die Luft gesprengt. Der Junge ist morgens aufgestanden, hat eine Bombe in den Rucksack gepackt, ein Café betreten – und bum! Sein gestörtes Gehirn hatte es ihm diktiert. Das soll mal einer verstehen. Es geschah am berühmten Jemaa el-Fna*. Ich war noch nie dort, aber der Platz wird oft im Fernsehen gezeigt. Es gibt dort Schlangenbeschwörer, Wahrsager und Händler, die Orangensaft, Schnecken, alles Mögliche verkaufen. Ganze Scharen von Touristen sind schon daran vorbeigezogen. Seit vorgestern reden die Holländer von nichts anderem mehr. Maaisu hat gesagt, sie hätten Angst, ebenfalls in die Luft gesprengt zu werden.

Daher wurde am Mittag das Restaurant, das wir für das Essen gebucht hatten, vollständig abgeriegelt. Ohne Kontrolle kam man weder rein noch raus. Aber es ist nichts passiert. Was mich betrifft, ist mir unwohl, wenn Bullen in der Nähe sind, auch wenn ich mich langsam daran gewöhne.

Heute werden sie es schwer haben – geschieht ihnen auch recht. Die Apachen von Raja* sind die reinsten Wickelkinder im Vergleich zu meinen Fans. Sie sind alle hier, alle, die ich kenne, und sogar die, die ich nicht kenne.

Sie halten sich alle hinter der Abschrankung auf. Der Lebensmittelhändler Baschir, Fusia, Rabia, die alte Mina, diese Schlampe Hadschar mitsamt ihrer Freundin, die Friseurin Nadschia. Sogar Okraïscha, die Nachbarin aus dem zweiten Stock, ist stehen geblieben, um zu schauen, was da läuft. Das Schielauge Robio ist da, heute mit Socken im Angebot. Sie hatten sich schon alle gewundert, wohin ich verschwunden bin, und nun stehe ich direkt vor ihren Augen und soll gleich gefilmt werden. Selbst Hamid schaut zu.

Wir haben uns heute Morgen miteinander versöhnt. Als ich bei Tagesanbruch ankam, war gerade seine Nachtschicht in der Garage zu Ende. Er winkte mir von weitem zu. Ich kam eben vom Einkleiden und liess ihn rein, damit er mir hallo sagen konnte. Er entschuldigte sich dafür, dass er mich nach dem Unfall nie besucht habe. Wir seien schon so lange befreundet, sagte er, dass wir nicht zulassen dürften, dass irgendetwas unsere Freundschaft besudle. »Einverstanden«, habe ich da gesagt, es sei alles in Ordnung und Gott könne alles verzeihen. Unter uns gesagt: Ich wollte ihm einfach eine Freude machen. Eigentlich habe ich nämlich keine Zeit mehr, mich über Schnarchnasen wie ihn aufzuregen.

Auch Hussin ist da, er steht neben dem Markt. Unter seiner Schirmmütze versteckt. Sicher schmerzt ihn der Kopf, weil er so angestrengt darüber nachdenken muss, was ich hier wohl treibe. Zuerst der Unfall, dann mein Verschwinden, seit ich im Hotel wohne, und jetzt dieser Film. Nach dem Dreh werde ich ihn anrufen und ihm alles erklären. Aber eigentlich kann er mich mal. Hauptsache, er kriegt von mir, was ihm zusteht, nicht?

Es sind wirklich so viele Leute da, dass ich gar nicht alle sehen kann. Sie drängen sich hinter den Abschrankungen, wie in den Nachrichten, wenn der König vorbeifährt. Und bei uns am Set sitzt der *mokaddem**. Ich hatte seine Zähne zuvor noch nie gesehen. Gewöhnlich empfängt er einen mit peinvoll verzerrtem Gesicht. Aber als er mich sah und ihm klarwurde, dass ich im Film mitspiele, machte er einen wirklich sagenhaften Wandel durch. Als hätte man ihn vor der Pforte des Paradieses abgesetzt, und ich besässe den Schlüssel. Ich empfing ihn freundlich, als er zu mir trat. Bat ihn an einen der Tische, die man auf der rechten Seite des Sets auf das Trottoir gestellt hatte, damit Schauspieler und Techniker sich setzen können. Trug der Hilfskraft auf, ihm einen Kaffee zu bringen, und gab ihm eine Zigarette. Als ich meine Marlboro hervorholte, blieb ihm die Spucke weg. Hat er denn gedacht, ich würde mir mein ganzes Leben lang Marvel-Dreck in die Lungen jagen?

Samira sitzt am Nebentisch. Ich habe sie gebeten, heute mit den Schauspielern und der Crew mitzukommen. Pferdegebiss hat keine Schwierigkeiten gemacht. Samira trägt eine Dschellaba, die ich noch nie an ihr gesehen habe. Keine Ahnung, wo dieses Biest sie herhat. Sie ist gelb. So gelb wie das Innere eines Eies. Also von der gleichen Farbe wie ihre Haare. Und dazu vorne ein Schlitz, richtig klasse! In der einen Hand hält Samira eine Fanta, in der anderen eine Zigarette, von der sie gerade einen langen Zug auf das Wohl der zuschauenden Menge nimmt. Ein Anblick ist das! Der *mokaddem* weiss nicht mehr, wohin er für seinen Rapport blicken muss, auf Samiras Schenkel oder das, was sie umgibt.

»Los geht's!« Dschaafar fordert uns auf, unsere Plätze einzunehmen.

Wir werden die Szene drehen, in der wir in das Juweliergeschäft gehen, um die Örtlichkeiten auszukundschaften und unseren Coup vorzubereiten. Kaïs ist eine Wucht, und ich habe ein klasse Outfit! Um zu vermeiden, dass der Juwelier mich erkennt, wurde alles an mir verändert – Kleidung, Frisur, Make-up. Man hat mir eine braune Kurzhaarperücke aufgesetzt, einen Bob. Und mir ein grünbraunes Ensemble angezogen, das aus einer Hose und einem passenden Jackett besteht. Dazu eine weisse Bluse und eine Schulmappe.

Ich gebe mich als Lehrerin aus. Und Kaïs als meinen Verlobten, mit dem ich in ein Juweliergeschäft gehe, um einen Ring für mich auszusuchen. Die Umstehenden können es kaum fassen, dass ich es bin. Es haut sie fast aus den Socken.

»Action!«

Das war Pferdegebiss. Ich bin an der Reihe.

»Gehst du zuerst rein, und ich folge dir?«, frage ich Kaïs, bevor wir die Tür des Juweliergeschäfts erreichen.

»Wir haben das doch schon besprochen. Ich gehe vor und halte dir die Tür auf«, antwortet Kaïs und trabt voraus zum Geschäft.

»…«

Ich müsste etwas sagen. Keine Ahnung, was. Ich habe es vergessen. Kaïs dreht sich zu mir um. Sieht mich an. Wartet darauf, dass ich sage, was ich sagen muss. Hinter ihm sehe ich Fusia, sie hat den Kopf in den Nacken geworfen, so sehr muss sie über meinen Anblick in dieser Kulisse lachen. Keine Ahnung, was ich sagen muss. Verdammt, ich weiss nicht mehr, was ich sagen muss.

»Cut!«

Pferdegebiss hat der Kamerafrau gesagt, dass sie die Aufnahme stoppen soll.

»Noch mal auf Anfang!« Sie dreht sich zu mir. »Dschmiaa, konzentrier dich bitte.«

Es ist mir wieder eingefallen. Ich hätte »Schon, aber das war kein guter Plan« sagen sollen. Ich gehe zurück in meine Ausgangsposition.

»Action!«

»Gehst du zuerst rein, und ich folge dir?«

»Wir haben das doch schon besprochen. Ich gehe vor und halte dir die Tür auf.«

Fusia, diese Gans, lacht immer noch. Sie hat sich nicht vom Fleck gerührt. Selbst Baschir lacht jetzt.

»Nein, nicht so, lass uns dort langgehen«, erwidere ich und sehe Kaïs an.

Kaïs schaut mich stumm an. Ich weiss nicht mehr genau, was ich gesagt habe, aber es war wohl nicht das Richtige.

»Cut!«

Schon wieder Pferdegebiss. Ich sehe zu ihr rüber.

Sie zieht den Kopf aus ihrem schwarzen Kasten. Mit einem Blick bedeutet sie mir, ich solle mich konzentrieren, der Mund sagt ruhig: »Zurück in eure Positionen. Noch mal auf Anfang.«

Kaïs dreht sich von mir weg und geht zurück in seine Position. Mir ist heiss in meinem Outfit. Die Jacke ist zu eng. Vor allem da in der Taille. Pff, alles klebt. Auch der Bob macht mich langsam wütend. Diese Hitze. Ich kenne mich. Wenn es überall klebt, werde ich wütend. Ich darf nicht steckenbleiben, wenn so viele Leute zuschauen.

»Action!«, sagt Pferdegebiss.

Wir fangen an.

»Gehst du zuerst rein, und ich folge dir?«, frage ich.

»Wir haben das doch schon besprochen. Ich gehe vor und halte dir die Tür auf.«

»Action!«

Was soll der Scheiss?

»Action! Action! Hallo? Ja, Madame Rhimou?«

Das Gebrüll kommt von irgendwoher hinter der Abschrankung. Als ich rüberblicke, lachen einige, andere drehen den Kopf, um zu sehen, woher es tönt.

»Action!«

Es kommt von links. Irgendwo hinter Baschir steht diese alte Gans Mbarka und schreit, wie sie es sonst macht, wenn *bin-ou-bin* an ihr vorbeilaufen und sie ihnen ihren Schlüpfer präsentiert. Die Hände in die Hüften gestemmt, torkelt sie rufend auf die mittlere Gruppe zu, wo alle versammelt sind.

»Action!«

Die Leute wissen nicht mehr, wohin sie schauen sollen. Zu mir, wo der echte Film ist, oder zum Film, den die Verrückte gerade in ihrer Ecke produziert. Sie watschelt auf die Gruppe zu. Ihre Dschellaba hat sie bis zu den Knien hochgezogen, sie hält die Falte an der Taille fest. Ihr Mund ist weit über die Ränder hinaus mit Lippenstift beschmiert.

Die Leute lachen und schauen zu ihr und zu Pferdegebiss, um zu sehen, was sie nun macht. Sie haben gemerkt, dass Pferdegebiss die Chefin ist, die sagt, wo's langgeht. Sie ist ratlos.

Mbarka ist verrückt. Ich wechsle einen Blick mit Samira, habe kaum Zeit aufzulachen, da packt schon einer der Bullen die Alte am Kragen und zieht sie rückwärts weg. Mit so viel Schwung, dass sie auf den Hintern plumpst. Ein anderer Bulle eilt dem Kollegen zu Hilfe.

Mbarka hat noch nicht kapiert, was vor sich geht – vor lauter Lippenstift sieht man von ihrem Gesicht nur den Mund, der ein grosses »O« formt. Samira und ich lachen uns krumm. Das ganze Viertel lacht sich krumm. Die Bullen bringen sie weg, um ihr an der Strassenecke ein paar Ohrfeigen zu verpassen, während sie herumstrampelt.

»He, halt, halt, was machen Sie da? Lassen Sie sie los!«

Pferdegebiss ist jetzt von ihrem Stuhl aufgesprungen und läuft zu den Bullen. Mensch, was will die wieder?

»Lassen Sie sie los! Halt, halt!«

Blitzschnell erreicht Pferdegebiss die Abschrankung. Versucht, auf die andere Seite zu kommen. Fusia weicht zurück und guckt, ob Pferdegebiss es drüberschafft oder nicht. Ein Bulle stellt sich hinter sie.

»Lass mal, Madame, wir kümmern uns darum«, sagt er auf Französisch.

Doch sie versucht weiter, sich über die Abschrankung zu schwingen. Der Bulle weiss nicht mehr weiter.

»Lass mal, Madame, lass mal.«

Wie höflich der Schuft mit ihr redet. Gewöhnlich zückt er direkt den Knüppel, sobald sich jemand einer Abschrankung nähert, und heute traut sich der Schlappschwanz nicht mal, sie am Arm zu packen. Seine Hand nähert sich immer wieder ihrem Ellbogen, ohne dass er sie anfasst.

»Setz dich wieder, Madame, wir kümmern uns«, sagt er und schenkt ihr einen Blick voller Liebe.

»Alles in Ordnung, klar! Was soll das heissen, Sie kümmern sich? Schauen Sie doch, wie grob man sie behandelt!« Pferdegebiss deutet mit ihrem dürren Finger auf die Irre, die sich immer noch von den beiden Bullen rückwärts wegzerren lässt und dazu fuchtelt und schreit, man solle sie loslassen.

Chalid, ein Junge, der mit uns am Set arbeitet, mischt sich ein. Er packt Pferdegebiss am Ellbogen. Ich setze mich neben Samira, trinke einen Schluck von ihrer Fanta und zünde mir eine Kippe an. Wenn wir eh nicht drehen, kann ich es mir auch bequem machen und das Schauspiel geniessen. Der *mokaddem* ist aufgestanden. Nun scharen sich alle um Pferdegebiss.

Die Holländer bilden mit ihr ein Team für Menschenrechte. Die Marokkaner und die Bullen versuchen ihnen klarzumachen, dass die Dreharbeiten fortgesetzt werden müssen. Dass der Alten nichts passieren wird. Selbst Fusia und Rabia mischen sich ein.

»Nein, Madame, dorthin«, sagt Fusia mit heiligem Ernst auf Französisch zu Pferdegebiss.

Alle Mädchen lachen. Auch Samira und ich. Das beflügelt Fusia.

»Ja, Madame, dorthin«, sagt sie und fügt, immer noch auf Französisch, »die warten auf dich« hinzu.

Chalid bittet Pferdegebiss und ihre Leute beiseitezutreten, er werde die Sache regeln. Dann geht er zu den Bullen. Und kehrt zu Pferdegebiss zurück, um ihr zu sagen, dass alles in Ordnung sei. Diese verkündet, die Dreharbeiten würden erst fortgesetzt, wenn die ältere Dame – so nennt sie die Irre – wieder an den Ort zurückgekehrt sei, von dem die Bullen sie weggezerrt hätten.

Chalid würde ihr am liebsten eine runterhauen, das ist offensichtlich.

Würde ich an seiner Stelle ehrlich gesagt auch. Manchmal ist Pferdegebiss wirklich ätzend. Doch Chalid sagt nichts und geht nochmals zurück, um das Problem zu lösen. In der Geschichte, die er den Polizisten erzählt, müssen blaue Geldscheine* vorkommen, denn gleich darauf lassen sie die Verrückte ziehen.

Mbarka kommt wieder in unsere Richtung, zieht im Laufen die Dschellaba zurecht und blickt zurück, um sich zu vergewissern, dass die Bullen ihr nicht folgen.

Sie hat begriffen, dass die Bullen sie dank der Filmleute haben laufenlassen, also wirft sie den Bullen einen hochmütigen Blick zu. Pferdegebiss geht zu ihr, keine Ahnung, was sie sagt, aber Chalid öffnet die Abschrankungen, um die Verrückte reinzulassen. Mensch, das gibt's doch nicht!

Jetzt kriegt sie einen Stuhl. Und ebenfalls eine Fanta. Das gibt's doch nicht! Schau nur! Jetzt spielt sie das Opfer. Zeigt Pferdegebiss die Narben an ihren Beinen. Die Narben an ihren Ellbogen. Das Fieberbläschen unter dem Lippenstift, den sie am Ärmel ihrer Dschellaba abwischt. Die spinnt total! Und ihr alle genauso, wenn ihr ihrem Zirkus so viel Beachtung schenkt! Dabei wäre es besser, ihr würdet euren Taschen Beachtung schenken. Die leert sie euch nämlich in null Komma nichts.

Aber ich rege mich jetzt wieder ab, weil es nicht mein Problem ist. Soll die Verrückte ruhig ihre Show abziehen, solange sie kann. Glaub mir, die Bullen dort drüben warten jetzt ruhig, bis die Holländer mit ihrem Krempel weg sind, und dann nehmen sie sie in die Zange und drücken dermassen fest zu, dass die Fanta wieder aus ihr raussprudelt.

»Dschmiaa, mach dich bereit, es geht weiter.«

Das war Dschaafar. Na endlich! Ich richte die Hose und die Bluse und lasse ein lautes Schnaufen hören, damit alle wissen, dass sie mir mit ihrem Quatsch auf die Nerven gehen. Kinder! Das sind doch alles Kinder!

MAI

Donnerstag, den 5.

Gestern habe ich zum ersten Mal seit Drehbeginn den Ruhetag in meinem Viertel verbracht. Du hättest sehen sollen, wie ich dort empfangen wurde.

Zuerst ging ich zu Hause vorbei, um nachzusehen, ob in meinem Zimmer alles in Ordnung ist. Nach einem Viertelstündchen machte ich mich schon wieder auf den Weg. Ich trug eine neue Dschellaba. Grün, mit gelben Borten. Dazu ebenso neue Sandalen und das Haar offen. Oder anders gesagt: Ich hatte mich hübsch zurechtgemacht. Noch bevor ich das Erdgeschoss erreichte, begannen mich schon Leute aufzuhalten, um mit mir zu reden. Als Erstes begegnete ich Okraïscha. Stell dir vor, sie lud mich zu sich auf einen Tee ein. Ich durfte zum ersten Mal ihre Wohnung betreten. Sobald Samira und ich Platz genommen hatten, brachte sie uns *msemmen,* Honig, Olivenöl, Oliven und einen Tee, der so süss war, wie man ihn sich nur wünschen kann.

Ihre Tochter und sogar ihre Mutter waren da, sie ist im Moment bei ihr, um irgendwelche gerichtlichen Angelegenheiten zu regeln.

Ich zeigte ihr, dass sie nicht die Einzige aus guter Familie ist. Auch Samira war auf der Höhe. Als ich langsam aufbrechen wollte, weil die Uhr unerbittlich tickte und ich auch die anderen sehen wollte, forderte ich sie mit einem diskreten Nicken auf, den Abschied einzuleiten. Samira dankte Okraïscha für den Empfang, den sie uns bereitet hatte, und sagte, wir müssten nun gehen, weil wir noch viele Dinge zu erledigen hätten. Ich müsse Leute treffen, und später erwarte man mich im Hotel zur Vorbereitung des morgigen Drehs. Ich pflichtete ihr bei und schob eine Ladung Entschuldigungen nach. Okraïscha sagte, sie könne das gut verstehen und wir seien jederzeit willkommen, für sie sei es ein grosser Tag, dass sie uns habe empfangen dürfen. Dann begleitete sie uns zusammen mit ihrer Tochter in den Flur hinaus. Eigentlich ist sie sehr nett, die Dame. Wir kannten sie vorher einfach nicht.

Danach gingen wir raus, und auf der Strasse war es der reine Wahnsinn. Alle kamen, um mich zu begrüssen, alle wollten einen Tee mit mir trinken. Alle wollten wissen, wie es auf der anderen Seite ist.

Ich hatte damit gerechnet, dass man sich auf mich stürzen würde, und einen Zweihunderter für eine Kneipentour mitgenommen. Wir gingen mit den Mädchen in ein Café, in jenes von Abdelali. Wir waren zu sechst. Samira und ich, Rabia, Fusia und zwei andere, die du noch nicht kennst. Nadschiba und Kebira. Wir setzten uns in den Innenraum, bestellten zwei grosse Kannen

Tee und alles mögliche Gebäck. Lachten, tranken und assen.

Ich erzählte davon, wie es mit den Filmleuten läuft. Wie viel Vorbereitung es braucht, bevor man dreht. Erzählte von den Texten, der Maske, der Beleuchtung, den Kostümen, den Aufgaben der Continuity. Sie erfuhren von mir Dinge, die sie sonst nie erfahren hätten. Ich erzählte ihnen auch, was man dort über mich sagt. Dass etwa Maaisu zu mir gemeint hat, er habe noch nie jemanden gesehen, der sich so schnell anpassen könne wie ich.

Sie sassen mit aufgerissenen Mäulern da, während ich redete. Auch Abdelali und sein Kellner. Die beiden taten so, als würden sie die Tische ringsum in Ordnung bringen, nur um mithören zu können, was wir sagten. So redete ich lauter, um sie nicht zu quälen und damit sie mich ohne Anstrengung hören konnten.

Ich zeigte den Mädchen Handyfotos von mir – im Hotel, neben dem Pferd, dem Pool, im Restaurant. Mit den Holländern. Mit Pferdegebiss. Mit Hasna und Wafaa, während sie mich schminken und frisieren. Mit der Kostümbildnerin, der blonden Hünin. Mit Nasser, dem Chauffeur, neben dem Auto. Alle meine Aufnahmen zeigte ich ihnen. Auch die von meinem Zimmer. Alles.

Wir sassen gut zwei Stunden im Café. Als es ans Bezahlen ging, weigerte sich Abdelali, mir die Rechnung zu bringen. Ich gab mir alle Mühe der Welt, bezahlen zu dürfen. Aber er weigerte sich, auch nur einen Rial anzunehmen. Vor dem Gehen versprach ich, den Filmleuten – die ich jetzt alle gut kenne – zu empfehlen, zum Essen in sein Café zu kommen. Dann gingen wir.

Ich spazierte weiter durch das Viertel und plauderte mit den Mädchen. Wir gingen am Markt vorbei, beim Konditor, an der Avenue, am Pommercy. Allen widmete ich ein bisschen Zeit. Auch Hamid.

Aber als ich an Hadschar vorbeikam, die auf den Stufen sass – wie ein trocknendes Stück Scheisse –, behandelte ich sie und ihre Freundin wie Luft. Soll sie ruhig zu ihrem Buschaïb rennen und ihm erzählen, was aus mir geworden ist, dann kann er sich grün und blau darüber ärgern, dass er sich für sie entschieden und es gewagt hat, mir gegenüber handgreiflich zu werden. Weisst du, ausser ihm werde ich allen vergeben. Hamid, meinem Mann, der gegangen ist und mich im Stich gelassen hat. Mouy, die meine Tochter behalten und mir den Rücken gekehrt hat, als hätte sie mich nie zur Welt gebracht. Hussin, der mir in all diesen Jahren einen Teil meines hartverdienten Geldes abgeknöpft hat. Ich werde allen verzeihen. Nur ihm, ihm werde ich nie verzeihen.

Freitag, den 20.

Heute ist Freitag. Ich bin zu Hause in meinem Zimmer. Die Dreharbeiten sind zu Ende.

Ich habe meine dreieinhalb Millionen bekommen, dazu alle Kostüme, die für mich angefertigt worden waren, Schminksachen, Taschen und Kopftücher. Man hat gut für mich gesorgt.

Vor dem Abschied gab es eine grosse Party im Hotel, und wir verbrachten den letzten Abend alle zusammen. Das war vor einer knappen Woche, aber für mich ist es schon so weit weg, als hätte es nie stattgefunden.

Am Schluss der Party machten wir ein Gruppenfoto.

Gestern hat Pferdegebiss mir einen schwarzgerahmten Abzug davon vorbeigebracht. Der Rahmen ist einfach und schmal, aber das Foto ist grossartig, ich habe es gegenüber meiner Matratze an die Wand gehängt.

Alle sind drauf. Wir stehen hinter dem Pool, auf der Dachterrasse. Man sieht das Wasser glitzern, die Lichter, die Kerzen … alles.

Ich bin mittendrin, neben Pferdegebiss. Und trage ein langes rotes Kleid, das ich neulich in Maârif gekauft habe. Kaïs steht auf der anderen Seite neben Pferdegebiss. Und alle anderen umringen uns. Alle lachen. Einen Augenblick davor habe ich einen grandiosen Jubeltriller ausgestossen. Er steht mir noch ins Gesicht geschrieben.

Heute hatte Pferdegebiss ihren Flug. Die Holländer sind abgereist, die Marokkaner sind in alle Winde zerstreut. Alle sind weg.

Nur ich sitze noch hier.

Und habe keine Ahnung, was aus alldem werden soll.

2013

APRIL

Dienstag, den 23.

Nie im Leben errätst du, wo ich gerade bin. Nie im Leben. Ich sitze im Flugzeug.

In einem Flugzeug, das mich nach Amerika bringt. Genau, nach Amerika. In die Vereinigten Staaten von Amerika, wie die Leute sagen.

Und ich sitze heute schon zum zweiten Mal am selben Tag in einem Flugzeug. Das erste brachte mich vom Flughafen Mohammed V. nach Frankreich, wo wir umstiegen. Und jetzt sitze ich in diesem hier.

Mein Platz ist am Fenster. Es ist klein und rund. Draussen regnet es in Strömen. Als wir in Casablanca starteten, brannte die Sonne erbarmungslos vom Himmel. Gott allein weiss, welches Wetter uns in Amerika erwartet.

Die Nichte unserer Nachbarin Fatma in Berrechid, Saïda, die dort lebt, hat gesagt, es sei kalt. Manchmal schneie es so viel, dass die Kinder eine Woche Schule verpassten. Deshalb habe ich einen langen Wollschal, dicke Socken und Mouys grüne Winterdschellaba mitgenommen, eine, die sie sich letztes Jahr hat schneidern lassen, bevor sie ihre Schwester im Landesinneren besuchte.

Wenn wir schon von Mouy reden, du hättest die Ärmste vorhin am Flughafen sehen sollen. Sie heulte sich fast die Augen aus dem Kopf, als ich mich von ihr verabschiedete. Weder meiner Tochter noch meinen Brüdern, noch ihren Frauen, noch ihren Kindern und nicht mal dem Polizisten, der danebenstand, gelang es, sie zu beruhigen.

Sie hörte erst auf, als ich durch den Zoll ging, wo nur durchdarf, wer Pass und Ticket hat. Dort blieb sie stehen, starrte mit leerem Blick verloren in die Ferne. Versetz dich mal in ihre Lage: Deine einzige Tochter geht nach Amerika, und Gott allein weiss, was sie dort vorfinden wird … Ich kann sie verstehen. Selbst ich habe vor meiner Abreise lieber alle um Verzeihung gebeten. Man weiss nie, plötzlich passiert unterwegs etwas, und dann heisst es dort oben Rechenschaft ablegen.

Die Frau, die neben mir herging, als ich am Flughafen die Polizeikontrolle passierte, hatte Mitleid mit mir, als sie meine Mutter in diesem Zustand sah. Die Ärmste, eine gute Frau. Sie wohnt mit Mann und Kindern in Frankreich. Seit dreissig Jahren ist sie dort. Ihre Kinder sind schon gross, und nun war sie in Marokko, weil ihre Mutter, Gott habe sie selig, erkrankt war.

Ich bin ihr dort begegnet, wo man die Koffer hinlegt, damit sie ins Flugzeug geschafft werden. Mir war nicht so klar, was ich tun musste, und so fragte ich sie, und sie sagte, ich solle ihr einfach folgen. Sie zeigte mir alles. Als wir in Frankreich ankamen, begleitete sie mich bis zum Korridor, der zum Flugzeug führte, in dem ich jetzt sitze. Ich schwöre, ohne sie hätte ich es unmöglich bis hierher geschafft. Sie gab mir übrigens auch ihre Telefonnummer und sagte, ich solle sie mal besuchen, wenn ich in Frankreich sei.

Weiss der Himmel, was mich in diesem Amerika erwartet! Ich fliege nach San Francisco. Pferdegebiss hat mir die Stadt auf der Weltkarte gezeigt. Sie liegt auf der anderen Seite der Erdkugel. Man überquert den ganzen Atlantik, und wenn man den Anfang von Amerika erreicht hat, ist es bis nach San Francisco noch einmal so weit, wie du schon gereist bist. Erst dann kommst du an. Aber davon bin ich noch weit entfernt.

Wir sind gerade fertig mit dem Essen. Ich bin regelrecht über das Tablett hergefallen, das wir zum Abendessen gekriegt haben. Ich habe alles weggeputzt. Um ehrlich zu sein, ich koste die Reise aus. Würde ja jeder machen. Vor allem wenn man weiss, wie teuer das Ticket war. Ich habe es nicht aus eigener Tasche bezahlt, aber die Dame in einem Reisebüro in der Stadt hat mir den Preis gesagt. Eine Million achthunderttausend Franc, unglaublich, oder? Nun sehen wir uns gleich den Film an, den Pferdegebiss und ich ausgesucht haben, danach mache ich ein Nickerchen. Ich habe mich für einen Hindi-Film entschieden, der höchst vielversprechend klingt. Mit Shah Rukh Khan*. Und dieser anderen Bombe von Schauspielerin, an deren Namen ich mich nicht erinnern kann.

Ich habe einen Fernsehbildschirm für mich allein, er ist am Rücken des Sessels der Person befestigt, die vor mir sitzt. Ich habe die Schuhe ausgezogen, die Socken übergestreift, die man bekommt, und den Sitz in die längstmögliche Position gekippt. Sogar zugedeckt habe ich mich. Mit der Decke, die man beim Einsteigen kriegt.

Weisst du, jetzt bin ich entspannt und habe mich schon ein wenig an all das gewöhnt, aber heute früh am Flughafen wusste ich echt nicht, wo mir der Kopf steht. Auch wenn Samira und ich die Reise gut vorbereitet haben. Und zwischendurch, obwohl der Plan lautet, dass ich gut aufpassen werde, überrumpelt mich trotz allem mein Mund und lässt es zu, dass meine Zunge raushängt, weil einfach alles so unvorstellbar ist.

Wer hätte gedacht, dass ich, Dschmiaa, nach Amerika reisen würde, weil der Film, in dem ich mitspiele, auf einem Festival gezeigt wird? Als Pferdegebiss mich vor drei Monaten aus Holland anrief, um mir Bescheid zu geben, dass der Film in Amerika laufen wird, glaubte ich ihr nicht. Im Übrigen glaube ich es auch jetzt, im Flugzeug, noch nicht. Echt wahr.

Ich erinnere mich, womit ich genau in dem Moment beschäftigt war, in dem sie anrief. Es war an einem Freitag. Nach Drehende hatte ich meine Arbeit, mein schäbiges Leben und die alten Gewohnheiten wiederaufgenommen. Das Geld vom Film war ausgegeben. Die

Filmkameras gehörten der Vergangenheit an. Abdelalis Grosszügigkeit war versiegt. Okraïschas Höflichkeit verflogen. Das Lächeln des *mokaddem* erloschen. Nichts war übrig von alldem. Übrig waren nur ich selber, meine Kostüme und das einsame Foto an der Wand in meinem Zimmer.

Wäre ich eine von Halimas Schlag, hättest du auch mich in Tränen aufgelöst antreffen können, vertieft in den Anblick des Fotos, erfüllt von Verzweiflung über mein Schicksal, während mir der Rotz aus der Nase strömt ... Aber gut, jede hat ihre Art.

Ich sass an diesem Freitag gerade vor einem Bier, und es schlug sieben Uhr.

»Hallo?«

»Hey, Dschmiaa, heute ist ein grosser Tag! Pack deine Sachen!«, schrie Pferdegebiss ins Telefon.

Bis ich ihre Erklärungen kapiert hatte, war sie schon nicht mehr am Apparat. Ich war wie versteinert.

Erst am nächsten Tag drang die Sache langsam in mein Bewusstsein. Zuerst rief ich Pferdegebiss an, um sicherzugehen, dass mir nicht einfach die Phantasie einen Streich gespielt hatte. Man weiss nie, bei all dem Zeug, das ich schlucke. Nach dem Anruf, als ich es endlich glauben konnte, setzte ich Himmel und Hölle in Bewegung, und alles bewegte sich mit.

Ich machte mein ganzes Geld locker und schmierte alle möglichen Leute, um einen Pass zu bekommen. Und davor erneuerte ich meinen Personalausweis. Ich liess mein Geld sprudeln, um alle Chancen auf meine Seite zu holen. Bestach den Kaid*, den *mokaddem,* den Kerl von der *wilaja**, die Kumpel von Samiras Freund Asis, alle. Fast mein ganzes Geld ging für die Behördengänge drauf. Ich rief Leute an, die ich kannte, und solche, die ich nicht kannte. Solche, die meinen Arsch kannten, solche, die mich gewöhnlich verarschten.

Ich könnte nicht sagen, wer genau aktiv wurde, aber ich kann sagen, dass es funktioniert hat.

Letztlich gingen all die Tage, an denen ich mich so ins Zeug legte, unbemerkt an mir vorüber. Wirklich Schiss bekam ich erst, als ich meinen Pass hatte. Schiss, die ganze Sache könnte aus irgendeinem Grund noch platzen. An dem Tag, an dem ich für das Visum aufs amerikanische Konsulat ging, verlor ich bestimmt fünf Kilo, und das, bevor ich beim Kerl mit den Fragen anlangte. Alles nur vom Schwitzen.

Jedes Mal, wenn jemand etwas zu mir sagte, dachte ich: Schluss und aus, jetzt schickt man mich weg. Und jedes Mal, wenn ich doch weiterdurfte, dachte ich: Wenn nicht jetzt, dann beim nächsten Mal. So lief es, bis ich vor einem Mann mit rotem Schnurrbart stand, einem Amerikaner, der wissen will, warum du ein Visum brauchst und was du dort drüben vorhast. Er spricht Marokkanisch. Nicht Englisch. Es ist das amerikanische Konsulat, aber man redet Marokkanisch mit dir. Echt stark, diese Leute, nicht?

Ich stand Schlange auf der Strasse, dort, wo die Polizei und die grossen Metalldinger stehen, die an mit Blumen bepflanzte Mülltonnen erinnern. Die haben sie aufgestellt, nachdem ein Durchgeknallter sich vor langer Zeit mal vor dem Konsulat in die Luft gesprengt hat. Dann stand ich ein zweites Mal Schlange, auf der anderen Strassenseite hinter der Abschrankung, wo eine weitere Flut an Bullen Papiere und Termin überprüfen. Ich durfte weiter.

Ich stand Schlange vor einem Schalter im Eingangsbereich, hinter dem ein Idiot steht, der mit dir redet, als wäre er Obama höchstpersönlich, nur in Weiss. Ich durfte weiter.

Danach folgte ich den Menschenmassen bis an einen Ort, wo man dich durchsucht und du dein Handy zurücklassen musst. Auch dort durfte ich weiter.

Keine Ahnung, wie ich das gemacht habe, aber ich durfte jedes Mal weiter. Als ich schliesslich zu diesem Typen mit dem roten Schnurrbart gelangte, hatte ich Schiss wie noch nie in meinem Leben.

Dann war er mit seinen Fragen fertig, sagte, ich bekäme meinen Pass mit dem Visum in zwei Tagen zurück, und lächelte mich an. Ich blieb stehen, um zu hören, wie es weiterging. Rührte mich nicht vom Fleck. Bis er mit noch breiterem Lächeln sagte, ich könne gehen. Da machte ich mich schleunigst aus dem Staub, weil ich Schiss hatte, er könnte seine Meinung ändern.

Wahrscheinlich hat ihn die Sure geblendet, die ich still für mich wiederholt hatte, bis ich vor dem Schalter stand. Oder sonst lag es am Beutel voller Schwarzkümmel, den mir der *fkih* gegeben hat und der zwischen mir und den anderen eine unsichtbare Wand hochzog, damit man mich nicht sah. Oder vielleicht habe ich irgendwann mal eine gute Tat begangen, ohne mich daran erinnern zu können. Keine Ahnung.

Jedenfalls stellte der Kerl mir fast überhaupt keine Fragen. Er schaute sich die Unterlagen an, die Pferdegebiss mir gegeben hatte, sah mein Flugticket, fragte, ob ich meine Tochter bei meiner Mutter lassen würde, und wünschte mir eine gute Reise. Das war alles.

Zwei Tage später holte ich meinen Pass ab und ging zum Busbahnhof. Kaufte einen Fahrschein und fuhr zu Mouy. Direkt, ohne Umwege. Ich hatte sie zwei Jahre lang weder gesehen noch gesprochen. Zwei Jahre.

Was Samia betrifft, brauche ich wohl nicht zu erwähnen, dass ich sie nie und nimmer wiedererkannt hätte, wenn sie nicht in meinem Bauch herangewachsen wäre. Als ich sie erblickte, fühlte ich mich, als hätte mir jemand einen Schlag verpasst. Plötzlich spürte ich das Gewicht dieser zwei Jahre auf mir lasten. Im tagtäglichen Leben hat man keine Zeit, sich Fragen zu stellen, aber es gibt Momente, in denen man zwar nicht weiss, warum, aber gewisse Dinge plötzlich fühlt. In diesem Moment fühlte ich jedenfalls, dass Samia mir gefehlt hatte.

In Berrechid war alles genau so, wie ich es zurückgelassen hatte. Einschliesslich dem Hausschlüssel auf dem Sims.

Ich wusste, dass ich Mouy bei meiner Ankunft allein antreffen würde, und tauchte wie eine Erscheinung bei ihr im Wohnzimmer auf. Bevor sie den Kopf heben konnte, um zu sehen, wer gekommen war, küsste ich ihr schon die Füsse, die rechte Hand mit dem Pass in die Luft gestreckt.

Atemlos bat ich sie um ihren Segen. Ohne diesen würde ich nirgendwohin reisen, kein Flugzeug besteigen. Weder nach Amerika noch nach Schweden, noch sonst wohin. Ich würde nicht an dieses Filmfestival in Amerika reisen, als Hauptdarstellerin eines Films. Ich würde nicht nach Amerika reisen, um mir dort einen Job zu organisieren. Ich würde nicht nach Amerika reisen, um für mich und meine Tochter eine Zukunft aufzubauen. Ich würde nicht Geld verdienen gehen, um jeden Monat stattliche Schecks schicken zu können. Ich würde kein neues Leben drüben anfangen. Stattdessen würde ich ihr die Füsse küssen und bei ihr bleiben, bis ich ihren Segen hätte. Erst dann würde ich aufbrechen.

Während ich redete, streckte ich ihr einen Umschlag mit Geld zu, das sie aufbewahren sollte für den Fall, dass mir auf der Reise etwas zustossen würde.

Ich weinte an diesem Tag. Ich weinte so lange, wie ich weinte, und als ich ausgeweint hatte, zog sie mich auf die Beine und vergab mir. So bin ich abgereist.

Mittwoch, den 24.

Mensch, wir sind in Amerika. Wir sind da. Das Taxi fährt über eine Autobahn, wie du sie noch nie gesehen hast. Ich schaffe es nicht mal, zu zählen, wie viele Spuren es diesseits und jenseits der Abschrankung sind, die die beiden Richtungen trennt. Vier? Fünf? Sechs? Mein Hals ist zu kurz. Von überall her tauchen Autos auf. Bevor du Zeit hast, dich zu fragen, woher auf einmal eins gekommen ist, überholt dich schon das nächste und lässt dich weit hinter sich. Als sässe hinter uns eine Riesin mit gespreizten Schenkeln und würde eins nach dem anderen gebären. Wobei ihre Leibesfrucht es ziemlich eilig hätte, sich mit der Welt zu vermengen. Fatmas Nichte hat Quatsch erzählt. Kalt, in Amerika? Die Sonne knallt so was von runter, dass du und deine Sippschaft auf der Stelle erblinden würdet! Pferdegebiss hat ihre dunkle Brille aufgesetzt und schaut aus dem Fenster, ihr unauslöschliches Lächeln auf den Lippen. Dabei hat diese Gans die Tüte mit den im Flugzeug gekauften Zigarettenstangen verloren, aber das scheint ihr völlig egal zu sein. Ihre Lippen sind glücklich.

Meine auch, glaube ich. Kaum waren wir aus dem Flughafen raus, qualmte ich nacheinander zwei Zigaretten, von meinen. Das stellte mein seelisches Gleichgewicht wieder her.

Mensch, ich bin in Amerika. Kaum zu glauben. Ich bin in Amerika angekommen.

Was für eine tolle Brücke da vorne! Was heisst da eine: viele. Sie führen in alle Richtungen. Wie Spinnenbeine. Wir fahren unter einer durch.

Rechts und links fängt es wieder an mit den grauen Mauern. Seit wir den Flughafen hinter uns gelassen haben, sieht man manchmal ein Stück Stadt – Bäume, Häuser, Läden wie Marjane*. Aber manchmal sieht man auch nur Mauer.

Gott allein weiss, was sich dahinter befindet. Aber es ist sicher nicht wie bei uns. Bestimmt geht es nicht darum, etwas zu verschleiern. Bestimmt gibt es kein Wellblech, keinen Schmutz, keine Lumpen, die verdeckt werden müssen.

»Was verbirgt sich hinter diesen Wänden?«, frage ich Pferdegebiss.

»Wo?« Sie sieht zu mir rüber und zeigt darauf. »Das da?«

Ich nicke.

Sie verzieht kurz die Lippen, um mir zu verstehen zu geben, dass da nichts Besonderes sei, und sagt: »Nichts Besonderes. Dahinter sind einfach Wohnviertel. Man zieht Wände hoch, damit die Bewohner ihre Ruhe haben.«

Die behauptet einfach irgendwas. Kein Mensch wohnt hinter diesen Wänden. Ich habe in der ganzen Zeit, seit wir hier im Auto sitzen, weder Brücken für Fussgänger gesehen noch irgendwelche Durchgänge, damit sie überhaupt rauskönnen.

Tja, wenn ich Englisch könnte, hätte ich den Taxifahrer gefragt. Er weiss bestimmt, was dahinter ist. Taxifahrer wissen immer über alles Bescheid. Pferdegebiss bildet sich ein, alles zu wissen, weil sie in Holland lebt. Hallo, Pferdegebiss, wach auf, wir sind in Amerika! Da gibt es Dinge, die selbst du dir nicht vorstellen kannst.

Mensch, mir ist schwindlig. Keine Ahnung, wie spät es ist. Ich habe diese Verrückte gefragt, als wir ankamen. Sie sagte, es sei Dienstagabend, halb sieben. Dabei sind wir am Dienstagvormittag um halb elf gestartet, und die Zeiger auf dem Zifferblatt haben sich mehr als einmal ganz rumgedreht. Keine Ahnung, wie sie das ausgerechnet hat. Ich versuche gerade selber zu einem Resultat zu kommen, aber ich kriege es nicht auf die Reihe.

»Schau mal dort. Schön, was?«, sagt Pferdegebiss.

Ich beuge mich rüber, um die Häuser und ganz hinten zu unserer Rechten das Meer zu betrachten. Auf der anderen Seite hingegen ragt ein Berg in die Höhe, ähnlich wie der in Agadir, auf dem »Gott, Vaterland, König« steht.

Ich war nur ein einziges Mal in Agadir. Da war ich so hackevoll, dass ich mich nur an diesen Berg erinnern kann. Aber das ist ohnehin das Einzige, woran die Leute sich erinnern, wenn sie dorthin gefahren sind.

Auch hier hat man den Berg beschriftet, wie bei uns. Weiss, direkt auf den Boden.

»Wie lautet hier der Leitspruch?«, frage ich Pferdegebiss und zeige auf den Schriftzug am Berg.

Sie dreht den Kopf, um zu gucken. »Ach das!«, ruft sie und lacht. »Das ist kein Leitspruch. Es bedeutet einfach ›San Francisco Süd, Industriestadt‹.«

»Hmmm.« Ich sehe wieder zu meinem Fenster hinaus.

Ein furchtbares Weibsstück!

MAI

Montag, den 6.

Boah, ist das Essen hier geil! Wenn du sehen könntest, was man hier kriegt. Ich zögerte keine Sekunde, als Pferdegebiss mich fragte, was ich heute Morgen essen wolle: Ein traditionelles Frühstück, das wollte ich. Etwas, was dir ordentlich den Bauch füllt, hundert Prozent amerikanisch. Die verstehen hier echt was vom Essen.

Falls du eines Tages ebenfalls herkommen solltest, musst du genau das bestellen. Vor mir liegen Eier. Ein mit Gemüse gefülltes Omelett. Ich weiss gar nicht genau, was da alles drin ist, es ist so viel. Zucchini, Kräuter, grüne, rote und gelbe Paprika, Zwiebeln. Sogar Tomaten. Und daneben gewürfelte Kartoffeln und Scheiben von diesem Brot, das sie zum Frühstück essen. Na ja, unser eigenes schmeckt ehrlich gesagt besser, aber zur Not geht es. Sie bringen auch kostenlos Butter und Marmelade, nur weil du Eier bestellt hast. Dazu habe ich auch eine Schale mit allem möglichen Obst und Danone drin genommen.

Kuchen nahm ich keinen, weil sich dafür kein Platz mehr gefunden hätte, aber diese Kuchen musst du echt gesehen haben. So was Riesiges ist dir noch nicht untergekommen. Richtig hoch und in Stockwerke unterteilt. Erster Boden, dann Creme, zweiter, dann Creme, dritter, auch da wieder Creme. Es hört nicht auf. Manchmal sind es fünf, sogar sechs Stockwerke.

Zum Trinken habe ich einen Milchkaffee bestellt. Weisst du, die haben hier ein ziemlich bekloppptes System. Wenn du einen Kaffee bestellst oder eine Cola oder irgendwas – einfach nicht Alkohol –, dann bringen sie das Gewünschte und füllen dir bis zum Überdruss immer wieder nach. Sobald dein Glas leer ist, kommt der Kellner oder die Kellnerin und fragt, ob du noch willst. Du kannst dir das Glas auch zwanzigmal nachfüllen lassen. Das geht nur, weil die Leute hier doof sind. Selbst wenn sie als Gruppe kommen, bestellen sich alle einzeln etwas. Statt nur ein Getränk zu nehmen und es sich zu teilen.

Mir kommen die Leute hier ehrlich gesagt ein wenig unterbelichtet vor. Wir haben zwar kein Geld, dafür Köpfchen. Sie haben alles, was sie brauchen, und wissen nichts damit anzufangen. Wenn du zum Beispiel was kaufst, das dir nicht gefällt oder in der falschen Grösse ist oder was auch immer, gehst du damit und mit dem Kassenzettel zurück in den Laden und kriegst dein Geld wieder. Selbst wenn du es schon aufgemacht, schon getragen hast. Ohne auch nur nach dem Grund zu fragen, geben sie dir die ganze Summe zurück, die du bezahlt hast.

Seit ich diesen Trick kenne, habe ich drei Paar Schuhe gekauft. Und drei Taschen. Auch zwei Kopftücher und Socken. Pferdegebiss ärgert sich darüber, weil sie dann den Leuten an der Kasse beibringen muss, dass sie mir das Geld zurückerstatten sollen. Nicht mein Problem. Was geht es mich an, wenn deren Dummheit auch sie kontaminiert hat?

So habe ich jedenfalls noch nichts von den fünfzig Dollar ausgegeben, die Pferdegebiss mir jeden Tag gibt. Ich bin schon bei viertausendzweihundert Dirham angelangt. Viertausendsechshundert, wenn ich den heutigen Tag dazunehme.

Aber das ist es nicht, was mir am besten gefällt. Seit ich hier bin, spaziere ich am liebsten rum und mache Fotos. Im Stadtzentrum vor Gebäuden, die bis in den Himmel emporragen. In Chinatown vor einem Laden, an dessen Tür eine riesige Schildkröte prangt. In einem Restaurant, hinter mir ein riesiges grünes Gebäude und vor mir eine Schale Spaghetti. Neben dem Brunnen im Stadtzentrum mit der Statue einer Frau und ihrer beiden Kinder. Im Park, der ans Meer runterführt. Bei der roten Brücke, von der es heisst, es sei die schönste der Welt. Und sie halte allem stand. Erdbeben, Tsunamis, allem. Es gibt keinen Winkel in der Stadt, in dem ich mich nicht abgelichtet habe.

Nur etwas habe ich nicht abgelichtet. Aber das ist Absicht. Nämlich die Clochards. Himmel, in dieser Stadt wimmelt es von Clochards. Schlimmer als in Casa. Keine Ahnung, wo die verdammt noch mal alle herkommen. Da es Pferdegebiss ist, die die Bilder schiesst, habe ich ihr von Anfang an klar gesagt: »Du darfst mich fotografieren, wo du willst und wann du willst, aber Clochards will ich keine auf meinen Fotos. Wir sind hier in Amerika.«

»Wbuca hnioea ilea moea coffii?«

»Yes please«, antworte ich und strecke ihr meine Tasse hin.

Das war die Kellnerin, die mit ihren Kannen vorbeigekommen ist und wissen wollte, ob ich noch mehr Milchkaffee möchte. Ich habe »ja, bitte« gesagt. Das habe ich schnell gelernt. Das und *thank you, thank you very much, no, how much for this* und *okay.* Das bedeutet »danke«, »vielen Dank«, »nein«, »wie viel kostet das« und, na ja, dass *okay* »einverstanden« bedeutet, ist dir wahrscheinlich klar. Es ist ja gleich wie auf Arabisch. Die Leute sind freundlich hier. Deswegen habe ich all diese Floskeln gelernt. So kann ich mich an der Unterhaltung beteiligen.

Wie neulich, da passierte mir was Superlustiges. Ich war eben aufgewacht, wollte eine rauchen und hatte keine Zigaretten mehr. Pferdegebiss schlief noch tief und fest. Ich zog rasch Dschellaba und Sandalen an, nahm meine Geldbörse und band mir, weil ich mir das Haar bändigen wollte, das erstbeste Kopftuch um. Während ich zum Lebensmittelladen hinter unserem Hotel marschierte, kam auf einmal ein rotes Auto angefahren, in dem zwei Typen sassen.

Sie fuhren an mir vorbei, und ich sah, dass der Beifahrer auf mich zeigte und seinem Kumpel sagte, er solle wenden. Als sie erneut an mir vorbeifuhren, kurbelte der Erste zum Spass die Scheibe runter, setzte ein böses Gesicht auf und richtete den Finger auf mich, als hielte er eine Pistole in der Hand: »Bäm.« Er spielte super, ganz ernsthaft und ohne zu lachen. Mit seinem kahlrasierten Schädel und den Tattoos sah er wirklich böse aus.

Aber er wusste nicht, mit wem er es zu tun hatte. Um ihm klarzumachen, dass auch ich gut spiele, legte ich mir die Hände aufs Herz, als hätte er mich getroffen, und brach auf dem Trottoir zusammen.

Er und sein Kumpel sassen mit aufgerissenen Mäulern da, so gut habe ich das gemimt.

Keine Frage, wenn ich auf diesem Festival einen Preis gewinne, dann liegt es daran, dass ich so super bin.

Ich habe mir ein Abendkleid schneidern lassen. Sobald ich wusste, dass ich reisen würde, bin ich zur Schneiderin gegangen. Es ist das gleiche Outfit wie das von Najat auf ihrem vorletzten Album. Sie trug es auch damals vor langer Zeit bei der Soirée im Fernsehen. Eine rosa *lebssa** mit silbernen Stickereien vorne, am Hals und an den Ärmeln. Und grossen grauen Perlen in goldenen Blumen auf der ganzen Länge der Stickerei in der Mitte. Dazu einen goldenen Sirwal*, der sich an den Knöcheln verengt. Und einen schön breiten Gürtel, aber ohne Perlen, die würden sich nur lösen. Irre, dieses Outfit.

Und damit es wirklich vollständig ist, habe ich – zum ersten Mal in meinem Leben – passende Unterwäsche gekauft. Ein Set aus BH und Slip. Rosa. Beides aus Spitze.

Und wie Najat nehme ich Sandalen mit vergoldeten Absätzen und Ohrhänger dazu. Es ist kein echtes Gold, aber man könnte schwören, es sei echt. Und mein Haar werde ich genauso frisieren wie sie auf dem Foto, das ich mitgenommen habe – ich will am Tag der Feier nichts vermasseln.

Wir werden es nämlich gleich machen wie die Leute beim Filmfestival in Marrakesch, das auf Al Aoula gezeigt wird. Wir werden den Saal betreten, wo das Festival stattfindet, vor den Leuten stehen bleiben, uns ablichten lassen. Es wird Kameras, Journalisten und Leute hinter den Abschrankungen geben. Wie im Fernsehen. Schon an unserem Ankunftstag haben wir an einer Abendgesellschaft teilgenommen, da kriegte man bereits einen Vorgeschmack, wie das laufen wird. Es war in einem Hotel im Stadtzentrum. Wir feierten auf dem Dach, neben einem Pool, wie in Casa.

Eine Menge Leute waren da. Alle gut angezogen. Alle glücklich. Es gab ein Buffet voller Esswaren. Und einen Tisch mit alkoholischen Getränken. Alles war kostenlos.

Was ich mir alles hinter die Binde gekippt habe! Wein, Bier, Wodka, Gin. Ich trank bis zum Umfallen. Als wir aufbrachen, mussten die Schwarzen vom Sicherheitsdienst mich schleppen, um mich ins Auto zu kriegen.

Am nächsten Tag war Pferdegebiss schlecht auf mich zu sprechen. Von wegen so was gehöre sich nicht. Ich verzichtete darauf zu diskutieren. Liess sie einfach reden. Wozu all der Alkohol, wenn die Leute nicht feiern sollen? Ich hatte den Alkohol ja nicht schlecht vertragen, und es war auch nicht zu einer Schlägerei gekommen oder so was. Ich habe getrunken und bin umgefallen, das ist alles.

Ausserdem, sagte ich zu ihr, wäre es nicht passiert, wenn sie den Leuten normales, sättigendes Essen gegeben hätten. Die hatten halbierte Brotscheiben mit kaltem Zeug drauf hingestellt. Sollte das ein Witz sein oder was? Nun gut, abgesehen davon haben wir uns an dem Abend bestens amüsiert. Nur schade, dass Kaïs nicht mitgekommen ist. Es hätte ihm gefallen. Aber anscheinend dreht er gerade einen Film.

Aber auch ohne ihn habe ich mich gut amüsiert. Habe Leute kennengelernt, geredet, gelacht, alles gemacht. Nein, nicht dass du glaubst, ich sei mit einem mitgegangen oder so was. Das gibt es hier nicht. Hier bin ich eine bekannte Schauspielerin.

Ich erzähle rum, dass mich die Leute in Marokko auf der Strasse grüssen, dass ich im Fernsehen gezeigt werde, Autogramme gebe, das ganze Programm. Dass ich wie Najat bin. Soll nur jemand kommen und mir widersprechen!

Weisst du, nach ein paar Gläsern versteht man die Leute. Selbst wenn sie nicht in deiner Sprache reden. Keine Ahnung, ob das einfach bei mir so ist, weil ich Köpfchen habe, oder ob es bei allen so ist. Sicher ist jedenfalls, dass ich mich mit einer Menge Leute unterhalten habe.

Es war sogar ein Typ da, der diese Gruppe von Pferdegebiss kannte, Nass El Ghiwane, erinnerst du dich? Zum Glück hatte Pferdegebiss mir ihre Musik vorgespielt. Stell dir vor, wie peinlich, wenn ein Amerikaner sie kennt, aber ich nicht.

Er war sogar schon in Marokko. In Essaouira. Dort hat er am Hafen Fisch gegessen. Und Möwen gesehen. Und ihm war kalt vom Wind. Er hat eine Menge Dinge gemacht. Als ich merkte, wie viel er weiss, habe ich mich bei der ersten Gelegenheit verdünnisiert. Nicht dass er mich noch entlarvt.

An diesem Abend ging was Merkwürdiges vor sich, während ich mit den Leuten redete. Ich war zwar entspannt, aber trotzdem konzentriert. Es war für mich der erste Abend hier, und wir waren nicht einfach irgendwo. So war ein Teil meines Kopfes damit beschäftigt, mich zu überwachen, ein anderer befasste sich damit, die Leute zu verstehen, und ein weiterer beobachtete sie, um zu sehen, wie sie untereinander funktionieren.

Von alldem war ich so absorbiert, dass ich gar nicht beachtete, wie es um mich herum aussah.

Plötzlich überraschte mich ein Blinklicht am Himmel. Ein Flugzeug, glaube ich. Ich hob den Blick. Und da sah ich es. Sah ich, wie es um uns herum aussah.

Von diesem Ort aus konnte ich die ganze Stadt überblicken. Alles war beleuchtet. Gelb, blau, orange, grün. In allen Farben. Die Autos – weit unten auf der Strasse – waren klein wie Spielzeug. Die Leute sah man gar nicht.

Hinter den Häusern in der Ferne schwebte eine in die Luft gebaute Brücke. Wie ein Bild, das gar nicht existiert, ausser als Fata Morgana in deinem Kopf. Sie war riesig. Beleuchtet. Eine Brücke, wie ich sie noch nie gesehen habe und vermutlich auch nie mehr sehen werde. Eine raumgreifende Brücke, die aufrecht die Stadt bewacht. Stolz. Und das mit Recht.

Die Häuser, die so hoch in den Himmel aufragten. Die Musik, die ihnen schüchtern folgte. Sie wollte zu ihnen, um gemeinsam emporzufliegen.

Zu alldem der Himmel, weit, endlos, voller Sterne und Träume der Schlafenden.

Und ich. Mitten in alldem ich. In meinem Lehrerinnenkostüm. Das Haar im Nacken festgebunden. Mit all den Leuten um mich herum. Auch sie sauber, gut angezogen und glücklich.

Ich hätte am liebsten losgeweint. Ich sah all das und sah mich und hätte am liebsten losgeweint, keine Ahnung, warum. Keine Ahnung.

Mittwoch, den 8.

So, wir sind da. Wir sitzen im Festivalsaal. Warten darauf, dass vorne auf der Bühne ein Herr im Anzug die Namen aufruft. Neben ihm steht eine Dame in einem langen weissen Kleid. Manchmal redet auch sie. Wir seien bald an der Reihe, hat Pferdegebiss gesagt, bald.

Keine Ahnung, wie ich hierher auf diesen roten Sessel gelangt bin. Ich wollte dir eigentlich von meinem Einzug in den Saal erzählen, von den Fotos und wie ich vor den Kameras posiert habe. Vom Lächeln und Händeschütteln, nur kann ich leider nicht. Ich habe ja selber keine Ahnung, wie es war. Habe keine Ahnung, ob ich gelächelt, ob ich mich wie ein Pfau gebärdet habe.

Jedenfalls sitze ich nun hier, mit offenem Mund, auf einem der vorderen Plätze. Zusammen mit Pferdegebiss und allen anderen, mit irgendwelchen mir unbekannten Filmleuten. Alle reden und lachen untereinander.

Ich befinde mich in einem Stummfilm, höre lediglich von allen Seiten ein Brummen und Summen und sehe Bilder, die sich übereinanderschieben. Eins verjagt das andere.

Alles leuchtet. Die farbenfrohen Kleider der Frauen. Ihre Zähne. Ihr Gold. Ihre Diamanten. Die weissen Hemden ihrer Männer.

Ebenso mein Kleid, der rosa Satin, die grauen Perlen und ihre mit dem Deckenlicht tanzenden Reflexe.

Ein anderes Bild. Meine Füsse in goldenen Sandalen,

wie sie einander mit ihren perlmuttrosa bemalten Nägeln Mut zusprechen.

Und links neben mir Pferdegebiss. In Hosen, diesmal schwarz. Dazu schwarze Lederstiefel. Eine rote Bluse. Und ein silbernes Collier, das fast dicker ist als ihr Hals. Ihr Haar ist geradezu eingeschüchtert, weil es heute unter die Leute darf. Sie ist wie ein zarter Vogel.

Und meine andere Sitznachbarin, von der ich nur die Knie sehe. Sie blitzen unter ihrem weissen Paillettenkleid hervor.

Ihre selbstsicheren Hände, die im vom Mund vorgegebenen Tempo gestikulieren. An den Enden rote Fingernägel, am Handgelenk ein Diamantarmreif. Nur einer. Er braucht nichts anderes als sich selbst, um zu existieren.

Und vor uns die Bühne. Von der aus der Herr im Anzug und die Dame im weissen Kleid die Leute aufrufen. Mit einem Rednerpult, hinter dem die Preisträgerinnen und Preisträger was sagen können.

Jetzt sehe ich die Dinge nicht mehr so deutlich. Das Licht wurde gelöscht. Langsam kommt Ton auf mich zu, aber er ist noch weit weg. Ich glaube, sie fangen jetzt an, die Leute aufzurufen.

Ich kriege den Speichel kaum die Kehle runter, meine Brust ist zu eng zum Atmen. Die Worte, mit denen ich mich beim zarten Vogel erkundigen möchte, ob jetzt wir an der Reihe sind, finden den Weg zum Ausgang nicht.

Sie stossen gegeneinander. Kopflose Körper, unfähig, ihre Füsse zu steuern.

Ich sehe Pferdegebiss an, meine Augen erbarmen sich meiner und fragen: »Sind wir an der Reihe?«

»Noch nicht«, antwortet sie. Drückt meine Hand. Und schweigt.

Ich fühle ihre Angst. Sie hat hart gearbeitet für diesen Film. Es ist ihr erster. Ihre offenen Lippen beben, sie klammert sich an die Hoffnung.

Leute werden aufgerufen. Mehrere Preise verliehen. Der Mann, der gerade einen bekommt, sprintet auf die Bühne. Er trägt einen schwarzen Anzug und sieht fabelhaft aus, obwohl er ein wenig zu bleich ist. Und sich nicht mal richtig rasiert hat. Er zwinkert wegen des Lichts, das ihn von oben direkt anstrahlt. Und wegen des Blitzlichtgewitters. Er sagt irgendwas. Lächelt. Streckt seinen Preis in die Höhe. Das Ding scheint ziemlich leicht zu sein. So leicht wie das Herz des Mannes.

Er verlässt die Bühne. Der oder die Nächste ist dran.

Sind wir an der Reihe?, erkundigen sich meine Augen von neuem.

Noch nicht, antwortet ihre Hand.

Der Nächste geht auf die Bühne. Er weiss nicht, wohin er blicken soll. Dreht den Kopf in alle Richtungen. Sagt kein Wort. Weint. Es ist ein Mann. Aber er weint wie ein Kind. Vor den Kameras. Den Kameras auf den Seiten, den Kameras vorne. Und auch vor denen, die oben an der Decke befestigt sind.

Die Kameras. Die sind mir beim Reinkommen als Erstes aufgefallen. Sie drehen sich immerzu auf ihren nie müden Beinen oder an ihren soliden Armen und betrachten die Welt. Ab und zu schwenken sie auf uns, das Publikum. Was auch immer ich mache, es wird für immer in ihrem Gedächtnis gespeichert sein.

Der Mann verlässt die Bühne. Zeit vergeht.

Ich habe Herzklopfen. Mein Magen ist leer, der Brustkorb hohl. Trotzdem gibt es nur noch ihn. Ich bin bis zur letzten Faser mit ihm verbunden. Ein leerer Brustkorb, in dem das Klopfen meines Herzens widerhallt.

Wir sind an der Reihe. Die Hand, die meine hält, verkrampft sich. Wir sind an der Reihe. Rundum ist alles weg. Nur mein Brustkorb, ihr Brustkorb und unsere Hände sind noch da. Und der Film, den wir gedreht haben.

Mein Brustkorb und ihrer, unsere Hände und der Film.

Mein Brustkorb und ihrer, unsere Hände und der Film.

Mein Brustkorb und ihrer, unsere Hände und unser Film.

Ich werde nach links gezogen, mein Körper steht auf.

Läuft an Knien vorbei, die gegeneinanderstossen.

Läuft, während mir das Haar ins Gesicht fällt.

Läuft durch leisen Beifall.

Er folgt der schwarzen Hose und den Lederstiefeln.

Geht durch den Mittelgang und erreicht die Stufen.

Fühlt vom Publikum her das Vibrieren der klatschenden Hände.

Meine Sandalen führen mich. Küssen die Stufen, eine um die andere. Rechte Wange, linke Wange. Nochmals rechte Wange. Sie folgen immer noch den Stiefeln, die den Weg jetzt nicht mehr zu kennen scheinen. Als sie auf der Bühne ankommen, gehen sie geradeaus, nach rechts und dann wieder nach links.

Bis sie plötzlich stehen bleiben, irgendwo beim Rednerpult. Wir sind da.

Ich kann im ganzen Saal nichts sehen. Rechts ist alles schwarz. Links ist alles schwarz. Von oben blenden die Scheinwerfer. Vorne sehe ich niemanden. Ich höre nur Applaus aufbranden.

Da ist die Hand meiner Freundin. Zierlich, aber fest. Sie zittert zwischen meinen dicken, runden Fingern.

Ich drücke sie mit aller Kraft.

Sie kann nicht zerbrechen. Ihre Hand ist zierlich, aber stabil. Zierlich, aber entschlossen. Zierlich, aber sie hat uns bis hierher geführt.

Dann lässt sie mich los. Um den Preis entgegenzunehmen – eine Glasskulptur – und ihn im Zeitlupentempo an die Lippen zu führen. Von dort landet er wenig später vor ihr auf dem Rednerpult.

Meine Freundin redet und redet und redet. Wie an dem Tag, an dem ich ihr zum ersten Mal begegnet bin. Ich kann zwar kein Wort verstehen, aber ich weiss, dass sie sehr schnell redet. Und glücklich ist. Sehr sogar. Sie sagt eine Menge Dinge, ich höre meinen Namen und Casablanca und nochmals meinen Namen. Sie redet und lacht.

Deutet schliesslich mit der flachen Hand auf mich, und die Leute klatschen und klatschen und klatschen. Ich fühle, wie im Saal alle gleichzeitig aufstehen.

Schadlia sieht mich mit dem breitesten Lächeln an, das ich je an ihr gesehen habe. Sie lacht. Lacht über beide Ohren. Und zeigt immer noch auf mich. Zieht mich zum Rednerpult und streckt mir den Preis hin, er wiegt schwer in meinen Armen. Ich glaube, ich muss was sagen. Das Publikum klatscht immer noch. Steht immer noch.

Ich muss was sagen.

Verdammt, ich muss was sagen.

Verdammter Kackmist, ich muss was sagen.

»Äh … *Thank you.*«

Die Leute warten. Was soll ich zu euch sagen?

»Äh … *Thank you. Thank you. Thank you very much*«, sage ich ins Mikrofon.

Die Leute stehen immer noch und klatschen weiter. Wollen nicht aufhören.

In mir steigt was auf. Es füllt mich. Steigt von den Füssen her auf, kribbelt. Wird immer schneller. Steigt die Beine herauf, erreicht die Taille, die unter dem Gürtel anschwillt. Jetzt ist der Brustkorb an der Reihe. Er füllt sich mit Luft. Mit Luft, die ihn sauber fegt wie ein Tornado. Ich glaube, es ist Freude.

Dann schiesst alles in einem Strahl nach oben. Die Luft jagt den Hals hoch, putzt die Kehle, klärt die Stimme, dringt in den Mundraum ein, löst die Zunge aus ihrer Erstarrung, zwingt die Lippen auseinander. Ich breite die Arme aus, und dann schiesst die Luft klar und rein und federleicht nach draussen:

»Ululululululululululululululululululululululululululu-lulululululululululululululululululululululululululululululu-lulululululu!«

EPILOG

2018

MAI

Dienstag, den 8.

»Dschmiaa! Kommst du?«

Ich kriege den Hintern nicht hoch. Mir ist schwindlig von der Sonne. Ich glaube, das Getränk eben war eins zu viel.

»Los, steh auf!«, sagt Samira.

»Ich kann nicht«, schnaufe ich.

»Steh auf, echt jetzt.«

»Ehrenwort, ich kann nicht«, sage ich nochmals und wische mir die schweissnasse Stirn ab. »Ich brauche was für die Verdauung. Mir ist ziemlich schlecht.« Die Sonne knallt mir voll ins Gesicht. Vor uns ist eine belebte Strasse. Es herrscht geschäftiges Kommen und Gehen.

»Du nervst einfach.« Sie steht auf und sagt, bevor sie sich zum Gehen wendet: »Ich ziehe los. Kleider shoppen mit deiner Tochter, ich hab's ihr versprochen.«

Pft, pft, pft, pft, rauscht ihre gelbe Dschellaba geschäftig, als Samira eilig davonmarschiert. Ich sehe ihr Haar im Nacken hin und her schaukeln.

Von rechts höre ich: »*Liefje,* etwas nicht in Ordnung?«

»Ich brauche von dem Medikament, das du mir als Verdauungshilfe gibst. Mein Magen könnte jeden Moment explodieren«, antworte ich.

»Okay, ich bringe es dir.«

Maaisu betritt den Wohnwagen zu meiner Rechten. Heute ist erst der dritte Drehtag, und ich bin schon müde. Es muss an der Hitze liegen.

Ich bin an Sonne und Hitze gewöhnt, aber in Mexiko ist sie ganz anders als in Marokko. Wenn hier die Sonne runterknallt, weisst du am Schluss nicht mehr, wo oben und unten ist. Zudem filmen wir heute im Freien.

Normalerweise schlafen wir zu dieser Tageszeit, aber die gestrige und die heutige Szene spielen während der Siesta. Was will man da tun?

Mir bleibt nur, Limonade zu trinken. Wegen der Mittagessen, die wir hier kriegen, ist mein Bauch immer zum Bersten gefüllt. Deshalb schlürfe ich Bikarbonat, das Maaisu mir anrührt.

Ein Glück, dass ich keinen Alkohol mehr trinke. Das wäre verheerend mit dieser Sonne. Obwohl es bei so heissem Wetter ehrlich gesagt nichts Besseres gibt als ein eiskaltes Bier, das nicht weniger schwitzt als du.

Aber ich habe geschworen: nie wieder. Ich habe es Doktor Fernando geschworen, der mich davon befreit hat, und auch mir selber vor dem Spiegel. »Durch Dschmiaas Kehle wird nie wieder ein Tropfen Alkohol fliessen. Nie wieder. Weder in dieser Welt noch im Jenseits.«

Es ist schwer. Tja, was willst du machen? Wer Honig will, muss ertragen, dass ihn die Biene sticht.

Es ist auf den Tag genau fünf Jahre her, dass Schadlia und ich den Preis bekommen haben. Und mit diesem Tag hat sich alles verändert.

Als ich wieder in Casablanca war, wurde Schadlia von einem Produzenten kontaktiert, der mich in Amerika im Film gesehen hatte und gern mit mir zusammenarbeiten wollte. Ich war seit drei Monaten zurück und schon drauf und dran, mit meinen Siebensachen und etwas Geld illegal nach Amerika auszuwandern. Als ich diesen Preis bekommen hatte, war ich so glücklich gewesen, dass ich nach Marokko zurückwollte, um es der ganzen Welt zu erzählen. Erst vor Ort merkte ich, wie dumm das gewesen war und dass ich dringend wieder wegmusste.

Da tauchte aus dem Nichts dieser Typ auf und rief mich an. Rodrigo Buenavista heisst er. Er plante eine neue mexikanische Serie mit einer Heldin, die aus dem Nahen Osten stammt.

In der Geschichte geht es um einen Typen im vergangenen Jahrhundert, dessen Familie ein ungeheuer grosses Landgut besitzt und der irgendwohin in eine Wüste reist und danach eine grosse, dunkelhaarige Frau mit riesigen Augen nach Hause bringt. Eine typische, mollige Araberin, die tagein, tagaus damit beschäftigt ist, ihr langes Haar zu kämmen.

Don Camillo, der Held, begegnet Umaïma – also mir – und bringt sie nach vielen Abenteuern, die ich dir nicht einzeln erzähle, nach Mexiko. Ins Elternhaus. In eine Hacienda, wie man das hier nennt.

Seine ganze Familie wohnt dort. Der Vater, die Mutter und seine sieben Geschwister. Zusammen mit ihm sind es acht. Dazu die Mägde und Knechte und deren Kinder und weitere Leute, wer genau, weiss ich nicht mehr, es sind so viele.

Da Don Camillo steinreich und zudem der älteste Sohn ist, hat die Familie für ihn Pläne ohne Ende. Seine Mutter will ihn mit der Tochter ihrer Cousine vermählen. Sein Vater mit der Tochter des Eigentümers der benachbarten Hügel. Seine Schwester mit ihrer besten Freundin. Zwei seiner Brüder wollen ihn sogar aus dem Weg räumen, um sich sein Erbe zu schnappen. Als er dann mit mir als Gattin nach Hause kommt, bricht in seiner gestörten Familie erst recht das Chaos aus. Von diesem Moment an geht es nur noch darum, Umaïma loszuwerden, um wieder zu den ursprünglichen Plänen zurückkehren zu können.

Aber meine Figur ist schlau und weicht den Schlägen von allen Seiten geschickt aus. Keine Folge in dieser Serie, in der nicht was Unerwartetes geschieht. Das geht schon drei Jahre so. Und jedes Jahr passieren wieder neue Dinge.

Die Serie ist so erfolgreich, dass sie sogar in Marokko läuft. Jeden Tag um vierzehn Uhr dreissig auf Al Aoula. Alle, die ich kenne, schauen sie sich an. Hamid in seinem Verschlag, die Mädchen in ihren Zimmern, auch Abdelali aus dem Restaurant, Okraïscha aus dem zweiten Stock, Mouy und ihre Nachbarinnen, meine Brüder und ihre Frauen … alle. Sogar Schaïba, der diese Schlampe Hadschar mittlerweile fallengelassen hat, schaut sie sich an und erzählt allen – ausser seiner Frau –, dass wir beide fast geheiratet hätten.

Und weisst du, warum die Serie bei uns so erfolgreich ist? Weil es das erste Mal ist, dass eine marokkanische Schauspielerin in einer mexikanischen Serie mitspielt.

Wenn ich jetzt nach Hause reise, kommt es sogar vor, dass man mich auf der Strasse erkennt. Und Mouy organisiert mir am Flughafen immer ein unübertreffliches Empfangskomitee. Sie bringt *bnader,* meine Brüder, ihre Frauen und manchmal Cousinen mit. Sie singen, klatschen in die Hände, stossen Jubeltriller aus, als kehrte ich vom Haddsch* zurück. Das freut mich. Nur Samia stört es. Sie findet es peinlich. Was soll ich dazu sagen? Sie ist jetzt fünfzehn, ein etwas schwieriges Alter.

Um ehrlich zu sein, hat sie vor allem der Tod ihres Vaters aus der Bahn geworfen. Sie hat zwar gar keine richtigen Erinnerungen an ihn, aber sie wusste, dass irgendwo in Spanien ihr Vater war und dass sie ihn eines Tages wiedersehen würde. Als er letztes Jahr zum ersten Mal seit seinem Weggang nach Marokko reiste, überschlug sich irgendwo zwischen Tanger und Rabat der Bus, in dem der arme Kerl sass. Er starb noch an der Unfallstelle. Ist das nicht ein verdammtes Pech?

Weisst du, ich habe trotz allem geweint. Ich habe es niemandem gesagt und mir nichts anmerken lassen, aber ich habe geweint. Die Kleine auch, aber das ist normal.

Das Problem ist, dass sie seither nicht mehr richtig sie selbst ist. Daher habe ich, um sie nicht diesem Zustand zu überlassen, Samira mitgenommen. Habe ihr einen Pass besorgt und sie hierhergeholt. Samira hat sich so gut um mich gekümmert, als ich krank war, dass ich wusste, dass ihr niemand besser Gesellschaft leisten kann, während ich auf Arbeit bin. Aber Samira verbringt nicht das ganze Jahr bei uns. Nur sechs Monate. Weil sie sonst ein Visum bräuchte, und dann würde es kompliziert.

»Hier, trink.«

Maaisu hält mir ein Glas Wasser hin, in das er das Medikament eingerührt hat. Sein Gesicht ist rot, wie immer. Er wird sich nie an diese Sonne gewöhnen. Wird nie braun gebrannt sein wie ein normaler Mensch.

Vor zwei Jahren ist er mir nachgereist, und seit zwei Jahren brutzelt er hier vor sich hin, der arme Kerl. Aber er beklagt sich nicht. Er beklagt sich nie.

Er ist so, wie er schon immer war. Freundlich und mit Scheinwerfern beladen, die zweimal so schwer sind wie er selbst.

Arabisch spricht er unterdessen fast so gut wie ich.

Was mich betrifft, kann ich noch kein Holländisch. Das Einzige, was ich verstehe, ist *liefje.* Das bedeutet »mein Schätzchen« oder so.

Auf Spanisch heisst es *querida.* Das weiss ich, weil mir ihre Sprache sofort ins Blut übergegangen ist. Wenn du mich hören würdest, hättest du den Eindruck, ich sei eine von ihnen. Mindestens.

Niemand kann sich erklären, wie ich das so schnell lernen konnte.

Dabei habe ich ihnen von Anfang an gesagt, dass ich Köpfchen habe.

GLOSSAR

Abdelhalim Hafez Legendärer ägyptischer Sänger, Lautenist und Schauspieler (1929–1977), der in den 1950er und 1960er Jahren aktiv war. So ikonisch, dass man ihn in der arabischen Welt meist nur beim Vornamen nennt.

Ain Diab Wörtlich »Wolfsquelle«. Der städtische Strand von Casablanca.

Aischa Kandischa In der marokkanischen Volksmythologie sehr präsenter weiblicher Dschinn. Manche stellen sie sich als Dämonin mit gespaltenen Füssen vor, andere als Hexe oder Gespenst von umwerfender Schönheit. Einig ist man sich über ihren boshaften Charakter.

Alpha 55 Einkaufszentrum im Herzen des alten »europäischen« Viertels von Casablanca. Es existiert schon so lange (seit 1979), dass es der Bevölkerung als Orientierungspunkt dient.

Amr Diab In den 1990er Jahren populärer ägyptischer Sänger (geb. 1961), der als einer der Ersten orientalische Musik mit westlicher Popmusik verband und einer der ersten Crooner war.

Anafa Von französisch *en avant,* »vorwärts, los geht's«.

Apachen von Raja Raja ist eine der beiden grossen Fussballmannschaften von Casablanca (die andere ist Wydad). Die Ultrabewegung unter ihren Fans gilt als besonders gewaltbereit. Hooligans werden in Marokko oft *aubasch* genannt, was eigentlich auf Hocharabisch eine Insektenart bezeichnet, aber gern mit »Apachen« verwechselt wird. Das Schimpfwort *aubasch* geht auf eine Rede Hassans II. aus dem Jahr 1984 zurück: Er betitelte damit die Krawallmacher, die aus Wut über die gestiegenen Brotpreise in mehreren Städten geplündert hatten.

Ba Wörtlich »mein Vater«.

Ba Lahsen bschwaja »Geh es ruhig an, Vater Lahsen«. Einer der Hits von Haja El Hamdaouia, eine offenkundige Anspielung auf den Geschlechtsakt.

Bargasch Abderrahim Bargasch (1949–2007), oft nur bei seinem Familiennamen genannt, moderierte in den 1980er Jahren eine Kochsendung im Fernsehen. Gleichermassen berühmt für seine Rezepte und seine Leibesfülle.

Bimo Marokkanische Keksmarke, inzwischen auch generische Bezeichnung für Keks.

Bin-ou-bin Wörtlich »dazwischen«, »nichts Halbes und nichts Ganzes«.

Bismillah Wörtlich »im Namen Gottes«. Der Ausdruck markiert in der muslimischen Kultur den Anfang einer Sache. *Dire bismillah* bedeutet in Marokko »anfangen«.

Blaue Geldscheine Die höchste marokkanische Banknote ist der 200-Dirham-Schein, der blau ist.

Bnader Plural von *bendir:* traditionell mit Ziegenhaut bespanntes Perkussionsinstrument.

Cimi Umgangssprachliche Bezeichnung für Angehörige einer mobilen Einsatztruppe (Compagnie mobile d'intervention CMI).

Derb Omar Handelsviertel in Casablanca, vor allem für Grosshandel.

Dschmiaa Bent Larbi »Dschmiaa, Tochter des Larbi«.

Fantasia Traditionelle Reiterspiele, die oft anlässlich grösserer Kulturveranstaltungen durchgeführt werden und damit enden, dass die Reiter unisono in die Luft schiessen.

Fkih Religiöser Mystiker, Heiler, Kartenleger oder Zauberer – oft auch eine Mischung daraus –, der in Marokko als »Seelenklempner für das Volk« fungiert. Traumdeutung gehört zu den Spezialgebieten der *fukaha* (Plural).

Ftur Die Mahlzeit, die während des Ramadans nach Sonnenuntergang zum Fastenbrechen eingenommen wird. Dasselbe Wort bedeutet auch »Frühstück«.

Gerrab Nachts tätiger Schwarzhändler von Alkohol (die lizenzierten Verkaufsstellen schliessen um zwanzig Uhr).

Ghassul Mineralische Wascherde, die von vielen marokkanischen Frauen zur Haarpflege verwendet wird.

Haddsch Pilgerfahrt nach Mekka.

Hadji Mustapha Hadji (geb. 1971), ehemaliger marokkanischer Fussballer.

Haja El Hamdaouia Berühmte marokkanische Volkssängerin (1930–2021).

Hamdullah Die im Alltagsleben oft verwendete Formel bedeutet wörtlich »Gott sei Dank«.

Harira Dickflüssige Suppe aus Tomaten, Mehl, Kräutern und stärkehaltigen Nahrungsmitteln.

Id al-Fitr Fest des Fastenbrechens nach dem Fastenmonat Ramadan.

Ilyeh Von französisch *il y est,* in etwa »er ist drin«. Mit diesem Ausruf feiern Fussballfans ein Tor.

Imad Ntifi Bekannter Moderator von Musik- und Unterhaltungssendungen (geb. 1974).

Jdida El Jadida, eine etwa hundert Kilometer südwestlich von Casablanca gelegene Hafenstadt.

Jemaa el-Fna Platz in Marrakesch, der seit 2001 zum UNESCO-Weltkulturerbe gehört und für seine Geschichtenerzähler und Schlangenbeschwörer berühmt ist.

Kaaba Kubisches schwarzes Bauwerk mitten im Innenhof der Grossen Moschee von Mekka. Die Kaaba stellt buchstäblich das Epizentrum des Islam dar. Das wichtigste liturgische Element einer muslimischen Pilgerfahrt ist die siebenfache Umrundung der Kaaba.

Kaid Lokaler Beamter, der zugleich als Verwalter, Richter und Steuereintreiber tätig ist.

Lebensmittelladen Von Berbern geführte Lebensmittelläden bieten oft informelle transmediterrane Geldüberweisungen an. Der Absender gibt einem Lebensmittelhändler eine bestimmte Summe in Dirham, der Empfänger holt sie (abzüglich einer Kommission) in Euro bei seinem Cousin in Europa ab – und umgekehrt.

Lebssa Oft farbenfrohes, traditionelles marokkanisches Frauenkleid, das bei wichtigen Anlässen wie Hochzeiten, Taufen und anderen Zeremonien getragen wird.

Maaisu Wörtlich »Ziegenböckchen«, halb spöttische, halb liebevolle Bezeichnung für eine Person, die eher schwächlich ist, aber etwas Besonderes an sich hat.

Maallem Handwerksmeister. In allgemeinerem Sinn jede Person, die einen Beruf oder eine besondere Tätigkeit beherrscht. Die Bezeichnung würdigt ihre Kompetenz.

MAÂMORA Über 150 000 Hektar grosser Korkeichenwald in der Gegend von Rabat.

MAÂRIF Geschäftsviertel in Casablanca, in dem es viele Läden und Cafés gibt. Auch ein Flirt-Hotspot: An den Wochenenden vergnügen sich dort modisch gekleidete junge Frauen und Männer.

MARJANE Supermarktkette.

MCHARKA Traditionelles Ramadan-Gebäck, wird zu Harira gereicht.

MEN DAR LDAR Wörtlich »von Haus zu Haus«.

MOKADDEM Beamter des Innenministeriums, am unteren Ende der Karriereleiter. Ein *mokaddem* ist für »nachbarschaftliche« Kontakte mit der Bevölkerung zuständig und schlägt aus dieser Funktion oft Profit.

MOKATAA Stadtbezirksamt, das grundlegende amtliche Dokumente ausstellt (Geburtsurkunde, Wohnsitzbescheinigung usw.).

MOUY Wörtlich »meine Mutter«.

MSEMMEN Blätterteigfladen.

MUCHTAFUN Fernsehsendung, in der es um die Suche nach Vermissten geht.

MUSSEM Regionales, einmal jährlich stattfindendes Fest, das einem lokalen Heiligen gewidmet ist und Jahrmarktbelustigungen und Unterhaltung für ein breites Publikum bietet (Konzerte von Folkloregruppen, *fantasias* usw.).

NAJAT AATABOU International bekannte marokkanische Volkssängerin (geb. 1960), auch »Löwin des Atlas« genannt. Sie singt über den Kampf der Frauen in einer Machogesellschaft und steht für einen mutigen, von Komplexen befreiten Populärfeminismus.

NANCY AJRAM Libanesische Popsängerin (geb. 1983), ebenso bekannt für ihre tiefen Ausschnitte wie für ihre Liebessongs.

NASS EL GHIWANE Legendäre marokkanische Musikgruppe, die mit ihren engagierten, poetischen Texten und revolutionären Rhythmen die 1970er Jahre prägte. Martin Scorsese bezeichnete sie als »afrikanische Rolling Stones«.

NASSIMA EL HOUR Berühmte Moderatorin »sozialer« Talkshows (geb. 1965). Aufgrund ihrer ausgeprägten Sympathie für die »kleinen Leute« gilt sie in den unteren sozialen Schichten als Inbegriff einer Journalistin.

OKRAÏSCHA Wörtlich »Hexe«.

Pépites Geröstete und gesalzene Sonnenblumen- oder Kürbiskerne. Sie werden mit einer charakteristischen Handbewegung geschält und gegessen, die Fingerfertigkeit und Übung erfordert und gewöhnlich höchst müssiggängerisch wirkt. Süchtig machend und ebenso ideal als Nebenbeschäftigung auf Spaziergängen mit Freunden wie beim einsamen Betrachten des Treibens auf der Strasse.

Rfissat Plural von *rfissa.* Festtagsgericht aus Hühnerfleisch, *msemmen,* Bockshornklee und Linsen, das traditionell für frischgebackene Mütter zubereitet wird.

Rial Vom spanischen *real,* der Währung, die früher, unter spanischer Besatzung, im nördlichen Marokko verwendet wurde. Die Währung ist nicht mehr im Umlauf, aber man benutzt sie immer noch als Recheneinheit, insbesondere in den unteren Schichten. Ein Rial entspricht fünf Centimes, also dem Zwanzigstel eines Dirham, der aktuellen marokkanischen Währung (1 Dirham = 20 Rial). Ein Franc entspricht einem Centime.

Robio Gängiger Spitzname für Rothaarige in Marokko. Vom spanischen *rubio,* hellhaarig.

Sanicroix Marke eines Haushaltsreinigers, allgemeine Bezeichnung für Mittel zur Bodenreinigung.

Schaabi Wörtlich »volkstümlich«: Bezeichnung für Volksmusik.

Scheich Jassin Mit bürgerlichem Namen Abdessalam Jassin (1928–2012), Anführer einer politisch-religiösen Bruderschaft.

Schemkara Weibliche Form (oder Plural) von *schemkar:* Penne-rin, meist zahnlos, mit Narben übersät und abhängig von Psychopharmaka oder anderen halluzinogenen Substanzen.

Schichat Plural von *schicha.* Marokkanische Volkssängerinnen mit freizügigen Liedtexten. Oft handelt es sich um füllige Matronen, die wegen ihrer Unabhängigkeit und der feuchtfröhlichen Abende, an denen sie auftreten, gern mit unmoralischem Verhalten beziehungsweise Prostitution in Verbindung gebracht werden. Eigentlich sind sie aber Hüterinnen eines reichen poetischen Erbes, das in Marokko in letzter Zeit wiederentdeckt und voller Respekt gefeiert wird.

Schufi ghiru, a la'sara 'ata Allah »Such dir einen anderen Mann, an Junggesellen mangelt es nicht.« *Schufi ghiru* ist der Titel eines berühmten Liedes von Najat Aatabou.

Schumischa Moderatorin erfolgreicher Kochsendungen (geb. 1972).

Selham Langer, meist weisser Umhang, den Männer bei besonderen Gelegenheiten über der Dschellaba tragen.

Semsara Weibliche Form von *semsar.* Ein *semsar* ist ein Vermittler, der gegen eine Kommission dabei hilft, eine Anschaffung zu tätigen (Wohnung, Auto usw.) oder eine Dienstleistung zu organisieren (Rekrutierung von Hausangestellten, Erleichterung von Verwaltungsverfahren usw.). Die *smasria* (Plural von *semsar*) werden oft auf den Terrassen von Cafés rekrutiert und arbeiten immer informell. Auf die Vermittlung von »Dienstmädchen« sind meist Frauen spezialisiert.

Shah Rukh Khan Indischer Schauspieler (geb. 1965), in Marokko äusserst beliebter Bollywood-Star.

Si Muhammad Standardname, mit dem man sich an jemand wendet, den man nicht kennt.

Sirwal Pluderhose.

Siviana Marokkanische Aussprache von Sévillane, eine günstige und sehr populäre Dosensardinenmarke.

Spéciale und Stork Marokkanische Billigbiermarken.

Trente-six Französisch für »sechsunddreissig«. Psychiatrische Klinik in der Nähe von Berrechid, 36 Kilometer südlich von Casablanca.

Twin Abkürzung für das Twin Center, ein Einkaufszentrum im Sockel der Zwillingstürme, die am Eingang des Viertels Maârif in Casablanca stehen.

Wilaja Verwaltungsbezirk. Ein *wali,* der Leiter einer *wilaja,* ist in Marokko eine angesehene Persönlichkeit.